第七魔王子ジルバギアスの魔王傾国記

7th Demon Prince Jilbagias,
The Demon Kingdom Destroyer

甘木智彬 Tomoaki Amagi
イラスト：輝竜 司 Tsukasa Kiryu

第3魔王子
ダイアギアス＝ギガムント
『恋多き』あるいは『色情狂』の二つ名で呼ばれる女たらし。
第4魔王子
エメルギアス＝イザニス
アレクサンドルの故郷を焼いた張本人で、『羨望』の二つ名で呼ばれる。
第5魔王子
スピネズィア＝サウロエ
『暴食』の二つ名の通り、非常に大食い。
第6魔王子
トパーズィア＝コルヴト
『眠り姫』の二つ名を持ち、常に眠っている。

第7魔王子
ジルバギアス＝レイジュ
魔王に殺された勇者・アレクサンドルの転生した姿。魔神・アンテによる禁忌の魔法を扱う。
魔王
ゴルドギアス＝オルギ
2代目魔王。初代魔王より受け継いだ槍【魂喰らい】を操る。

第1魔王子
アイオギアス＝ヴェルナス
完璧主義者であり、『氷獄』の二つ名を冠する。
第2魔王子
ルビーフィア＝リバレル
武具や宝石などの収集癖がある。二つ名は『火砕流』。

『お主には休息が必要じゃ。魂の休息が』
ゆっくり休むがよい、と。
……心配ご無用だよ。俺はここで折れるような魂《タマ》じゃねえ。
せいぜい長持ちして、お前を楽しませてやるからよ……魔神……。
うつらうつらする中で、アンテの微笑《ほほえ》みを見た気がした。
悪徳の魔神には似つかわしくない、あまりにも――
いや……これもまた、幻想かな……

第七魔王子ジルバギアスの魔王傾国記 Ⅰ

甘木智彬

OVERLAP

I

Index

7th Demon Prince Jilbagias,
The Demon Kingdom Destroyer

Illust 輝竜 司

序章

俺の名前はアレクサンドル。

突然だが、俺が死ぬ話を聞いて欲しい。


あの日――汎人類同盟は、魔王城を空から奇襲した。

ホワイトドラゴンたちの協力を得て、高高度から魔族領に侵入。俺を含む複数の勇者と各種族の精鋭からなる強襲チームが魔王城に降下し、魔王の単独撃破を目指す。

……『単独撃破』と言えば聞こえはいいが、要は暗殺だ。

しかも、成功しようが失敗しようが、強襲チームの生還は絶望的。

そんな作戦に頼らねばならないほど、汎人類同盟は追い詰められていたわけだ。

作戦行動中、凍死者が出るほど厳しい高高度飛行だったが、その甲斐《かい》あって迎撃を受けることもなく、俺たちは降下に成功した。

魔王城での戦闘は、苛烈だった。

流石《さすが》に空から勇者一行が降ってくるとは思わなかったのか、魔族たちも最初は慌てていたが、すぐに迎撃態勢を整えてきた。

幹部級の上級悪魔《アークデーモン》、始祖に匹敵する吸血公《ヴァンパイアロード》、強大な魔力を秘めた死霊王《リッチ》、そして数え切れないほどの近衛《このえ》兵――

あの日の戦いは、思い出したくもない。

何人もの勇者が、仲間が、志半ばで倒れた。

それでも幸か不幸か、俺たちのチームは魔王のもとへたどり着いた。

傲岸なる魔族の王。ヤツは玉座の間で、悠々と俺たちを出迎えた。人族と違い、魔族は完全な実力主義だ。魔王とはすなわち、魔族最強の魔法戦士でもある。

俺たち強襲チームが疲労困憊《ひろうこんぱい》だったことを差し引いても、奴《やつ》は——


どうしようもなく、強かった。


「なかなか楽しめたぞ、勇者よ」

瀕死《ひんし》の俺を摑《つか》み上げ、涼しい顔で魔王は言った。

圧倒的な身体能力。あらゆる魔法的干渉をはね除《の》ける強大な魔力。

そして悪魔との契約で身につけた邪法——【魂喰《たましいぐ》らい】。

仲間が死ぬたび魔王が強くなっていく。

そしてそのせいで、さらに仲間が死ぬ。

まるで悪夢のような殺戮《さつりく》劇。

「惰弱な人族にしてはよくやった」

「クソ……が……」

「ほう、その状態でまだ喋《しゃべ》るか」

首を摑む手に、ぎりぎりと力が込められていく。窒息する前に首の骨が折れそうだ――

「貴様の魂は旨《うま》そうだ。そのまま我が糧となるがよい」

魔王の闇の魔力が、摑まれた首を通して注ぎ込まれる。体力、魔力ともに消耗しきっていた俺は、抵抗することもかなわず――

「ぐっ……があぁぁぁぁああ!!」

まるで風船が弾《はじ》けるように、爆散した。

肉が弾け骨が砕け散り、全身がバラバラに弾け飛ぶ激痛。

魔王の高笑いが響く中、意識は闇に吸い込まれ――

俺は死んだ――はずだった。

だが。次に目を覚ましたとき、俺の眼前には憎き魔王の顔があった。

「ふむ、赤子ながら精悍《せいかん》な顔立ちをしておる」

「あぶぁ!?　あばぶぶばぁ!?（魔王!?　なぜここに!?）」

叫ぶが、言葉にならない。体の調子がおかしい。

どうなっている？　どうやら俺は、誰かに抱きかかえられているらしい。

俺をすっぽり抱きかかえるなんて、どれだけでかいヤツなんだ――

いや違う。俺は、自分がやたら小さくなっていることに気づいた。

青みがかった肌。それでいてぷにぷにな腕。

「あばぶあぁん!?（赤ちゃん!?）」


——俺は赤ん坊になっていた。それも、魔族の。


「元気な男の子にございます」

「ふむ。まあ跡継ぎは多いに越したことはない」

「陛下、よろしければこの子に名を——」

「ジルバギアスだ」

それだけ告げて、魔王はさっさと部屋から出ていった。

俺は唖然《あぜん》とした。ウソだろ。子どもが生まれたばかりの父親の態度じゃねえよ……

「フフ……フフフ……」

しかし、俺を抱きかかえる女は、気にする風もなく不気味に笑っている。

「ようやく……ようやく、わたしも子を産めた……フフフ……」

次に視界に飛び込んできたのは、冷たい美貌の魔族の女。


おいおい……まさか、これが……これが、俺の母親……？

その瞳に滲《にじ》んでいるのは、母から子への愛情などではない——執念、野心、憎悪、そういった類のドロドロとしたものだ。

「ジルバギアス」

不気味な猫撫《ねこな》で声《ごえ》で、そいつは語りかける。

「あなたは魔王になるのですよ」

ゾッとするような笑みを浮かべて。

「あの糞女《くそ》どものガキを押しのけて、ね……！　フフフ……あはははは……ッ！」

こうして俺——勇者アレクサンドルは、死んだ。

そして、生まれ変わった。

魔王国の王子、ジルバギアスに。

1．魔族の王子

どうも、勇者アレクサンドル改め、魔王子ジルバギアスです。

生まれ変わってしばらく経《た》った。『俺』としての意識がはっきりしていたのは最初だけで、そのあとは急に眠くなったり、感情が制御できなくなったり、色々と大変だった。

恐ろしかったのは、ボーッとしてたら、自分が誰なのかわからなくなってきたことだ。

――あれ？　俺って誰だっけ？

そう考えてしまったら、一気に記憶が抜け落ちて、何もかも忘れそうになってしまう。

朝起きた直後はしっかりと夢の内容を覚えていたのに、いつの間にか思い出せなくなっていた――そんなノリで。

俺は勇者アレクサンドル。

誰がなんと言おうと、勇者アレクサンドルなんだ……！

そう自分に言い聞かせながら、魔族のおっぱい飲んでます。

まあ、俺の赤ちゃんライフについては割愛するとして、魔王城で過ごすうちにわかってきたことをまとめよう。

・魔王城強襲から2年ほど経っているらしい。

つまり、俺が魔王にブッ殺されたのも2年前ってわけだ。強襲チームは全員返り討ち、魔王は――知っての通りピンピンしてる。作戦は完全に失敗だ。

・汎人類同盟は相変わらず負け続けているらしい。
魔王がピンピンしているので魔王軍も変わらず健在だ。同盟諸国はじわじわと国境を削り取られ、俺が赤ちゃんをしている間に大陸中央部の小国が消滅したそうだ。畜生め。
・俺はどうやら第7魔王子らしい。
魔王には俺を含めて7人の跡継ぎがいる。一番年上の長男が70歳くらい、長女が60歳くらい。そのあとに、だいたい10歳違いの兄と姉がずらずら続く。

そこそこ長命で300年くらい生きる魔族は、エルフほどじゃないが子ができにくい。10年に1人は産まれているなら、魔族にしてはかなりのハイペースと言えるだろう。

ただ、7人目ともなると、もう割とどうでもいいらしく、俺は生まれた日から魔王とは会っていない。「跡継ぎは多いに越したことはない」というセリフと、あの無関心な態度はそういうことだったんだな。


――とまぁ、得られた情報はこんなもんだ。え、大した内容じゃない？　仕方ねーだろ赤ちゃんなんだから。日がな一日、食っちゃ寝してるだけじゃ情報収集にも限界がある。

「おぉぶばぁ……ぼんばぁ（どうした……もんか）」

ゆりかごの中でひとり考える。なぜ魔族に生まれ変わってしまったのか――理由はわからないが、この状況を利用しない手はない。体は魔族になっても、心は勇者なのだから。

俺に何ができる？

「…………ばぶぅ（ばぶぅ）」

クソッ、考えるのは苦手なんだ。

こちとら勇者だぞ。教皇様の「殺《や》ってこい！」という号令に「ウッス！」と戦場を駆け巡り、人類の敵をブチ殺していく武闘派だ！　それしかできないんじゃ！

仕方がないので、ゆらゆらとゆりかごを揺らしてみる。

ゆりかごの枠組みは骨製だ。どう見ても人型生物の頭蓋骨や大腿骨《だいたいこつ》としか思えないようなパーツが多用されている。もしかしたら、このゆりかごも元は名のある戦士だったかもしれないわけで……やっぱ許せねえよ魔族！　滅ぼさなきゃ。

「ぼばぁ、ぶうばばぁ（俺は、勇者だ）」

天井に手をかざす。青みがかった肌の、ぷにぷにな腕。

今はぷにぷにのもちもちだが――鍛え上げれば、鋼のような筋肉をまとった豪腕になるだろう。癪《しゃく》にさわるが魔族は人族よりはるかに強い。筋力体力は言わずもがな、魔力だってエルフに並ぶほどだ。

ましてや、この肉体は魔王の血を継いでいる。

いったいどれほどの潜在能力を秘めていることか――

「ぼっばぁ！（よっしゃ！）」

決めたぜ。俺は魔王を殺る！

武闘派勇者にできることなんて、たかが知れてるからな。

俺にできるのは、戦うこと。体を鍛えて武技を磨いて、魔王奇襲作戦を成功させることぐらいのものだ。

やってみせるぜ、下剋上《げこくじょう》！　ぷにぷにハンドを、グッと握りしめる。

「……ほぎゃ」

決心したら、なんか気持ちが盛り上がってきた。というか涙が出てきた。

「……ほぎゃあああん、ほぎゃあああん！」

あー、これアレだ。お腹空《なかす》いてきたわ！

ごはんくれ～！　ごはんくれ～！

感情を制御できずに泣いていると、すぐに魔族の乳母が飛んでくる。

「はいはいお坊ちゃん、ミルクの時間ですねぇ」

「ばぶぅ……」

そうして腹を満たした俺は、魔王討伐を誓いながら眠りにつくのだった……

†　†　†

――夢を見ていた。

懐かしい森を抜けると、小さな田舎の村。そこには、幼い俺と、天真爛漫《てんしんらんまん》な少女がいた。

『アレクー！　お父さんが蜂の巣を取ってきたんだって！』

大興奮で顔を紅潮させる、幼馴染《おさななじみ》のクレア。

『ハチミツの壺《つぼ》、しまってるところ見たんだぁ！』

悪い笑みを浮かべて、彼女は言う。

『ね！　こっそり食べちゃおうよ！』

『えっ、大事なハチミツを⁉』

俺はびっくりして聞き返す。

『そんなこと、していいの⁉』

『ダメに決まってるじゃない！　だから〝良い〟のよ！』

幼くして、禁断の蜜の味を知る女。それがクレアだった。彼女はとんでもなく活発で、怖いもの知らずで、俺はいつも振り回されてばかりいた。彼女のせいで痛い目を見たのも一度や二度ではない。

――でも、楽しかった。彼女に引っ張られて、村中を駆けずり回った日々。

全てが懐かしい。平和な故郷の村も、クレアとたらふく舐《な》めたハチミツの甘さも。

高値で売れるはずのハチミツがなくなってしまい、カンカンに怒っていたクレアの親父《おやじ》さん。大目玉を食らって泣きべそをかいていたクレア。同じく共犯として親父にゲンコツを落とされた俺。

叱られてからはしばらく大人しくしていたが、数日も経てばケロッとして、またぞろ村をイタズラで騒がせていた。そんな俺たちを、みんな温かく見守ってくれていたんだ――

『ね！　アカバネ草の煮汁って毛が抜けるんだって！　村長の頭に塗ってやろうよ！』

『まずいって！　ヘタしたら殺されるよ！　それはさすがにヤバい！』

『バカね！　ヤバいから面白いんじゃない!!』

『そんなムチャクチャな！』

なんだかんだと言いながら、クレアの薬草探しに付き合う幼い俺。

――ああ、俺は知っている。この楽しくて、幸せな光景が、長くは続かないことを。


穏やかな世界は突如として、闇と炎に塗りつぶされた。

『魔物の群れだーッ！』

あの夜、誰かの叫び声で俺たちは目を覚ました。慌てて外に飛び出ると、真っ暗な山にまるで鬼火のような無数の明かりが揺れていた。

それは松明《たいまつ》だった。国境の山を超え、魔王軍が押し寄せてきたのだ。ゴブリンとオーガ、残虐な夜エルフ《ナイト》の猟兵たち。そして、それらを率いる魔族の戦士団――

幼い俺はそんなことを知る由もなかった。ただ、何か恐ろしいことが起きている。それだけはわかった。

『逃げろ！』

大人たちは必死だった。持てるものだけを持って、村から逃げ出す。だが俺たちは遅すぎた。いや、魔王軍が速すぎたのか。

闇の軍勢の濁流に、村はたちまち蹂躙《じゅうりん》された。

『うわあぁ！　やめろーッ!!』

家財を持ち出そうとしていた村長は、オーガに喰《く》い殺され。

『助けてくれ！　この子だけは!!』

パン屋のセドリックは我が子をかばって夜エルフの矢に倒れ。

『いやああ！　お父さぁぁん!!』

かばわれたクレアは、親父さんの亡骸《なきがら》にすがりついて泣いていた。

『助けて！　誰かぁぁぁ！』

俺が最後に見たのは、クレアが夜エルフに髪を摑《つか》まれて引きずり倒されるところだった。

そのままゴブリンたちに群がられ――

『誰か――』

手を伸ばし、ぐしゃぐしゃに泣き濡《ぬ》れた彼女と――目があった気がした。

『クレアーッ！』

『見ちゃダメよ!!』

助けに行こうとする俺を、おふくろが無理やり抱えて逃げた。親父は、俺とおふくろを逃がすために囮《おとり》となって飛び出した。

『ここは通さん！　通さんぞーッ！』

『ハッハッハ、惰弱な人族が何を生意気な！　死ね！』

　親父の断末魔の叫びが、夜空に木霊する。鮮やかな緑色の髪の魔族が、高笑いしながら槍《やり》を掲げている。その先端には串刺しにされた何か丸いものが、人の頭のようなものが、燃え盛る家々の炎に照らされて――

『――――ッッ』

　声にならなかった。あまりの衝撃、怒り、絶望に涙を流すことしかできなかった。そしてそれは、今の『俺』も同じだ。夢だとわかっていても、身動きひとつ取れない。まるで当時の無力感を今一度味わえと言わんばかりに――

『おやじー！　クレアー！』

　幼い俺は、ただ泣きじゃくることしかできず、おふくろに運ばれていく。

　風切り音。ドスドスッ、と鈍い音がして俺を抱きかかえるおふくろが「うっ」と呻《うめ》く。

　しかし何事もなかったかのように走り続ける。自分も苦しいだろうに、あやすように俺の頭を撫《な》でながら。

『大丈夫……大丈夫だからね……』

　――奇跡的に、俺たちは逃げ延びた。魔王軍はそれ以上追撃しなかったからだ。

　代わりに、魔族の嘲笑まじりの声が響いた。

『さあ逃げろゴミ虫ども！　そして貴様らの主に伝えろ！　我らはここで待ち受けている、いつでも相手になるとな!!』

そう、俺たちは逃げ延びたのではない。逃されたのだ。さらなる犠牲者を呼び込むための使者として——そして俺たちは、その役割を果たした。

『この子を……頼みます……』

夜通し駆けて隣街にたどり着いたおふくろは、そう言って事切れた。

おふくろの背には、夜エルフどもが放った黒羽の矢が何本も刺さっていた。屈強な兵士にだってできやしない。矢傷を負いながら、子どもを抱えて一晩走り続けるなんて。

結局、無事に生き延びたのは俺だけだった。——少なくとも俺が知る限りでは。

魔王軍侵攻の生き証人として、さらに大きな街に護送された俺はその後、教会の孤児院に引き取られた。つい先日まで、険しい山脈の向こう側の魔王国も、戦争も、遠い他人事《ひとごと》のように感じていたのに。全部変わってしまった。終わってしまった。

それからは、死に物狂いで体を鍛えるようになった。

——ブチ殺してやる。魔王国の奴《やつ》らを。それだけが俺の望みだった。

兵士になることにした。奴らの目にものを見せてやる。その一心で。

国が派遣した討伐軍は、呆気《あっけ》なく返り討ちにあったらしい。俺が鍛錬している間にも軍は負け続け、情勢はどんどん悪くなる一方だった。

そしてとうとう兵士に志願しようとしたところ、俺は成人の儀で聖属性を発現し、聖教国へ送られて勇者見習いとなった。

それからは——さらなる訓練の日々だ。しかし、俺がもたもたしている間に祖国は滅んだ。どうにか聖魔法の扱いを身につけてからは、即座に前線に投入され、先輩勇者たちと肩を並べて戦った。魔王国との戦いは一進一退。いや、一進二、三退ってところか。勝鬨《かちどき》を上げるより、惨めに敗走することの方が多かった。

いつ死んでもおかしくはなかった。だが俺は生きながらえた。憎き魔王軍を血祭りに上げるために、一分一秒でも長く戦おうと全力を尽くした結果だ。

『——闇の輩《ともがら》に死を!!』

足りなかった。どれだけ血を流しても、村のみんなは、親父はおふくろは、クレアは帰ってこない。

『助けて——』

涙ながらに伸ばされたあの手を、忘れられない。

「…………」

目を覚ました。大理石の部屋。肌触りの良い毛皮をふんだんに折り重ねたベッドに、俺は身を横たえている。

手を見た。青みがかった肌色——魔族の色。

「おはようございます、お坊ちゃま」

声。ベッドの傍らに、片眼鏡をかけて執事服に身を包んだ赤肌の少女が、フワフワ浮かんでいる。悪夢から目が覚めたかと思えば、今度はクソみたいな現実がやってきた。今や俺は魔族の王子で、毎朝悪魔の執事が起こしにやってくる――

目覚めとしては最悪に近い。だが。

耐えろ。この状況に耐え続けろ。

そうすれば、俺は、きっと――魔王軍に致命的な打撃を与えられる。

「……おはよう、ソフィア」

俺はぎこちなく笑みを浮かべて、悪魔に挨拶した。

早いもので、俺が魔族に転生してから2年が経《た》とうとしていた。

†　†　†

赤ちゃん時代はバブバブ言ってるだけで済んだが、喋《しゃべ》れるようになってからは、中身を誤魔化すのが一苦労だった。

うっかり魔族らしくない言動を取ってしまい、怪しまれて正体がバレたら一巻の終わりだからな。周りを観察しながら、頑張って魔族らしい立ち居振る舞いを心がけつつ、俺はどうにか日々をやり過ごしている。

さて、この2年で、俺の体は成長した。……びっくりするくらい成長した。人族の5歳児くらいの体格だ。話によると魔族は成長が早く、15歳で肉体がほぼ完成するらしい。

魔族さぁ……長命なくせに早熟なのズルくない？　ただ、俺の場合は、周囲が成長速度に驚いていたので、魔族の中でも特に早熟なのかもしれない。

『早く一人前になって魔王をブッ殺したい』という俺の強い願いが、体の成長を加速させている可能性がある。これは魔族に限った話じゃないが、『魔力が強い存在』は、ただ念じたり言葉にしたりするだけで現実を歪《ゆが》めてしまう。

そして今の俺は、エルフに次いで魔力が強いとされる魔族――

ま、一日でも早く魔王を倒せるようになるなら、俺としては大歓迎だ。

そして、乳母の手を離れた俺には、新たに教育係がつけられていた。

「お坊ちゃま！　今日こそ、ごはんのあとはお勉強ですよ！」

それがコイツ、俺を起こしに来た少女――の姿をした【悪魔】だ。

ぴったりとした黒と赤の執事服。額からニョキッと突き出した2本の角。顔立ちは大人しそうだが、人畜無害と呼ぶには尖《するど》すぎる八重歯。申し訳程度に背中から生やした、コウモリともドラゴンともしれぬ翼でフワフワと浮いている。トレードマークは片眼鏡。

その名を、『ソフィア』という。本人曰《いわ》く知識を司《つかさど》る中級悪魔らしい。知識を得ることで成長し位階も高まっていくのだとか――その性質上、歩く辞書のような知識量を誇り、教育係としてはうってつけというわけだ。この肉体の母親と契約《ジルバギアス》しているソフィアは、まさしく悪魔的な執拗《しつよう》さで、俺を勉強机に向かわせようとしてくる。

「深淵《しんえん》なる叡智《えいち》がお坊ちゃまを待ってます！　さあ読み書き計算を始めましょう！」

「イヤだ！　今日はお城を探検する！」

俺は魔族らしい傲慢さで、断固として拒否した。

「『今日は』って、毎日探検ばっかりじゃないですか！」

「勉強はキライだ」

俺は不機嫌を隠さない。もともと前世からじっと机に向かっていられないタチだったし、『勇者』っても本質的には『強い兵士』だからな。最低限の読み書きさえできれば問題なかった。勉強に時間を割くよりも、魔王城の構造を調べる方が有意義ってもんだ。

「魔王になるには、ただ強いだけじゃなくて、頭も良くないとダメなんですよ！」

ソフィアはそう言って発破をかけようとするが、別に俺は魔王になりたいわけじゃなくて、魔王をぶっ殺したいだけだし……

「ん～、確か魔族は、『やれと言われたらやりたくなくなる』んでしたか……」

額を押さえてブツブツ言っていたソフィアは、

「じゃあお坊ちゃま、運動してください！　運動しまくるのです！」

「よし、それならお城を探検だ！」

「やっぱりダメじゃないですか！」

俺が嬉々《きき》として叫ぶと、ソフィアは頭を抱えた。残念だったな！　向学心皆無の俺と、知識の悪魔は死ぬほど相性が悪いぜ……！

「……はぁ。仕方ありません、とりあえずお食事にしましょう……」

ソフィアがぱちんと指を鳴らすと、使用人たちがワゴンを押して入ってきた。

夜エルフ、獣人、小悪魔《インプ》などと種族がごちゃまぜなメンツだ。

悪魔は契約に縛られていて裏切ることがなく、夜エルフ・獣人は選《よ》りすぐられた忠誠心の高い連中らしい。一応、俺の護衛《にくかべ》も兼ねているんだとか。

ベッド横のテーブルに、手早く目覚めの食事が用意される。

『目覚めの食事』——人族からすれば馴染《なじ》みのない言葉だろう。要は朝食のことだが、俺は魔族。つまり闇の輩で、だいたい朝方に寝て昼過ぎ～夕方に起床する夜行性だ。

つまり寝起きの食事が『朝食』ではなく、人族が言う『昼食』もしくは『夕食』になってしまい、元人族としては非常にややこしい。

アンデッドと違って、魔族は日光を浴びても平気なんだが、やっぱり夜に活動した方が体調がいい。窓の外には、日が傾いて茜色《あかねいろ》に染まる空が見えた。使用人たちでわかるように、働いている者も夜型種族が多く、魔王城は夜を中心に回っているというわけだ……。

爽やかな朝日と朝食を懐かしみながら、俺は『夕食』を口に運ぶ。俺が他魔族の分まで食べて、魔王を倒す糧としてやる……!!

「お坊ちゃまはよく食べますねえ」

毎度のことながら、俺の食いっぷりにソフィアが感心しつつ呆《あき》れている。俺が親の仇《かたき》のように食いまくるので、量はいつも多めだ。どっちかというと親が仇なんだが。

「……今日は、母上は？」

「奥方様は、急用で領地の視察へ向かわれました」

いつもは母の部屋で食事を摂《と》るのだが、自室ご飯になったのはそういうわけか。

まあ、顔を合わせたら勉強しろ勉強しろとうるさいので助かる。……っていうか魔族って、『力こそ全て』が信条じゃなかったのかよ？

「『魔王になるため、ちゃんと精進なさい』と言伝《ことづて》を預かっております」

ソフィアが皮肉っぽく付け足したが、俺は聞こえないふりをした。

——さて、腹も膨れたし魔王城の探検と洒落《しゃれ》込《こ》むか。

「お坊ちゃま、運動も大切ですけど、せっかく頭が柔らかいんですから今のうちに——」

口うるさい悪魔が後ろから色々言ってくるが、無視だ無視！——きっとソフィアは、俺がただの腕白坊主だと思ってるんだろうな。擬態としては我ながら完璧だ。

謎に包まれた魔族の生態や魔王城に関しての情報は、いくらあっても損はしない。

場合によっては、汎人類同盟にどうにかして情報を渡せないかとも考えている。

まあ、俺の立場で同盟と接触するのがまず難しいわけだが。その方法も考えないといけない……もっと自由に動けるようになるまで、耐える必要があるな。

あと何年かかるかわからないが……頼むぞ、人類。

それまで、どうにか持ちこたえてくれよ。

†††

「奥方様～！　ジルバギアス様がぜんぜんお勉強しません！」

告げ口された。ふんぞり返る魔族の母の前で、俺は小さな骨の椅子に座らされている。勉強せずに探検ばっかりやってたら、とうとう本格的に説教される羽目になった。

この椅子、魔族には『自省の座』と呼ばれているらしく、死ぬほど座り心地が悪い。というかケツが痛い。子どもを叱るときや部下を叱責するときに使われるそうだ。大の大人が（しかもプライドの高い魔族が）子どもの俺にちょうどいいくらいの、本当に小さな椅子だ。これに座らされるのは、相当な屈辱だろうな。

ぱちん、と扇子を閉じて母が口を開く。

「ジルバギアス」

「……はい、母上」

未《いま》だにこの魔族を『母』と呼ぶことに抵抗がある。俺のおふくろはただひとりだから。

おおよそ我が子に向けるものとは思えないような、酷薄な瞳が俺を捉えた。

ゾッとするような冷たい美貌の魔族、それが俺の母『プラティフィア』だ。愛称はプラティ、外見に似合わず可愛《かわい》らしいものだが、目上の親族や魔王にしか呼ばせないらしい。

……あの魔王が「プラティ」とか呼んで乳繰り合うのか？　コ、コイツと？　ちょっと想像がつかないな。プラティが夫婦仲円満アピールのために言ってるだけじゃないか？

「あなたが強くなりたがっているのは知っているわ。それは好ましいことよ」

俺の内心をよそに、プラティはとつとつと語り出す。

「勉強嫌いなのも、まあいいでしょう。誰もあなたが学者になることなんて望んでないんだから……」

プラティはソファから身を乗り出し、こちらを覗《のぞ》き込んだ。

「【あなたは、魔王になるのよジルバギアス】」

その瞳が、どろりと情念に濁る。空気が重みを増したかのようだ。プラティはこうやって、たびたび俺にこの言葉を浴びせかけてくる。まるで刷り込むように。

「………………」

そうしてプラティはジッと俺の反応を窺《うかが》っていた。

……何度でも言うが、俺は魔王をぶっ殺したいだけで、決して魔王になりたいわけじゃない。そんな目で見つめられても反応に困るだけなんだよなぁ。

むっすりと黙り込む俺に、プラティは呆れたように溜息《ためいき》をついてソファに身を預けた。

「まったく、我が子ながら我の強さは大したものね。そう思わない？　ソフィア」

「ええ、奥方様。……トンデモなく頑固な方だと思います、色んな意味で」

ソフィアもうんざりしたように頷《うなず》いている。

「ねえジルバギアス。そんなに勉強が嫌いなの？」

「キライです」

「即答ね……まあ、わたしも、小さい頃は嫌いだったから気持ちはわかるんだけど」

まるで子育てに悩む母親のような顔で、眉間をもみほぐすプラティ。

「真面目な話、最低限の読み書きくらいはできないと将来困るのよ。魔王になる云々《うんぬん》の前に、部下の報告書さえ読めないわけだし。何より、周りに馬鹿にされるわ。……ええ、他の王子の母親どもがなんて言い出すことか……」

美貌が憎悪に歪む。

「第1魔王子のアイオギアスは、3歳の頃には読み書き計算をほとんどマスターしたそうよ。ヤツの母親はずっとそれを鼻にかけてるの。あなたにはそれよりも早く習得してもらわないと、わたしが、困るのよ……ッッ!!」

話すうちにどんどん機嫌が悪くなっていき、とても人様にはお見せできないような表情になるプラティ。その手にギリギリと力がこもり、扇子がバキッとへし折れる。

母親同士のマウント合戦も絡むのか……と何とも言えない気分になる俺だったが、ここで、ちょっとした自分の思い違いに気づく。

俺は、自分が最低限の読み書きも、計算もできることを知っている。

だがこいつらは、俺が文字も読めず、指の本数以上は数えられないと思ってる。

……それは確かにまずい、というか危機感を抱くのも無理はない。読み書きの勉強なんて時間の無駄だと思っていたが、魔王城で今の俺が立ち入れる区域はだいたい見て回ったし、ちょっとくらい勉強する姿勢を見せた方がいいかもしれない。

ただ、今まで散々嫌がってたのに、急に素直になっても魔族的に不自然だろうし、どうしたものかな……などと考えていると。

「そうだ、いいことを思いついたわ」

同じく頭を悩ませていたプラティが、ポンとソファの肘掛けを叩《たた》いた。

「ソフィア」

「はい、奥方様」

「ジルバギアスが勉強を嫌がったら、実力行使を許すわ」

プラティの言葉に、ソフィアは喜色満面で飛び上がった。

「やったぁ！　ということは、次にクソ生意気なことを言ったら、我慢せず顔面ブチのめしていいんですね!?」

俺は思わずソフィアを二度見した。困り顔で俺のわがままに付き合いながら、実は内心キレかけてたのか!?　俺もクソガキの自覚はあったけど!!

「ふむ、そうね……」

考え込むプラティ。いや、そこは即答しろよ。悩む余地があるかよ。

我、王子ぞ？　お付きの者が顔面ブチのめしたらダメだろ。

「それはまだダメね」

まだ……？

「治療が必要な怪我《けが》は避けなさい。戦場の痛みを知るには、この子はまだ幼すぎる。痛みに怯《おび》えて惰弱になられたら困るもの」

「どれくらいならいいんですか？」

「青あざくらいならよしとしましょう」

「わーい！」

諸手《もろて》を挙げて喜ぶソフィア。犬歯を剝《む》き出しにした笑みは――まさしく悪魔のそれだ。

「とは言え、ただの喧嘩《けんか》じゃ意味がないし、勝負にならないわ。それに、満身創痍《まんしんそうい》で勉強に身が入らなくなったら本末転倒よ。というわけでルールを定めましょう」

ぱさっ、と扇子を開こうとして、それが破壊されていることに気づくプラティ。

すかさず部屋の隅にいた夜エルフのメイドが、替えの扇子を差し出した。

「ジルバギアス。そんなに勉強が嫌なら、ソフィアと勝負しなさい」

傲岸な笑みを扇子で覆い隠しながら、プラティは告げる。

「徒手格闘で、あなたが1発でもソフィアに当てられたら、あなたの勝ち。その日は自由にしていいわ。逆にソフィアに5回、地面に転がされたらあなたの負けよ。大人しく1時間は勉強なさい。そして休憩を挟んで、もう勉強したくなかったら、また勝負するの」

……その条件だと、だいぶん……

「それだとジルバギアス様が有利じゃないですかー、奥方様？」

「あら、あなたの実力を考慮してのことだけど」

まあ、いくら俺が人族の5歳児くらいの体格とはいえ、それくらいハンデは必要だよな。

ソフィアも小柄だけど、大人の範疇《はんちゅう》に入る背丈だし。

「ジルバギアス。わたしたち魔族は『力こそ全て』よ。自分の好きなように振る舞いたいなら、力尽くで抗《あらが》いなさい」

……ああ、忌々しいほど魔族らしい物言いだ。

「この経験が、あなたをさらに強くするでしょう……ソフィア、今日のお勉強は？」

「まだです、奥方様!!」

ソフィアもいい笑顔しとるわ。

「……ソフィアって戦えるのか？」

素朴な疑問。悪魔は見た目で判断できないが、それにしても俺が勇者時代に戦った悪魔と比べて、ソフィアは……どう考えても肉弾戦向きではない。

「いやですねぇーお坊ちゃま。私は知識の悪魔ですよ？　私が魔族の皆々様から、最初に学んだのは何だと思います？」

ソフィアは爽やかな笑みで答えた。

「格闘から槍術《そうじゅつ》まで、ぜーんぶ学ばせていただきましたとも！　そして、それらを完璧に再現できると自負しております！」

爽やかさが、獰猛《どうもう》さで塗り潰されていく。

「なので……お坊ちゃまの教育には差し支えないかと」

ははは、言ってくれるじゃねえか。

中級悪魔風情がよォ……！

「さて、お坊ちゃま。今日は大人しくお勉強しますか？」

……正直に言えば。先ほど、思い違いに気づいた時点で、面倒事を避けるために素直に勉強する感じでいいかな、とは思ってたんだ。

だが、この流れで大人しく従う魔族は――いねえよなぁ。

「いやだ」

俺は立ち上がりながら、ハッキリと答えた。

「そうですか。では」

ソフィアは楽しくて仕方がないといった具合に笑う。

「お勉強の時間ですよ、お坊ちゃま」

黒と赤の執事服がひらめく。

一切の躊躇《ちゅうちょ》なく、ソフィアの拳が俺に叩き込まれた。

肉薄するソフィアに、俺の体は反射的に動いた。

腹部を狙う突き――跳んでかわすか――

いや空中で狩られる――いなすしかない――

突き込まれたソフィアの腕を横に叩いて逸《そ》らしつつ、身を傾けて拳をやり過ごす。全部やってから、思考が追いついて、動きに理由が生まれた。

――皮肉なもんだ。肉体が別物に替わっても、体に染み付いた動きは出るんだな。

などと頭の片隅で思いつつ、反撃《カウンター》の軽いジャブを放つ。

ソフィアの気迫はなかなかのものだ。が、殺しに来ていないだけ生温《なまぬる》く感じる。当てさえすれば俺の勝ち。そしてここまで近づけば、短いお子様ハンドでも十分届く。

「おっと」

が、物の理《ことわり》を嘲笑《あざわら》うような急制動で、ソフィアはサッと身を引き、俺の拳をかわした。

クソッ、これだから悪魔は嫌いなんだ。普段から重力を無視してフワフワ浮いてるような連中だ、あれは当然武術にも応用が効く。現役時代、悪魔どもの理不尽な動きに、何度辛酸を嘗《な》めさせられたことか……！

せめてもうちょっと手足が長ければなぁ。早く大人になりたい。

追撃を諦めた俺は、左手を突き出し、右手を腰のあたりに引いた構えを取りつつ、すり足で横に動きながらソフィアの様子をうかがう。

「ほほう……」

様子見しているのはソフィアも同じだった。ふわりと着地し、重力を味わうようにトントンと足の爪先で床を叩く。

「やりますね、お坊ちゃま」

ソフィアは俺を見つめながら、こくんと小首を傾《かし》げて問うた。

「しかし、どこでそんな動きを？」

…………。

久々の闇の輩《ともがら》との攻防に沸き立っていた全身の血が、急激に冷めていく。

言われるまでもなく、何の心得もない2歳児の動きじゃなかった。

クソッ、体に染み付いた動きがアダになるとは……！

「……練兵場で、やってたのを、見た」

頭をフル回転させて、理由を絞り出す。

「そうですか？　こんな動き、魔族の格闘術にはなかったですけど……」

左手を突き出し右手を引き、すり足でなめらかに移動してみせるソフィア。

——俺は戦慄した。聖教会の修道士に叩き込まれた人族汎用近接格闘術、その基本の型がほぼ完全に再現されていた。たった一度、俺の動きを見ただけでこれか……!?　というか、まずい！　『再現』ということは、俺はこの動きをそのまま披露したのか！　見る者が見れば、これが何なのか理解できてしまう……！

背中がじっとりと嫌な汗で湿るのを感じながら、恐る恐るプラティを見やると——

「ソフィア。残念だけど誰もがあなたのように、見ただけで動きを完璧に再現できるわけじゃないのよ」

　ひらひらと扇子を扇《あお》ぎながら、呆《あき》れたような口調で言った。

「普通は見真似《みまね》したら、何かしら違ってくるものよ。それに、あなたが学んだのは魔族の戦闘術であって、他種族のものまでは網羅していないでしょう」

「なるほど。それは確かに、そうですね」

「ジルバギアスの動きは、獣人の格闘術に近いわ。きっと練兵場で雑兵どもの稽古でも見たんでしょうね」

　などと、勝手に解釈してくれるプラティ。

「ふふ、流石《さすが》はわたしの子。見様《みよう》見真似であの動きとは、今後が楽しみだわ」


……助かった。

　確かに――この格闘術は、獣人族の身のこなしを取り入れ、人族が発展させたものだ。

　それに、よくよく考えたら、聖教会の格闘術を、魔王軍の連中が戦場で目にする機会なんて滅多にない。徒手格闘（というか、爪と牙）は獣人たちの専売特許だし、俺たち人族は剣と盾を使う。そして武器を失えば、多くの場合、徒手格闘する暇もなく殺される。

　俺の動きを見て気づくヤツがいたとすれば、それは同門か、人族と何度も殴り合ったことのある変わり者だけってわけだ……

「こんなことなら、もっと早く武術を教えてあげればよかったわね。まだ幼すぎると思っていたのだけれども」

安堵《あんど》する俺をよそに、プラティは少しばかり残念そうに言う。

「ジルバギアス。誇り高き魔族の王子が、真っ先に習得したのが獣人の武術では、外聞が悪いわ。それは一旦忘れて、まず魔族流の戦闘術を修めなさい」

「……はい、わかりました」

俺は慎重に答えた。今回は運良く誤魔化せたが、次はどうなるかわからない。プラティに言われるまでもなく、勇者時代の動きは全て封印しないと……

「さあ、ジルバギアス。由緒正しい魔族の格闘術を身につけてもらうわよ」

扇子で口元を隠しながらも、はっきりわかる嗜虐《しぎゃく》的な笑み。

「だいじょうぶ、時間はいくらでもあるんだから……ソフィア。続きを」

「はい、奥方様」

ソフィアが構える。小柄な少女の外見にそぐわない、両手を掲げた攻撃的な構えだ。なるほど、これが由緒正しい格闘術とやらか……

「いやー、思ったより歯応えがありそうで、楽しくなってきちゃいましたね。お坊ちゃまの動きもなかなか侮れない、というか参考になりそうですし」

畜生、今度ヘタな動きをしたら、再現されてどこでボロが出るかわからない……！

「じゃ行きますよー」

のんびりした声と同時、ソフィアが踏み込んでくる。

——その後、文字通り動きを封じられて精彩を欠いた俺は、ボコボコにされて床に転がされる羽目になった。

まあボコボコっつっても子ども相手だし、魔王に全身を粉々にされたことを思えば、こんなの痛くも痒《かゆ》くもないが……

「あー！　これで！　やっと！　お勉強できますねぇ!!」

感無量といった様子のソフィアを尻目に、俺はぶっすりと机に向かう。

負けたので、お勉強タイムだ。これは仕方ない。とりあえずテキトーに、最低限の読み書きを頑張って覚えるフリをしつつ、英気を養おう……もうちょっと体が育ったら、このクソ悪魔をボコボコのギタギタにしてやる……！

そんなことを考える俺の前に、紙の束が置かれる。

「さあお坊ちゃま！　これが文字というものですよ!!」

何やら、見たこともない記号の羅列。

「…………？」

読めねえ。

「え……これが??　文字？？？」

「そうですよ」

ソフィアは、あっけらかんと。

「魔族文字です」

……そういや……なんか指揮官の司祭が言ってた気がする。魔族は、話し言葉こそ一緒だけど文字が違うって……だから書類とかを回収しても解読に時間がかかるって……

「お坊ちゃま！　魔族の文字は表音文字と言ってですね、この文字ひとつひとつが音を表すのです。これが『あ』、これが『い』というふうにですね。そして組み合わせ次第で別の音に変わったりします。あ、表音文字と言いましたが、実は表意文字というものもありましてそれは人族やエルフ族の文字に言えることなんですが――」

早口で説明しだすソフィア。俺は気が遠くなるのを感じた。教会の孤児院で文字の書き取りが終わらず、毎晩毎晩、遅くまでやらされた記憶が蘇《よみがえ》る……

その日、俺は生まれ変わってから、一番絶望したかもしれなかった。

やっぱり魔族……許せねえよ。

†　†　†

――最近なんか頭が痛《いて》えなと思ってたら、いきなり角が生えてきた。

生まれ変わってから、だいたい5年が経《た》ったある日のことだ。

勉強、魔族流格闘術、城の探検（という名の走り込み）、と心身ともに鍛えつつ反逆の牙を研いでいたら、それは突然起きた。

　側頭部がじくじく痛むけど、ソフィアに殴られた痛みとはなんか違うな、と思いながら寝て、起きたら枕が血塗《ちまみ》れになっていた。そして違和感があるなと思ったら——角だよ。まだ小さいが、魔族特有の禍々《まがまが》しいアレが、頭の両サイドから生えていた。

「おめでとうございますお坊ちゃま！　いや、もう『お坊ちゃま』じゃなくジルバギアス様とお呼びするべきですね！」

　角を握って茫然自失《ぼうぜんじしつ》していた俺に、部屋へ起こしに来たソフィアがパチパチと拍手して祝ってくる。普段と変わらないはずの彼女に——しかし、俺は言葉を返せなかった。

　——ソフィアを中心に、魔力が渦巻いているのが、わかる。

　いや、ソフィアそのものが魔力の塊だった。肉体が、物質的なモノではなく、吹き荒《すさ》む風を無理やり型に押し込めたような、不自然な状態であることが感覚として理解できた。

　あー、そっか。だから悪魔って、死んだら大なり小なり爆発するのか……この『型』が崩壊してエネルギーが解き放たれるわけだ。

「……あ、ジルバギアス様もわかるようになったんですね？」

　ニヤリと笑ったソフィアは、芝居がかった仕草で、手品師のように両手を広げる。

　彼女の手のひらから滲《にじ》み出す魔力が、楔形《くさびがた》の魔族文字を形作り——『角なし卒業　おめでとうございます』と読めた。

　こんなにはっきり魔力を知覚できたのは、前世を含めても初めての経験だ。

高位の術者、あるいは森《フォレスト》エルフやドラゴンといった、魔力優位の種族たちが見ている世界が、これか。

魔族にとって、角はかなり重要な感覚器であることは広く知られていたが、まさかここまでとは。ただ目で見る世界とは、まるで違う……

「奥方様もきっとお喜びになられるでしょう！　それにしても早いですねー、魔族の角は8～9歳、遅ければ10歳くらいで生えるそうですが――」

ソフィアの言葉を聞き流しながら、俺は噛《か》み締めていた。

自分が本当に――人族ではなく、魔族に生まれ変わってしまったという事実を。

今までは、何かに没頭していればそれを忘れることもできたが、もう無理だ。ここまで感じる世界が変わってしまったら。

……あと、もう二度と横向きに寝れないことが地味にショックだった。

俺、仰向《あおむ》けだとうまく寝付けないいんだけどな……

「素晴らしいわ！　5歳で角が生えるなんて、史上初じゃないかしら!?」

案の定プラティは大喜びだった。きっと他の王子の母たちにウキウキで自慢しに行くんだろうな――などと冷めた目で見つつ、俺はプラティの魔力も感じ取る。

――強い。流石は魔王の妻というべきか、上位魔族と呼ぶに相応《ふさわ》しき力強さ。その場で風が渦巻いているようなソフィアと比べると、どっしりとした岩のような存在感。これはやはり、『肉体』を持っているからだろう。良くも悪くも安定している。

「ジルバギアス様、おめでとうございます」

「おめでとうございまーす」

ひるがえって、部屋の隅で祝ってくる使用人たちに目を向ける。

馴染《なじ》みの小間使いの小悪魔《インプ》は——なんというか、こじんまりしている。ソフィアを獅子《しし》とするなら、せいぜい兎《うさぎ》って感じだ。百単位でぶつけないとソフィアには敵《かな》わないだろうな、と思わせるだけの力量差がある。

そして獣人は、それに輪をかけて頼りない。身体能力的には小悪魔《インプ》より格上のはずなんだが、魔力的には吹けば飛びそうな脆《もろ》さだ。魔族が『下等種』などと蔑むのも、わからんでもない。……そしてきっと、人族もこれくらいなんだろう。

最後に夜エルフのメイドたち。思ったより弱々しい。獣人よりはマシだが、小悪魔《インプ》とどっこい、あるいはちょっと強いかな、という程度。

彼女ら夜エルフは、森エルフから追放された一族の末裔《まつえい》とされている。

太古の昔、エルフたちは精霊を崇拝し、森や動物たちを愛し、森とともに生きていた。が、その行き過ぎた自然主義に折り合えない者が現れ始めた。その者たちは狩りに興じ、自然を自らの望む形に作り変えることを厭《いと》わなかった。やがて、自然主義のエルフたちと対立が深刻化し、激しい同族争いの末、彼らは故郷の森を追われたのだという。

その際、精霊の寵愛《ちょうあい》を失ったせいか魔力は衰え、寿命も短くなってしまった。彼らは森エルフと精霊たちを恨み、闇の神々を信奉して『夜エルフ』を自称するようになった――

今では、ほとんど別の種族と言ってもいい。強大な魔力を誇り、健康的に日焼けした森エルフと、太陽を忌み嫌い、病的なまでに青白い肌の夜エルフ。

森エルフほどの魔法は使えない代わりに、闇に適応した夜エルフたちは、その赤い瞳で生物の熱を感じ取ることができ、弓に関しても森エルフより実戦的かつ高い技量を誇る。

……まあ、魔法に秀でた森エルフは、そこまで弓に頼る必要もないわけだが……

ともあれ、夜エルフは森エルフに復讐《ふくしゅう》を果たし、その血を闇の神に捧《ささ》げることで、在りし日の魔力と寿命を取り戻すことを悲願としている。だから同じ闇の輩《ともがら》であり、他種族へ侵略戦争を仕掛ける魔族に恭順しているのだ。

血を好む残虐な気質は合うし、青白い肌も親近感が湧くし、魔族と夜エルフの関係は、それなりに良好だ。

――表向きは。

「おめでとうございます」

俺を祝福する夜エルフの使用人たちの笑顔は、しかしどこか寒々しい。

魔族は、魔王国の黎明期《れいめいき》から付き従う夜エルフたちを優遇しているが、同時にその弱々しい魔力を蔑み、陰では『角なし』などと呼んでいる。

同じような気質で同じような見た目なのに、角がないせいで魔力が貧弱だ、と。しかも周囲には、魔族とほぼ同格に遇されている悪魔たちがおり、悪魔にも角が生えている。

「おめでとう、ございます」

壁際で拍手する夜エルフたちが、強大な魔力の象徴たる角を、どのような気持ちで見ているか——その胸中は定かでない。だがひとつ確かなことがあるとすれば。

魔王軍は決して、一枚岩ではないということだ。

「さて、改めておめでとうジルバギアス。あなたも、世界の見え方が変わったでしょう」

落ち着きを取り戻し、扇子をひらひらさせるプラティ。

「最低限、自分の身は守れるようになったわね。今まであなたの行動範囲を制限してきたけど、これでもっと自由に動けるようになるわ」

「自分の身を守る……ですか？」

俺は首を傾《かし》げた。

行動範囲が制限されていたのは事実だ。城からほとんど出たことがないし、城内でさえ出入りできない区域の方が多い。魔王や兄・姉たちが暮らす宮殿にも入ったことがない。

理由は『危険だから』。他王子やその親族たちが何を仕掛けてくるかわからない、とのことだったが——角が生えたことと、自分の身を守ることがどう関係するのだろう。

なんだ？　魔族は文字通り、角を突き合わせて喧嘩《けんか》でもするのか？

「ジルバギアス、角が生えた恩恵をあなたに教えてあげるわ」

含みのある笑みを見せたプラティは、ぱちんと扇子をたたむ。

どろり、と魔力がその体から溢《あふ》れ出し、部屋を包み込んだ。

「【ひれ伏せ】」

凄《すさ》まじい重圧。部屋の空気が、粘着質に淀《よど》んだ別のものに成り果てる。

それには確かな強制力があった。俺は反射的に、自らを守る。魔王軍と戦う者なら、誰でも最初に教わる心得。透明な殻で全身を包むイメージ。魔法と呪詛《じゅそ》への対抗法。

そして驚く。角が生えたことで、それが驚くほどスムーズに行えた。全身がフッと軽くなる。

かつ、本当に自分が、魔力を操れていることに気づいた。前世で魔力を扱っていたときの、あやふやな感覚とは一線を画す。今まで目隠しをしたまま文字を書こうとしていたのが、ちゃんと手元が見えるようになった。それほどに違う。

部屋の隅では、獣人の使用人たちが全身の毛を逆立ててひれ伏すのが見える。夜エルフのメイドたちは必死に耐えているようだった。小悪魔《インプ》は煙たがるような仕草を見せ、ソフィアはいつもどおりの涼しい顔。

「――素晴らしい」

爛々《らんらん》と目を輝かせながら、プラティは笑った。

「わたしの圧にも膝を屈さないなんて。素晴らしいわ！」

部屋の空気が、元に戻った。獣人はぜぇぜぇと肩で息をしながら立ち上がり、夜エルフたちもホッとした様子で細く息を吐く。

「流石《さすが》はわたしの子よ、ジルバギアス。角なしでも、――それこそ赤子の頃から、異常なくらい我が強かっただけのことはあるわね」

――言い方が、少し引っかかった。

それに今しがたの、あの空気。程度こそ違うが、身に覚えがある。


『【あなたは、魔王になるのよジルバギアス】』


ことあるごとにかけられていた、あの言葉――

呪詛、だったのか。我が子を魔王へと仕立て上げるための。

そう悟って、俺は薄ら寒い気分になった。

「わたしの圧に耐えられるなら、大丈夫ね。そのまま宮殿に踏み入っても、壊されるようなことはないはずよ。ああ、あなたが強い子でよかった！　王子が呪詛を恐れて魔除《まよ》けを身に着けてるようじゃ、後世まで笑い者にされてしまうもの」

プラティは上機嫌でからからと笑っている。

「予定をちょっと繰り上げてもいいかもしれないわ。宮殿でゴルドギアス様に――魔王陛下にお会いするのが楽しみね？　ジルバギアス」

……俺は勇者だ。魔王に挑むのに、恐れなどない。

これまで立ち入りが禁じられていた宮殿――あの憎き魔王の住処《すみか》に近づく機会が、とうとう得られそうだという事実に、高揚感すら覚える。

でも、ちょっとだけ……ちょっとだけ、不安に思うことは許してほしい。

魔王城に殴り込んだときでさえ、俺は、頼れる剣と盾と魔除けくらいは身に着けていたのだから……。

†　†　†

幸い、というべきか、その日に宮殿へ殴り込む羽目にはならなかった。

というのも『角なし《こども》』を卒業した俺に爵位が与えられるらしく、その手続きにちょっと時間がかかるそうだ。具体的には、従騎士の位が与えられる。

魔王国はイカれた階級社会で、なんと魔族は全員貴族という扱いになるのだ。角が生えたら従騎士、15歳で成人すれば騎士、あとは戦功や国への貢献によって昇格していく。

・家や領地に身分が結びついていない
・長子じゃなくても身分が付与される
・魔王の子であっても下っ端スタートであとは自分次第

――という点で、人族の貴族制度とはだいぶん毛色が違う。

そしてこれらの階級は、戦場での命令系統にも直結している。最上位はもちろん魔王だ。

他者の上に立つのが大好きで、命令されるのが大嫌いな魔族たちは、少しでも階級を上げるべく日々心血を注いでいるわけだ……

ちなみに、魔族以外の種族にも、身分が授けられることがある。夜エルフやドラゴンといった、いわゆる1等国民。あるいは魔王に忠誠を誓う高位のアンデッド。獣人族の指導者層（獣人の王とか、族長とか）。そして、魔族と同格扱いされている悪魔たちだ。

「私ですか？　一応、男爵ってことになります」

お勉強タイム。俺の魔族文字の作文を添削しながら、ソフィアはあまり興味がなさそうに言った。

「どうでもよさそうだな」

「私は基本的に槍《やり》働きはしませんから、書類上の肩書に興味はありません。悪魔は、どちらが優れているかなんて、だいたい見ればわかりますし」

さもありなん。悪魔たちは魔力と強さが直結している。角が生えてから何体か城の悪魔を目にしたが、ソフィアより格上か格下かは、はっきり感じ取れた。

角生えたての魔族でさえそうなんだから、当の悪魔たちには自明の理なんだろう。

「……それにしても、魔族なら誰でも実力次第で昇格できるんなら、魔王位の継承で問題が生まれないか？」

「？　といいますと？」

「『魔王』に次ぐ『大公』まで上り詰めた奴《やつ》なら、全員、次期魔王になろうとするんじゃないか？　後継者争いがとんでもないことになりそうだが」

「よくわかりませんね。それのどこが問題なんです？」

きょとんとするソフィアに、作文する俺の手は止まった。

……そうか、血にも結びついていないのか、魔王位は。

本当に強ければ、魔王の血族でさえなくても構わない、と。

そしてどれだけ激しい争いになっても構わない、と……

「現魔王陛下も、心の底から恭順を誓った者を除いて、対立者は兄弟姉妹も含めて皆殺しの上で即位されてますからね。それほど激しい後継者争いを勝ち残った者でなければ、我の強い魔族を統べることなんてできませんよ、ジルバギアス様」

「隔絶した実力がなければ、誰も従わない、か」

「ええ。『魔王の槍』を受け継ぐに相応《ふさわ》しいことを証明しなければ」

……あの『槍』。魔王との戦いを思い出す。

無骨で、黒曜石のような質感のシンプルな槍だった。とてつもない力を秘めた魔法の品であることは間違いない。守護の魔法と祈りを何重にも込めた俺たちの盾を、紙細工か何かみたいにブチ抜いてきやがった。

「『魔王の槍』ってのは、何なんだ」

「……ああ、そういえばまだ説明していませんでしたね。魔族にとってあまりにも当然の存在なので、失念していました」

ぽん、と手を打ったソフィアは、嬉々《きき》として説明し始める。

「魔王陛下が受け継ぐ槍は、初代魔王のラオウギアス陛下――ジルバギアス様のお祖父様《じいさま》ですね――が、自らの魂を代償に創り出した魔槍《まそう》です」

「魂を代償に、か。まるでドワーフだな」

ドワーフの『真打ち』のようだ。鍛冶を、種族としての魔法にまで昇華させた彼らは、一生に一度自らの魂を込めて凄まじい魔法の武具を創り出すという。

「そうですね！　よくご存じで。……なぜご存じで？」

俺のつぶやきに相槌《あいづち》を打ったソフィアは、怪訝《けげん》な顔をする。

……やっべ。俺は教わった以上のことは知らないはずなんだ！　そしてそれを全て管理しているのが目の前の悪魔だ!!

「……本で、読んだ気がする」

嫌な汗をかきながら、俺は苦し紛れに答えた。

昔の俺とは違う。魔族文字を覚え、人族文字も学び、今ではエルフ文字にまで手を出している。本も読めるし、実際に教科書として何冊か読破した。体が若いせいか、覚えるのがそれほど苦じゃないんだよな。

悪魔の教育によって、勉強嫌いがだいぶん改善されてしまった……。

「……ああ、371日前に読まれた歴史書に、ドワーフ族の記述がありますね。説明はしてませんでしたけど、ちゃんと読まれてたんですね」

目を細めて虚空を一瞥《いちべつ》したソフィアが、フンフンと頷《うなず》いて納得する。

…………あっっっぶねぇ。こいつ、俺に読ませた内容も全部把握してやがる！　今まで読んだ本の中にドワーフ族の記述がなかったら、終わってた……!!

もう、相槌を打つのはやめよう。思ったことを口に出すのも、だ。

「……話が逸《そ》れたな。それで？」

「はい。ジルバギアス様もお察しの通り、『魔王の槍』は魔法の武具です。初代魔王陛下が魔神と契約して手に入れた、【魂喰らい】の力が込められています」

魔王の桁外れな力の源であるという、【魂喰らい】の邪法がここで出てくるか。

俺たち汎人類同盟も名前だけは把握しているが、その実態は謎に包まれている。鼓動が速まるのを感じながら、俺は無言で続きを促した。

「【魂喰らい】は魔神カニバルの権能で、屠《ほふ》った獲物の魂を糧として魔力に変換する魔法です。そして『魔王の槍』には、その魔法と、初代魔王陛下が保持していた魔力の大部分が込められており、槍の担い手はそれらを受け継ぐことができるのです」

――――。

あの隔絶した魔王の力は。そして【魂喰らい】の邪法は。

全て、槍が基点だったのか……！

「ですから、魔王の座をめぐる争いは、槍の担い手をめぐる争いとも言えます。ただ手にするだけではダメなんです。競い合い、殺し合い、最後に勝ち残った者が正統な担い手となって初めて、王が臣下を統べる呪術が完成するのです」

いつの間にか、俺は口の中がからからに乾いていた。つまり、つまりだ。

「じゃあ、さ」

……さっき、余計なことは口にしないと誓ったばかりだが、聞かずにいられない。

「万が一、あの槍が失われたら……とんでもないことにならないか？」

「そう、ですね。仮に槍が失われれば――強大な力を持つ『王』がいなくなれば、残念ながら魔族の皆々様もまとまりを失われるかと」

ソフィアの言葉には、どこか皮肉るような色があった。

「ただ、この世界に、あの槍を破壊できるものが存在するかは疑問ですね。魔神の権能で鍛え上げられた、初代魔王陛下の魂の結晶ですよ？　第一、肌身離さず持ち歩いておられる現魔王陛下が、そんなことは許さないでしょうし」

構わない。ああ、構わないとも。

許そうが許すまいが、俺は『殺《や》る』つもりだったんだ。

強大な魔王国の、弱点が見えた。それだけで今の俺には十分だ。

「そうだ！　このあたりのことを、詳しく書いた本があります。なんと、初代魔王陛下が執筆されたものですよ」

と、ソフィアが突然、執事服の胸元を開いて、ずるるっと辞典のようなクソでかい本を取り出した。

「どこから出したその本!?」

「私の体の中、書庫になってるんですよ」

「書庫に!?」

いくら肉体の縛りがないからって、自由すぎるだろ!!

困惑しつつも、本を手に取る。無駄な装飾のない、質実剛健な装丁。

そしてそれに相応しい、飾り気のないタイトルが魔族文字で書かれていた。


――『魔王建国記』と。


初代魔王ラオウギアスの書。いったいどんな内容なのか――俺は序文に目を通す。

『――元来、魔族とは蛮族であった。我々は能力的に恵まれた種族だが、必ずしも、優れた種族ではない。』

!?

魔族が、魔族のことをけなしているだと……!? 『優れた種族じゃない』とか、魔王以外に言われたらブチ切れるぞ連中。思わず、表紙と著者名を確認してしまった。そんな俺を見てソフィアがニヤニヤしている。

「初代魔王陛下は、魔族としては変わり者であったようです」

「そのようだな……」

『魔王建国記』と題されているものの、内容はほとんど自伝のようなものだ。なぜ魔王になったのか。どうやって魔王になったのか。自らの種族への思い。そしてその半生が簡潔な文章で書き連ねてあった――

――初代魔王ラオウギアスは、とある小部族に生まれた。父親は部族長で妾《めかけ》が何人もいて、もはや自分が何人目の子どもなのかわからない状態だったらしい。

『――まこと、当時の魔族は、蛮族としか言いようがなかった。』

ラオウギアスは当時の生活を振り返る。

『――毛皮を身にまとい、洞穴に暮らし、地べたに座って、火で炙《あぶ》っただけの肉を素手で食らっていた。そして腹が膨れれば石の槍を突き合わせ、『聖域』と呼ばれる小さな猟場をめぐり、部族間で抗争を繰り返していた――』

ガチで蛮族かよ。この大陸で、魔王国が急激に存在感を増したのが、250年ほど前のこと。初代魔王が建国した時期も鑑みると、300年くらい前まで魔族たちはどうしようもない未開の原始人だったらしい。

いや、蛮族っぽいとは常々思っていたが……食器を使ってる時点で、今の魔族はかなり文明化されてたんだな……

『――我は生まれつき、力に秀でていた。同世代には負けたことがなく、成人すれば年上の者にさえ勝てるようになった。戦でも数多《あまた》の戦士を屠り、次期部族長と目されていた。』

『――そんなある日、我はふと空を見上げ、渡り鳥の群れを目にした。あの鳥たちはどこから来るのか。周りの者に尋ねてみたが誰も知らず、興味も抱いていなかった。ただ、里を取り囲む山脈を越えて、聖域を訪れる獲物としか思っていなかった。』

『――我は、ただ無為な争いが続くだけの日々に、飽き飽きしていた。』

『――外の世界が、山脈の向こうが、知りたくなった。』

そうして、部族間の抗争に嫌気が差したラオウギアスは、出奔した。魔族の故郷は、険しい山脈に取り囲まれた陸の孤島だったらしい。食料や水も不足気味、部族間の抗争は口減らしも兼ねていたのかもしれない、とラオウギアスは述懐している。

山脈越えは、厳しい旅路となった。渡り鳥にあわせて旅立ったラオウギアスは、飛ぶ鳥を投槍《とうそう》と投石で落とすという力技で食料を確保したが、それでも十分ではなく、火の魔法で溶かした雪水をすすりながら、かつかつの状態で山を越えたらしい。

『――するとどうだ。山脈の向こうには、緑豊かな土地がどこまでも広がっていた。』

『――あの土地にたどり着くまでは死ねない。その一心で、我は山を下った。』

そうして魔王はたどり着いた。楽園とでも呼ぶべき豊かな土地へ。

猫の額のような『聖域』をめぐり、血みどろの争いを繰り広げる同族たちがいっそ哀れに思えた、とラオウギアスは綴《つづ》る。

だが――楽園には、当然、先住民がいた。

それは人族であり、エルフ族であり、獣人族であり。

そして彼らは、『楽園』においても、土地をめぐって争っていた。

『──最初に訪れた人族の国では、悪鬼の類とみなされ手荒い『歓迎』を受けたが、厳しい旅路で薄汚れ、毛皮を身にまとい、肌は青く、雄々しき角を持ち、強大な魔力を誇る我を、惰弱な人族が恐れたのは無理からぬことであった。』

『──難なく『歓迎』を打ち払った我は、そのまま襲い来る人族をなぎ倒しながら、獣人の国を訪れた。』

『──たまたま人族と獣人族の争いにかち合い、人族を攻撃したため、結果的に獣人族に加勢する形となった。』

『──我は、獣人たちの歓待を受けた。獣人は魔の素質こそ惰弱に尽きるが、武技に関しては見るべきところもある。そして力を示せば話が通じ、強者に対しては身の程をわきまえている点も気に入った。』

『──我は獣人たちから話を聞き、旅支度を整え、諸国をさすらった。』

ラオウギアスは、数十年にわたって大陸を放浪した。他種族の文字を学んだ。文化に触れた。人族と敵対し、時には友好的に交わり、排他的なエルフ族に出会い、時には変わり者のエルフと旅路を共にした。ドワーフの鍛冶に驚き、獣人たちのキャラバンに同行し、ドラゴンと戦ったことさえある。そうして世界をめぐり、見識を広げれば広げるほど──己《おの》が種族のみすぼらしさが、際立って見えた。

『――このまま、外の世界で一生を終えるわけにはいかぬ、と考えていた。しかし、ひとたび故郷を捨てた我に、一族の者が従うとは思えぬ。そうでなくとも、他部族の者たちまでまとめて導くには、当時の我には力が足らなかった。』

『――山脈の向こうの豊かな土地。それを我らが手中に収めるには、魔族は一丸とならねばならぬ。だが我が同胞《はらから》に理屈だけで従う者はいない。圧倒的な武が、力こそが、何よりも必要であった。』

『――いかにして、それを身につけるか。我は迷いながらも旅を続けた。』

『――そして故郷にほど近い、荒れ果てた辺境にて。余人の立ち入らぬ呪われた地と呼ばれる場所に、答えを見出《みいだ》した。そこにはかつての神々の大戦が残した爪痕、時空のひずみがあったのだ。』

『――魔界へとつながる門、【ダークポータル】の発見である。』

それは、悪魔たちが暮らす世界へとつながる、小さな穴だった。

時空のひずみのせいで全ての存在が不安定になり、魔力の弱い人族や獣人族たちでは踏み入ることさえできぬ土地。自然を好むエルフたちは忌避し、鍛冶馬鹿のドワーフたちは見向きもしない。そんな魔境に何を思ったかラオウギアスは踏み込み、あろうことか魔界への門まで見つけてしまった。そして無謀にも時空のひずみに身を投げ出し、魔界へ乗り込んだラオウギアスは、初めて悪魔たちと対面することになる。

『——手荒い歓迎を受けた。これまでとは違い、強力な悪魔たちを相手取った戦いは決して楽なものではなかった。』

しかし、その激しい戦いが、強大な悪魔の目にとまった。

『——魔神カニバル。我をして、見たことがないほどに強力な存在だった。彼奴《あやつ》は、我に契約を持ちかけた。敵の魂を喰《く》らい、己が力とする呪法を授けようと。代わりに得た力の一部を彼奴へと渡し、そして——我が生き様で、彼奴を楽しませよと。』

契約は、成った。【魂喰らい】の邪法を身につけたラオウギアスは、故郷への帰路のさなか、敵対するもの全てを皆殺しにし、その魂を糧とした。【ダークポータル】の繋《つな》がりを通して、力の一部をカニバルへと捧《ささ》げながら——

そうして故郷に舞い戻ったラオウギアスは、圧倒的な力により魔族を統一。

魔族たちの『王』となった。

その支配をより強固なものとするため、人族から学んだ階級制度を導入。部族間で連携しつつ、順次山を越えて、豊かな土地へと攻め込んだ——

あとは、俺たちがよく知る歴史だ。人族の国を滅ぼした。獣人の国を併合した。ゴブリンとオーガを支配した。エルフの森を焼いた。夜エルフが傘下に加わった。ドラゴンを屈服させた。アンデッドたちを取り込んだ。

十分な力を身につけた時点で、ラオウギアスは【ダークポータル】の秘密と、悪魔たちの契約を同族にも解禁していた。悪魔との契約で、ただでさえ強かった魔族の力は、さらに跳ね上がることとなった。そして魔界の外でなら、楽に力を蓄えられると知って、弱い悪魔たちもやってくるようになった。

巻末にて、魔王はこう綴る。

『――魔族よ。我が同胞よ。団結せよ。』

『――惰弱な他種族も、その数の力は決して侮れぬ。同胞でいがみ合っていては足をすくわれかねぬ。『聖域』を奪い合う時代は終わった。敵から学び、己を鍛えよ。その闘争心の向ける先を、ゆめゆめ誤ることなかれ。』

『――魔王よ。我が後継者よ。同胞たちを統べよ。』

『――大義なくして、魔族はまとまり得ぬ。ゆえに、侵略せよ。支配せよ。敵を作り続けよ。流した敵の血を競わせよ。さすれば部族のしがらみも忘れられよう。我らが種族を、二度と再び、文明を知らぬ蛮族へと堕《お》とすことなかれ。』

俺は――本を閉じた。

なるほどな……よくわかった。初代魔王の思想。全ては、魔族をいっぱしの種族に押し上げるためだった、と。そして団結を維持するため、圧倒的な力で支配しながらも、その闘争心を外に向けてやる必要があった、と。なるほどなるほど。

ふ　ざ　け　る　な

そんなことのために。

そんな、ことの、ために！

俺の故郷は！　村は!!

みんなは!!　殺されたというのか!?

ふざけるなッ！！！！

それをしなきゃ身内で殺し合うというなら！

それが貴様ら魔族にお似合いの末路なんだ!!

その汚い血を守るために、他種族の命を犠牲にするだと!?

ふざけるのも、大概にしろ…………ッッ！


——俺の手は、わなわなと震えていた。


この本をビリビリに引き裂いてしまいたいという衝動を、押し殺すには相当な自制心を要した。ソフィアの目がなければ、必ずそうしていただろう。

「いかがでしたか？　初代魔王陛下の思想が見事に表れた名著ですよね」

ソフィアが無邪気に尋ねてくる。

俺は、自分を落ち着かせるために、深呼吸した。

怒りで火照ったこの顔が、感動のためだと思われればいいのだが。

「――魂が震えたよ」

これ以上ないくらいにな。

「ラオウギアス様の、思想が……よく、わかった」

一言一言、嚙《か》みしめるようにして。

「……とても、参考になった」

そして口をつぐむ俺に、ソフィアは「それはよかったです」などとほざいている。

ああ、参考にするとも。

初代魔王。お前の思想はよ～～～くわかった。

わかった上で、台無しにしてやる。貴様の望みを全て打ち砕いてやる。

その指針はある。『魔王建国記』。要は、ここに書かれていることの逆をやればいい。俺が国を傾け、滅ぼすのだ。

魔族を、闇の輩《ともがら》を、文明の光も知らぬ、洞穴で惨めに暮らすだけの、獣以下の存在に堕としてやる……！

その暁に、そうだな、自伝でも書いてやるか。

――『魔王傾国記』とでも題して、な。

腸《はらわた》が煮えくり返るような魔王の書だったが、読んでよかったと思える点もあった。

ひとつは、俺の成長を待つ間に汎人類同盟が滅ぼされることはない、とわかったこと。

魔王軍は、戦力の割に侵攻がクソ遅い。前線の砦《とりで》をわずか半日で落としてしまったかと思えば、周辺地域の平定と支配に何週間もかけることがある。

逆襲を警戒しているにしても、あまりに慎重というか、魔族らしからぬやり口で不可解だったが、『魔王建国記』のおかげで疑問が氷解した。

——一気に攻め滅ぼしたら、『敵』がいなくなって困るからだ。

あまりにも圧倒的な戦力で捻《ひね》り潰してしまい、同盟が瓦解したり全面降伏してきたら、それはそれで困る。だから生殺しのような戦争をだらだらと続けて、同盟側が戦力を立て直すのを待っている。その上で正面から叩《たた》き潰し、魔王軍の闘争心を消化しているのだ。

同盟が滅ぶまで、まだ時間は残されている。

——だがそれは、俺が時間を浪費していい理由にはならない。

次に、ふたつめ。【ダークポータル】の存在が判明したこと。

魔王国がどうやって大量の悪魔を動員しているのか、同盟でも長年疑問に思われていたが、まさか魔界直通の門が存在したとは。

「ソフィアも【ダークポータル】から来たのか？」

「それはもちろん。今日日《きょうび》、召喚に応える悪魔なんていませんよ」

組手の稽古の合間にソフィアに尋ねると、「当然」と言わんばかりの答えが返ってきた。

「召喚の儀式は、術者の魔力に加えて生命力まで消耗する危険な魔法ですが、私たち悪魔にとってもそれなりに不快なんです。ジルバギアス様にもわかりやすく言うなら……ものすっごく小さな穴に、体を捻《ね》じ曲げながら無理やり押し込まれる感覚ですかね」

「それは……痛そうだな。ダークポータルは違うのか？」

「全然違いますね。普通に通れるトンネル、という感じです」

「なら、なんで悪魔たちは、もっと昔からダークポータルでやってこなかったんだ？」

こぞって乗り込んできそうなものだが。

「単純です。私たち悪魔だけでは、ダークポータルを抜けて『この世界』にたどり着けないんですよ。『この世界』に結びつきのある存在――つまり魔族が同行しない限り」

ソフィアいわく、魔界側のダークポータルは、どこにつながっているかわからない次元の穴なのだという。単身乗り込んで、戻ってきた悪魔はいないそうだ。

裏を返せば、『この世界』に繋がりのある人物さえいれば、悪魔たちはホイホイやってこれるわけで――

クソッ、ダークポータルをなんとかしないとな。正直言って、魔王軍なんかよりはるかに強大な存在であろう次元のひずみに、俺の力で干渉できるかはわからないが……

魔王国、ひいては魔族の力を削《そ》ぐには、やるしかない。悪魔たちがいる限りただでさえ強い魔族の力が、さらに増幅されてしまうんだから。

これ以上、魔族たちが悪魔の力を借りられないようにすれば。

その上で、『魔王の槍《やり》』を何とかしつつ、魔族たちの脆《もろ》い団結に楔《くさび》を打ち込めば。


——人類にも勝ち目はある。


「いやー、ジルバギアス様も、もうすぐですねー」

と、何やら、ソフィアが感慨深げに頷《うなず》いている。

「何がだ？」

「何って、そりゃあジルバギアス様の魔界入りですよ」

「……は？」

「角も生えましたし、魔力の強さも十分。第1魔王子のアイオギアス殿下が初めて魔界を訪れ、悪魔と契約したのが8歳です。その記録を大きく塗り替える5歳での魔界入りは、おそらく奥方様もご検討なされているでしょう」

絶対にしてるな、それは。そんな美味《おい》しい機会を、あのプラティが逃すはずがない。

「ジルバギアス様の教育係としては感慨深いものがあります。どのような悪魔と契約されるか、楽しみですね」

ソフィアはそう言って笑っているが……

そうか……。元勇者の俺が……魔界を訪れて悪魔と契約、か。

いや、構わないさ。

俺は魔王を倒さねばならない。

そしてこの国を滅ぼさねばならないのだ。

力を得るためなら、悪魔とだって契約してやるさ。

「ちなみに、契約する悪魔って、どうやって見つけるんだ？」

「心配はご無用です。ダークポータルを通っていけば、自然と、相応《ふさわ》しい悪魔に出会えるようになってます」

「そ、そうなのか」

元勇者の俺に相応しい悪魔って、何が出てくるんだよ……？


――そして、それから数日。


「ジルバギアス！　魔界へと赴きなさい」

俺はプラティに、そう言い渡された。

「宮殿入りする前に、あなたに相応しい悪魔を見つけるのよ」

2．悪魔の契約

どうも、めでたく魔界行きが決定した魔王子ジルバギアスです。

生まれてこの方、ずっと魔王城で暮らしてきたが、とうとうお出かけの日が巡ってきたか。角が生えたら劇的に自由度が上がるってのは本当だったんだな。

……それにしても、初の遠出先が魔界ってのは、ちと劇的すぎないか？

「今日はいい天気ね」

昼下がり——魔族的には早朝だな——魔王城の一角、大きく張り出したバルコニーにて我が肉体の母プラティフィアが仁王立ちしている。いつもはきらびやかなドレス姿のプラティだが、今日は珍しくパンツスタイルだ。乗馬服（蛮族風）を身に着けた貴婦人（族長の妻）って感じだな。仕立てはいいのに牙や毛皮飾りのせいで台無しだよ。

まあ似たような格好の俺も人のこと言えないけどな！

ちなみに、現在の俺の容姿だが——人族でいえば10歳くらいの体格で、母親譲りの銀髪に冷たい美貌、父親譲りの赤い瞳をしたイケメン少年だ。

プラティ、顔だけは良いからな。そして俺もそれを受け継いだ……青肌で禍々《まがまが》しい角が生えていることに目を瞑《つぶ》れば、どこぞの貴公子と言われても納得だ。実際、王子だし。

……などと考えていると、バサッ、バサッと豪快な羽音が聞こえてきた。

バルコニーに赤銅色の鱗《うろこ》を持つ飛竜が舞い降りる。そう、ここは竜の発着場なのだ。

「ドウゾ……」

金属が軋《きし》むような声で言葉少なに告げ、飛竜が身をかがめる。背中には乗りやすいように鞍《くら》がつけてあった。

強大な力を誇る竜種は、本来、魔族に負けず劣らずプライドが高い。

魔王城強襲作戦で協力してくれたホワイトドラゴンたちも、俺たちが振り落とされないようにロープをつけるのは許してくれたが、より乗りやすくなるような馬具じみた装備は断固として拒否した。

竜種の中でも比較的穏健なホワイトドラゴンでさえコレだぜ？　凶暴な他のドラゴンに鞍なんか付けようとしたら、何が起きるかわかったもんじゃない。

……はずなのだが、眼前のドラゴンは乗り物扱いに甘んじている。初代魔王にボコボコにされて以来、大多数のドラゴンは魔族に恭順を誓っているのだ。

いや、『逆らえない』というべきか――魔王城の地下には、ドラゴンの孵卵場《ふらんじょう》がある。ドラゴンたちは可愛《かわい》い可愛い我が子と卵を人質に取られているのだ。

この魔王城も、もともと飛竜たちの住処《すみか》の岩山だったらしいからな……それを初代魔王が占拠して、「見事な大理石の山だ！　我が居城とする！」と魔法で岩をくり抜いて城にしちまったわけだ。

俺の前のドラゴンも、ジッと床を睨《にら》んでいて目を合わせようとはしないし、現状に満足しているようにはとても見えなかった。

「久々の騎竜ね、空を飛ぶのは気持ちいいわよジルバギアス」

ひらりと鞍にまたがるプラティ。普段は魔王の奥様をやっているが、こういう何気ない動作に身体能力の高さがにじみ出る。こいつもいっぱしの戦士なんだろうな。

「楽しみです、母上」

頷いて、俺もまたがろうとしたが――

「――日も高いうちにお出かけとは、ご苦労なことねプラティフィア」

ねっとりとした女の声が響く。


振り返れば、バルコニーの入り口の日陰に、魔族の女が立っていた。

青を基調としたドレスに、純白の毛皮をコーディネートしている。輝く青い髪を巻き上げ、宝石と牙の髪飾りでまとめた豪快な髪型。切れ長の瞳は金色で、満月のように爛々《らんらん》と輝き、女王のような不遜さを漂わせる妖艶な美女。

「ラズリエルじゃない。わざわざお見送りに来てくれるなんて、あなたらしくもない殊勝な心がけね」

プラティが嘲るような口調で答えた。

「あなたを見に来たんじゃないわ」

ぱさ、と扇子で口元を隠しながら、『ラズリエル』と呼ばれた女は切り返す。

「あなたのご自慢の息子とやらを、ひと目見ておきたかったのよ。だって、これが最後の機会になるかもしれないじゃないの」

その視線が——俺に移った。値踏みするようにじろじろと眺めつつ、その体から魔力が滲《にじ》み出し、薄く、ゆるく俺の周囲を取り囲む。

……状況からして、こいつが『他の魔王子の母』のひとりなのは間違いない。ここで何か仕掛けてくるとも思えないが、念のため俺もゆるく自らを魔力で包んでおく。

そしてジッと見つめ返した。ガンを飛ばされたら、受けて立つのが魔族だからな。

「……可愛げのない子」

つまらなさそうに鼻を鳴らし、ぱちんと扇子をたたむラズリエル。

「こんなに小さいのに、魔界入りだなんて酷なことをするわね、プラティフィア」

「わたしの子よ。何の問題もないわ。ま、他の子だったらどうなるか知らないけど」

「ふん」

今一度、こちらに視線を戻したラズリエルは、俺の顔を覗《のぞ》き込んだ。

「生きて帰れるといいわね、坊や。それではさようなら」

踵《きびす》を返し、ラズリエルはゆったりとした足取りで去っていく。

「……何ですか、アレ」

「第1魔王子アイオギアスの母、ラズリエルね」

プラティフィアは吐き捨てるように答えた。

「自分が何でも一番じゃないと、気が済まない鬱陶しい女よ」

……それはお前も同じでは？　俺は訝《いぶか》しんだ。

「俺の魔界入りを妨害するつもりだったんでしょうか」

「そうね。まあ表立って邪魔はできないから、せいぜいあなたを怖がらせようとしたんでしょう。ジルバギアスを――わたしの子を、そこらの惰弱者と一緒にされちゃ困るわ」

はっ、と嘲るような笑みをこぼすプラティ。

「覚えておきなさい、ジルバギアス。あの手の嫌がらせは、自分の恐れの裏返しよ。あの女も、かつて魔界で怖い思いでもしたんでしょう。普段威張ってるのも小心の裏返し」

プラティの瞳が、どろどろとした目が俺を見た。

「【あなたは、そんなことはない。あなたは強い子よ、ジルバギアス】」

……ま、ソフィアからも魔界に関しては色々聞いている。物質があやふやだからこそ、精神がより濃く反映される世界。

怖がってビクビクしながら入ったら、そりゃロクなことにならないだろう。

俺が踏み込んだら何が起きるか未知数なところもあるが、正直、魔王に殴り込みをかけたことに比べりゃ、どうということはない。

泰然とした俺の態度に、プラティは満足したようだ。

「時間を無駄にしたわ。行きましょう」

ちなみにこの間、ドラゴンはずっと身をかがめたまま待機している。

差し出されたプラティの手を摑《つか》んで俺も鞍に飛び乗った。そのままプラティの背中にしがみつくつもりだったが、ガシッと体を摑まれて前に座らされる。

クソッ、いっちょ前に良い香水なんてつけやがって……互いの腰をベルトでしっかりと繫《つな》いでから、俺を抱きかかえるプラティ。そのまま鐙《あぶみ》越しに軽くドラゴンの腹を蹴った。

「行って。ダークポータルよ」

「カシコマリマシタ……」

やっとかよ、と言わんばかりに唸《うな》るようにして答え、僅かな助走ののちドラゴンは飛び立った。うお、揺れるな。ってかこんな細い革のベルトだけで、あとは鞍のハンドルを素手で摑んでるだけじゃん。……大丈夫か？　振り落とされないよな？

一抹の不安とともに、空の旅は始まった。

やや不安を覚える離陸だったが、ひとたび高度を取れば飛行は安定していた。

おひさまが眩《まぶ》しいぜ。上空５００m《メトル》ほど、落ちたらまず助からない高さだがドラゴン基準では低空飛行だろう。

風を切って飛ぶ。景色があっという間に後方へ流れていく。プラティが防護の呪文を唱えたことで、風圧も軽減されて快適だ。俺には眺めを楽しむ余裕さえあった。

……前回と違って、振り落とされないように必死でロープにしがみつく必要もないし、呼吸も楽だし、凍えないし……隠蔽の魔法はその他の魔法と併用できないから、あんときはホントに気合と体力で乗り切ったんだよな……

「やっぱり空はいいわ。自由で」

頭の上から晴れやかなプラティの声がする。首をめぐらせて見やれば、先ほどとは打って変わって、リラックスした表情を見せていた。

魔王城では、なんだかんだ気を張って過ごしてるんだろう。それにしてもドラゴンたちから自由を奪っておきながら、自分は空の自由を満喫とはいいご身分だな……。プラティの言葉を耳にして、ドラゴンが頭をピクッとさせたのを俺は見逃さなかったぞ。

ドラゴンたちが反抗心を抱いている、という事実は活《い》かせるかもしれない……孵卵場を押さえられていて逆らえないってことは、裏を返せば、それさえなんとかすれば……

「ジルバギアスは落ち着いているわね。初めての飛行とは思えないわ」

「……思ったより、揺れませんね。楽しめてます」

プラティが話しかけてきたので、俺は思考を中断する。

それにしてもこのドラゴン、飛ぶのが上手《うま》いな。離陸のときこそ大揺れだったが、そのあとは風をうまくつかまえて高度を維持しているし、滑空を多用していて揺れが少なく、乗り心地がいい。

……前世で世話になったホワイトドラゴンの飛行が、クッソ荒かったことがわかってしまって複雑な気分だ……

「流石《さすが》はわたしの子よ。頼もしいわ」

俺の返答に満足したらしく、よしよしとプラティに頭を撫《な》でられる。

こういうのは珍しい。今、俺はどういう顔をしているんだろう。……自分はもちろん、プラティにも見えないのが幸いだった。

それから三十分ほど飛んでいると、だんだん風景が変わってきた。

緑豊かだった大地が荒れ地へと変わっていく。獣人や魔族の家屋もまばらになり、とうとう建物が見えなくなった。

そんな荒野を、のっぺりとした石の街道が真《ま》っ直《す》ぐに貫いている。

「見えてきたわ」

プラティのつぶやきに前を見れば――


虹色に揺らめく、蜃気楼《しんきろう》のようなもの。


それはプリズムのように光り輝いていた。冷静に見れば美しい光景のはずなのに、怖気《おぞけ》が走るような不気味な印象を受ける。

まるで、あれに近づいてはならないと、本能が警鐘を鳴らしているかのように。

そしてその虹色の揺らめきの根本に、雑多な街が形成されていた。

「あれは……？」

「『コスモロッジ』と呼ばれる、そうね、悪魔と魔族のための街よ。魔界入りした親族を待ったり、現世に来たばかりの悪魔が身体《からだ》を慣らすために逗留《とうりゅう》する場所ね。今回はわたしも待たせてもらうわ」

「母上は、魔界には入られないのですか？」

「わたしはもう入れないの。魂の器に、悪魔の力を受け入れすぎたから」

プラティは少し口惜しげに言う。

「次に入ったら、現世に戻ってこれなくなる可能性がある、とソフィアに忠告されたわ。だから今回は、あなたを見送るに留《とど》める」

「そうですか。まあ、俺はひとりでも大丈夫なので、ご心配なく」

「……ふふ」

プラティはまた俺の頭を撫でた。なんか今日は馴《な》れ馴《な》れしいな……と思ったけど、冷静に考えたらコイツ母親だったわ。母と子ってコレくらいの距離感で普通だろ。

普段はそうじゃなくて、助かってる。

街の外縁部にドラゴンは着陸し、俺たちは中心部を目指して歩き出した。

極めて強い――いや、異質な魔力が辺り一帯に満ちている。

しばらく歩いて、街の中心部に、それはあった。

「あれが【ダークポータル】よ」

虹色の揺らめきの根源。

見つめているだけで吸い込まれてしまいそうな、新月の夜の闇を思わせる、

真っ黒な、世界の【穴】

まさに、そうとしか形容しようがなかった。

ダークポータル——どの角度から見ても、のっぺりとした黒い円にしか見えない。現実感が湧かない。全貌が摑めない。地面に描かれた魔法円《サークル》がなければ距離感さえ狂う。

眺めているだけで——吸い込まれそうになる。

身も、心も。

魂も。

ヤバい気配がビンビン伝わってきた。髪の毛が逆立ちそうだ。

これが異質《いい》なものであると世界が告げていた。

「……初代魔王は、何を思ってアレに突っ込んだんですかね」

率直な疑問が口をついて出る。今でこそ魔界につながる門とされているが、それを知らずに突っ込むのはただの自殺では？　あるいは、自分の種族の未来を憂いて、ヤケクソになっていたのか。にしても自暴自棄が過ぎる。

「初代陛下には何かお考えがあったのでしょうね……」

したり顔のプラティ。「知らん」ってのをそれっぽく言い直してるだけだな。

「まぁ……何はともあれ、あれの向こうに魔界がある、と」

「そうよ。平然としているわねジルバギアス、頼もしいわ」

プラティは心底感心しているようだった。

「わたしでさえ初めて来たときは気圧《けお》されたものだけど」

「異質すぎて、かえって平気なのかもしれません」

普段から違和感と異物感にまみれて暮らしてるからな。

俺にとっては魔王国の全てが異質。ダークポータルはその中でもとびきりだが、まあ、そういうものだと割り切ってしまえばそれまでだ。

「では、行ってきます。最初なんで、小間使いでも探せばいいですかね？」

「なるようになるわ。手始めに小悪魔《インプ》と契約する者もいれば、初めてでも上級悪魔《アークデーモン》と本契約する者もいる。あなたが必要とする相手に出会えるでしょう」

「わかりました」

行くかぁ。俺は気負わずに、スタスタとダークポータルに近づいていく。

自分でもびっくりするくらい落ち着いてるな。聖教会の勇者に、かつて魔界へ殴り込んだ者がひとりでもいただろうか？　神々の大戦――神話時代の遺物だぞ？　世界を渡るってのは、冷静に考えたらすごいことだが。

……自覚はないが、俺もけっこう、ヤケクソなのかもしれない。

ええい、ままよ。

俺は軽く溜息《ためいき》をついて、【穴】へと飛び込んだ。

†††

しばらく、ぼんやりしていた気がする。

知らない風に、知らない光に、知らない音に、己をなじませる必要があった。

強い酒を呑《の》んだときのような、酩酊《めいてい》感。世界が曖昧で、感覚も頼りない。

俺は、暗い大地に立っていた。

いや、明るいのかもしれない。

光が黒いのだ。

ここは森だろうか？　判然としない。地平はどこまでも続いているのに、果てに目を凝らそうとすれば、さざめく影の木立に隠されてしまう。

濃い。情報が。密度のあり方が違う。

自分がひどく、か細く思えた。

俺は、薄い。そう思えた。

「こんにちは」

声をかけられて、振り返る。

燕尾服《えんびふく》を着込んだ杖《つえ》が、そこに立っていた。……他に、表現のしようがなかった。古びた雰囲気の木製の杖が、燕尾服一式に差し込まれて、自立している。

「あなたのような人がここに来るのは珍しい」

落ち着いた男の声だった。この杖が、悪魔の本体か。格はこう見えて高いのか？

わからない。魔力が知覚しづらくなっている。

「こんにちは。あなたは？」

その穏やかな声と、あまりにらしくない佇《たたず》まいに、俺は自然体で対応していた。ダーク
ポータルに入れば、俺が必要とする悪魔に出会うというが、この杖が、そうなのか？

「はじめまして。私は導くもの。【案内の悪魔】オディゴス」

誰も袖を通していない服が勝手に動き、礼儀正しく、胸に手を当てて一礼した。

俺は、不意に理解した。このオディゴスという悪魔は、おしゃれなのだ。剝《む》き出しの杖
の姿では格好がつかないから、燕尾服を身にまとっている。

「ああ、これはどうも、ご丁寧に。俺はアレ――」

待て。何を口走っている。

「――ジルバギアス。魔族の王子だ」

「ほう、これはこれは。本当に珍しい方が来たようだ」

興味深げに、ゆらゆらと揺れるオディゴス。顔どころか身体さえないのに、表情が目に
浮かぶようだった。

「現世の訪問者を、魔界の然《しか》るべき場所へと導くのが私の業でね。同じくあなたにも道を

指し示そう。あなたに相応《ふさわ》しき道を」

言うが早いか、オディゴスがフッと糸が切れたかのように倒れた。


ころん、ぱさっ。転がる杖。および燕尾服。

その先が指し示すのは、遥《はる》か地平の彼方《かなた》。黒い太陽が昇る西の果て。


「あちらへ向かわれるとよい」

ふわっと起き上がったオディゴスが、燕尾服の埃《ほこり》を叩《たた》いて払いながら言った。

……………えっ、今のが『導き』？　ただ倒れただけでは……？

「本当にあっちなのか？」

「私の導きに間違いはないとも」

自信満々のオディゴス。

「何せ私は【案内の悪魔】だ。相応しき道を指し示す」

「この先に、どんな悪魔がいるんだ？」

「それは知らない。その先に何が待ち受けているのか、という予言までは私の権能の範《はん》疇《ちゅう》ではないから」

本当か～～～？　まあ、悪魔がそう言うからにはそうなんだろうが。

「わかったよ。じゃあ行ってくる、ありがとう」

他に何かアテがあるわけでもなし。俺はオディゴスに会釈してから歩き出した。

「——ただ漫然と歩くだけでは何百年かかるかわからないぞ」

俺の背中に、オディゴスの声がかかる。

「君の目的はなんだ？　それを思い描きながら歩きたまえ。では、ごきげんよう」

振り返ると、燕尾服姿はもう見えなかった。

俺は、自分が先ほどまでとは、全く違う場所にいる気がした。

「目的、か……」

そんなもん、決まってる。

「魔王を倒す。そして魔王国を滅ぼす。俺は、そのための力がほしい」

さらなる力を得るために、悪魔と契約するのだ。

初代魔王のように。


——ぐん、と身体が引っ張られるような感じがした。

加速している。速度という考え方に意味があればの話だが。

目まぐるしく、景色が変わる。

俺は一息に山を超え、一足で大河を跨《また》ぐ。

谷間を抜け、滝を登り、砂漠を横断し、海を渡る。

魔界の歴史を辿《たど》っているような気がした。

始まりの西へ。

暗黒の太陽が昇る地へ。


——そして俺は宮殿に立っていた。


それは墓場のようでもあった。並び立つ巨大な石の構造物が、塔なのか墓碑なのか、俺には判断がつかなかった。

白と黒のタイルを踏みしめて、誰もいない宮殿を行く。

何千もの回廊を抜けた先に、暗い広間があった。

「——なんじゃ、来客とな?」

舌足らずな声が響く。

それは背筋が震えるほどに甘く、臓腑《ぞうふ》が腐り落ちるほどに毒々しい。

中央、黒曜石の玉座。

なめらかな褐色の肌に、夜空の星を思わせる白銀の髪。

少女と呼ぶには幼すぎ、幼女と呼ぶには大人びすぎていた。

行儀悪く、玉座の上であぐらをかき、不遜にこちらを見つめている。

濁りきった、淀《よど》みきった、混沌《こんとん》を秘めた極彩色の瞳が、気怠《けだる》げに俺を捉えた。

——こいつが、俺に相応しい悪魔とやらか?

魔力がよく知覚できない。相手がどの程度の格なのかわからない。どうにか相手の力量を見定めようとする俺をよそに、その瞳が怪訝《けげん》そうに細められた。

「――なぜ人族がここにおる？」

心臓を、鷲摑《わしづか》みにされたような気がした。これまでぼんやりと、半ば夢見ているような心地だったのに、一気に全身から血の気が引く。

悪魔に、正体が露見した？――冗談じゃない。今までの努力が水の泡だ。

「……何のことだ？」

俺はすっとぼけたが、自分でも声が震えているのがわかった。

「何のこと？　何のこと、じゃと？……ふふ、ふふふ、あはははははは!!」

一瞬きょとんとした悪魔娘は、だらしなく玉座に腰掛けたまま腹を抱えて笑い出した。

爆笑。涙が出るほど笑い転げている。

「そんなもの、一目瞭然よ。ほれ、自分でも見てみぃ」

悪魔娘が俺の横を指でなぞると、そこにはいつの間にか、姿見があった。

そして、俺は見た。見てしまった。

――俺がいる。

それは、げっそりと痩せこけた男だった。茶色の髪、日に焼けた肌。目は落ちくぼみ、しかしぎらぎらと異様な光をたたえている。鍛えに鍛えた前世の肉体は見る影もなくなっていたが、紛れもなく、俺がよく知る俺自身――『勇者アレクサンドル』の姿だった。

何より異様だったのは、俺の身体《からだ》は虫食いのように、至るところに穴が空き欠けた状態で、それを青く半透明な部分が補っていることだった。

まるで――魔族の肌のような、青色が。

「なっ……！」

ここは物質が不安定な魔界。

そして俺は――誰がなんと言おうと、勇者アレクサンドルだった。

『あなたのような人がここに来るのは珍しい』

出会い頭のオディゴスの言葉が、不意に脳裏をよぎる――

「お主は何者じゃ？　名乗るがよい」

絶句していた俺は、問われて我に返る。慌てて周囲に視線を走らせるも、広間はぐるりと壁に囲まれていた。――俺が通ってきたはずの回廊は、どこにも見当たらない。

逃げられない。

「ふふふ、愛《う》い奴《やつ》よのぉ。逃げられるとでも思うてか？」

甘ったるく、怖気《おぞけ》が走るような吐息が俺を撫《な》でた。

いつの間にか、悪魔娘がすぐ隣にいた。

「…………」

どうする。どうすればいい？　この得体の知れない悪魔を、どうすれば――

「ふっふっふ。だんまりか」

にやりと笑った悪魔は。


「――**【黙秘を禁忌とす】**」


とてつもない重圧、強制力が俺を襲った。

「……俺は、アレクサンドル。人族の勇者だ……」

勝手に俺の口が、動き出した。

「……そして、今は、魔族の王子だ……魔王に敗れ、気づけば生まれ変わっていた……」

馬鹿な！　やめろ!!

俺は口に手を突っ込み、無理やり動きを止めた。

だが手遅れもいいとこだ。俺が一番隠したい部分は、すでに話してしまった。

「ほう！　転生体か。これほど原型をとどめた例は、初めて見るのぅ」

悪魔は俺の周りを歩きながら、しげしげと興味深げな目を向けてくる。

「魔王に敗れた、と言ったか……なんぞカニバルの呪いでも食ろうたんじゃろ」

――**【魂喰らい】**の邪法。

「だがお主は消化しきれなんだか。驚くべき我の強さよ。人族もなかなか侮れんのぅ……

して、ここには何をしに来た？」

「…………」

「【妨害を禁忌とす】」

「ぐぅ……ッッ」

必死で抗《あらが》ったが、手が勝手に――

「角が生えて、魔界入りすることに……俺は力を求めて……魔王を倒すための力を……！」

クソが……ッッ！

「哀れよのぅ。そしてなんと健気《けなげ》な。それほど魂が擦り切れようとも、魔族への憎しみは忘れられんか。もう前世のこともほとんど思い出せんじゃろうに」

「……何を、言っている。俺は、覚えているぞ」

「ほう？　ならばお主はどこで生まれた？　生まれ育った故郷の名は？」

「そんなもの――」

俺は答えようとして、固まった。

村の名前が、出てこなかった。

――いや、馬鹿な。そんな馬鹿な。

「両親の名は？」

おふくろはおふくろ、親父《おやじ》は親父だ。名前は――

「………………」

「親しい友人の名は？」

「……クレア」

そうだ。そしてその父親、パン屋のセドリック。

「恩師の名は？」

どの恩師だ？　孤児院の先生か？　修道会の師範か？　聖教国の教官か？

「……教官の、ミラルダ……」

出てきた名前は、ひとりだけ。

俺は、空恐ろしくなった。記憶は、ある。流れは思い出せる。だが、名前の多くが思い出せないということに。記憶が虫食い状態だった。それは、まるで――

「………………」

姿見に映る、俺の姿。

「気づいたか。哀れよのぅ」

くすくすくす、と笑い声。

「まこと、定命の者は見ていて飽きんのぅ。健気で、滑稽で。もう黙ってもよいぞ」

「……お前は、何者だ」

強制力は消えた。だが俺は問うた。

「沈黙を許せばさえずるか？　まあよい。我が名は——」

玉座に腰掛け、奴は答える。


「——我が名は、アンテンデイクシス。【禁忌の魔神】なり」


魔神。魔界に君臨する、支配者たちの称号。

その厄介さと悪辣さは——悪魔の比では、ない！

「……さぁて、お主をどうしてくれようか」

ぺろりと、舌なめずりして。

「カニバルの奴めが結んだ協定があるからの。可能な限り魔族には協力せねばならぬ」

「……魔神のくせに、魔族に従うのか」

「従う？　何を馬鹿なことを。我は協定を尊重するだけじゃ。我らに傅《かしず》き、力を乞うは魔族の方じゃろう。もっとも、あやつらのおかげで魔界には力が流れ込み、かつてなく活気に満ちておる。領地を富ますは支配者の義務ぞ」

言葉とは裏腹に、つまらなさそうに頬杖《ほおづえ》をつくアンテンデイクシス。

そして、その極彩色の瞳が、愉悦に歪《ゆが》む。

「……人族が、それも復讐《ふくしゅう》に燃える勇者が、素知らぬ顔で王子になりすましておる。大事じゃのう、これは一大事じゃ。連中に突き出せば、面白いことになりそうじゃのぅ？」

俺が、最も恐れていることを。

「……やめて、くれ」

「やめろと言われれば、むしろやる。我は禁忌を司《つかさど》る者ぞ？」

「だが、どうせ逆に『やれ』と言われても、やるんだろ？」

「当たり前じゃ。そっちの方が面白いんじゃから」

どっちにせよダメじゃねえか。ふざけんなよ。

……いや。

「なら、もっと面白ければ、いいのか？」

この短い邂逅《かいこう》でも伝わってきた。

こいつは、飽いている。

このカビ臭い宮殿で、腐っている。

「ほう？　なんぞあるか？」

目を細めるアンテンデイクシス。

「まさか、我と契約しろとでも言うつもりか？　くだらん保身じゃの」

「……お前に相応《ふさわ》しい契約者とは、どんな奴《やつ》だ」

「決まっておる。禁忌を犯す者よ。それも生半可ではない禁忌を」

「ならば、」

俺は、アンテンデイクシスの顔を覗《のぞ》き込んだ。

「俺以上に、相応しい者はいない。俺は、勇者だ。人族を守り、闇の輩《ともがら》と戦う者だ。そうでありながら、俺は魔族の王子でもある。この地位を確たるものとするために、俺はこれから、無辜《むこ》の人々を見捨てるだろう。踏み台にするだろう。彼らを蹂躙《じゅうりん》し、切り捨てるだろう。守るべきものを自ら殺《あや》める、その禁忌に手を染めるだろう」

ああ、そうさ。ずっと考えていた。

最終的に魔王国を滅ぼすつもりでも。

その過程で、それは決して避けられないと。

「――であると同時に、俺は魔王子だ。魔王の意志を継ぎ、王国に身を捧《ささ》げる者だ。そうでありながら、俺は滅びをもたらす。俺に仕える部下たちの忠誠を踏みにじり、この体の父と母を裏切り、兄弟姉妹を血祭りに上げるだろう。王子として生まれながら、国を傾け滅ぼす逆賊となる、最大の禁忌に手を染めるだろう」

俺に期待するプラティも。

夜エルフや獣人の家来たちも。

なんだかんだ言いながら面倒を見ているソフィアも。

全員、まとめて裏切って地獄に叩《たた》き落すつもりなのだ、俺は。

「勇者として、魔王子として。人族として、魔族として。俺はありとあらゆる禁忌に手を染める」

血を吐くような想《おも》いで、俺は問うた。

「魔神よ。俺以上に、相応しい契約者はいるか？」

――アンテンデイクシスは、玉座に腰掛け直した。

「…………確かに、お主ほどの逸材はそうおるまい。それは、認めよう」

だが、と足を組みながら、魔神は言う。

「それでも、足りん。この我を、魔神を動かすには、足りん。お主の契約者としての格が見合う、それだけの話じゃ。我を動かしたくば、相応の対価を差し出さねばならん」

魔神を納得させるだけの、対価を。

「言っておくが、我はカニバルのように浅ましくはないぞ？　お主程度が差し出せる力なぞいらん。そんなもの腹の足しにもならん。お主の魂の器もいらん。そんなボロをもらっても困るでな。もっと魅力的で、我をときめかすものを差し出してみよ」

俺が、禁忌の魔神に差し出せるもの。それも、力や俺自身の魂以外で、か。


そんなもん、ひとつしかないだろ。


「俺は、お前に禁忌を差し出す」

――何？　と怪訝《けげん》そうな顔をよそに、言葉を続ける。

「俺は、ダークポータルを破壊する」

「……は？」

「どうやるかはわからない。いつやるかもわからない。だが、魔族の力を削《そ》ぎ、魔王国を滅ぼすために、俺は必ず、やる。だからそれに、協力しろ」

アンテンデイクシスの、華奢《きゃしゃ》な肩を摑《つか》む。

「魔神でありながら。魔界の支配者の1柱でありながら。協定に砂をかけ、魔界の富を損ない、己の尊厳と地位に泥を塗る。想像してみろ。現世に降りた悪魔たちが還《かえ》るべき場所を失ってどれほど絶望し、嘆き悲しむか」

毒を流し込むように、俺は語る。

「その禁忌を犯す機会を、お前にくれてやる」

揺れる極彩色の瞳――

「……馬鹿なことを申すでない」

パシッ、と俺の手が払いのけられた。

「世迷《よま》い言《ごと》を抜かすな。この我に、ダークポータルの破壊を手伝えと？　あれのおかげでどれほどの力が流れ込み、この魔界が活気づいたかわからんか。しかも魔神として協定を反故《ほご》にする？　さらには、可愛《かわい》いひよっこ悪魔たちを苦しめる？……そんなこと、我が尊厳と名声が地に落ちるではないか――」

もじ、と太ももをこすり合わせるアンテンデイクシスは。

「――なんと甘美な」

赤らんだ頬に手を添えて、うっとりと溜息《ためいき》をついた。

「……それは、了承ってことでいいのか？」

ハァハァと息を荒げて悶絶《もんぜつ》している魔神に、一応、尋ねる。

「……うぅむ。よかろう。お主の覚悟と機知に免じて、契約しようではないか」

我に返ったふうに、表情を取り繕って、アンテンデイクシス。

「ついでに、魔族に突き出すのも勘弁してやろう。対価を受け取る前に、お主に死なれても困るからのぅ」

…………何とかなった、か。コイツが禁忌を犯すことに興奮する変態で助かった。

いや、しかし、俺はコイツと契約するのか……。

「なんじゃ、その顔は。最古の魔神が1柱と契約ぞ？　畏れ敬い、ありがたがるがよい！」

出しっぱなしの姿見には、何とも渋い顔をした俺が映っていた。バシバシと玉座の肘掛けを叩きながら、心外そうに唇を尖《とが》らせるアンテンデイクシス。

「いや……勇者の俺が、悪魔どころか魔神と契約するのか、と思ってな」

「ふふふ。背徳的じゃのぅ。我と契約するだけで相応の力を得るじゃろうなぁ」

「……ということは、お前の権能は、やはり『禁忌を犯すことで力を得る』、か？」

「それ一辺倒ではないが、そうじゃ」

行儀悪く、玉座に横向きに座りながらアンテンデ——長いな。アンテでいいか。アンテは言った。

「我は、禁忌を司る魔神。禁忌あるところに我が威光あり。魔界においても現世においても、禁忌が犯されるごとに我が力は増大する。我が契約者もまた、禁忌を犯せば犯すほどに力を増すであろう。そして十分に我が力が馴染《なじ》めば、新たな『禁忌』を生み出すこともできるであろう」

「新たな禁忌？」

「——【瞬《まばた》きを禁忌とす】」

不意にアンテが唱えた。

「……目が閉じられねえ」

「そういうことよ。先ほどお主を喋《しゃべ》らせたようにのぅ」

行動を制限したり、強制的に動かしたりする魔法か。強いな。相手の魔力次第では抵抗されるかもしれないが、この手の魔法は抵抗するのにも意識を割かなきゃいけない。複雑な詠唱や儀式抜きに、強力な呪縛をポンポン投げられるのは、めちゃくちゃ強いぞ。

……なんてことを考えていたんだが、瞬きができねえ。

「目が！　目が乾く！　やめろ！」

「えぇ～？　もう限界とは情けないのぅ～？　やめろと言われたら、やりたくなっちゃうのが我だしぃ～？　どうしようかのぅ～？」

「ふざけんな！　目がパサパサなんだよ！」

契約者（候補）に気軽に呪いをかけるのやめろ!!　怒る俺をニヤニヤしながら眺めていたアンテだったが、やがてその極彩色の瞳がウルウルし始める。

「いかん！　目がパサパサする！　ちなみに我自身にも効果があるでな」

「――ダメじゃねえか！」

呪いが解除された。【呼吸を禁忌とす】とかしたらめっちゃ強そう、とか考えてたけど自分にも効果あんのかよ……

「当たり前じゃ。我は禁忌の魔神ぞ？　誰よりも禁忌に縛られる存在でもある」

そして、アンテはとろけるように邪悪な笑みを浮かべた。

「――ゆえに、お主の申し出はこの上なく魅力的であった」

「お前は、自分自身では禁忌を破れないのか？」

「今となっては。我は、強大な存在になりすぎた。もはや身動きすらままならぬ」

だら～っと脱力して玉座に身を預け、アンテは呟《つぶや》くようにして言う。

「悪魔や魔神はのぅ。大なり小なり、何かしらの概念を司るモノじゃ。『意志を持つ力』。そしてその力が強まれば強まるほど、存在の格と『純度』が上がっていく。『純粋な力』、概念へと押し上げられていく――」

わかるか？　と極彩色の瞳が俺を見据えた。果てしない力と虚無をたたえた瞳が。

「おそらくはこの世界も。大地も。空間も。かつては名のある存在だったのじゃろうと、我は思う。じゃが、かの者たちは強くなりすぎた。今では純粋な力の集合体として、意志なく振る舞っておる。さしずめ我らは、その死肉を喰《く》らう寄生虫よ」

「スケールがでかい話だな……しかしその言い方はあんまりだろ。寄生虫じゃなくてせめて母なる大地の子、ぐらいにしとけよ」

　俺が率直な感想を述べると、アンテはきょとんとした。

「……ふふ、そうじゃな。まあ、よいわ。話が逸《そ》れた。契約を結ぼうではないか」

「そう、だな。いつまでもここで油を売ってても仕方がねえ」

だいぶん話しやすくはなってきたが、これでも魔神なんだよな。いつ、どんな気まぐれを起こすかわかったもんじゃない。

　とっとと力をもらって、魔界からおさらばしたいぜ。

「で、どのような契約を結ぶ？　我が優位で、与える側なのは間違いなかろうが」


　悪魔との契約は、２種類ある。

　契約者が悪魔に何かを差し出す代わりに、悪魔から魔力を得る【本契約】と。

　契約者が悪魔に魔力を供給する代わりに、悪魔を使役する【従契約】だ。

　ソフィアや、小間使いの小悪魔《インプ》なんかは、後者だ。契約者たるプラティから魔力を供給されることで、現世の身体《からだ》を維持しつつ、教育や雑用などの労役に従事している。彼らはその合間に自身の権能に応じた行動を取ることで、自らの格を上げていく。

ソフィアなら暇な時間に本を読み漁《あさ》っているし、いたずら好きの小悪魔《インプ》ならいたずらを欠かさない。

「俺がお前に禁忌を与える。お前は俺に力を与える。それ以外に何かあるのか？」

「『程度』じゃ。お主の魂の器、どれほど我が権能で満たす？」

——そう、悪魔との契約は、無限に行えるわけではない。

どちらの契約でも、悪魔の権能を自らの魂の器に受け入れる必要がある。器の許容量にも個々人で限界があるため、例えば個人で万の小悪魔《インプ》を従えるような真似《まね》はできない。

「当然、目一杯受け入れた方が、より強大な力を得られるんだろう？」

「魔王を倒すほどの力を求めるなら、そうじゃの。まあ我も、お主がはち切れる寸前まで流し込むつもりじゃったが。一応確認じゃ」

「おっかないこと言うなよ……」

魂の器がはち切れるとか冗談じゃねえぞ……相手がほぼ無尽蔵の力を持つ魔神だけに、その気になったらできるのが厄介だ。

「手を差し出せ。契約者よ」

アンテが手を伸ばした。俺の手と、重なる。

「【魔神アンテンデイクシスの名において。勇者アレクサンドルに力を授ける】」

「【勇者アレクサンドルの名において。魔神アンテンデイクシスに禁忌を捧げる】」

ふたりの視線が、交錯する。

「【契約は、成った】」

繋《つな》がれた手を介して、『力』が、流れ込んでくる。

俺はその瞬間、後悔した。善や悪、光や闇といった概念からは隔絶した、世の理《ことわり》の裏側を煮詰めて腐らせたようなおぞましい何かが、濁流のように俺を満たし始めたからだ。

「――もう、遅いぞ」

そんな俺を見て、アンテは嗜虐《しぎゃく》的に笑う。

俺は答える余裕すらない。自分が内側から、決定的に作り変えられていくような、臓腑《ぞうふ》を無数の毒蟲《どくむし》が這《は》いずり回るような感覚に、必死で耐えていた。

「お主の魂はすっかすかじゃな。器以上に入りおるわ。まるで砂漠が雨を吸うように我を受け入れていく」

雨？　そんな可愛いもんじゃない！　まるで洪水だ、もう溺れてしまいそうだ――！

「――喜ぶがよい。かつてここまで魔神の力を受け入れた者はおらん」

不意に、手が離された。

肩で息をしながら、俺は膝をつく。

姿見を見やれば――俺の魂の姿が、変わっていた。

いや、変わり果てていた。痩せこけた肉体は全盛期のように筋肉が盛り上がっている。

ただ、肌の色がアンテと同じような褐色に。茶色だった瞳は混沌《こんとん》を秘めた極彩色に。しかも角が生えている。奇《く》しくも、魔族の体に生えたものとそっくりの。

「もう人族なのか、魔族なのか、悪魔なのかさえわからんのぅ」

アンテがケラケラ笑っている。

「お主、一度ポータルを出たら、もう魔界には来られぬな。次にこちらに馴染んでしまえば、おそらく現世に戻れぬようになるじゃろ」

これが最初で最後ってことか。正直言って助かる。

「……これ、現世に戻ったら姿が変わってるとか、ないよな？」

「まあ多少、影響はあるかもしれんが……悪魔との契約で済まされる範囲じゃろ」

悪魔との契約で済まされる範囲の影響って何だよ……？

「……それはそうと、魔神と契約した、って公言したらマズいかな？」

プラティは大喜びするだろうが、禁忌の魔神とどんな契約を交わしたか、みたいなことを聞かれたら色々とマズい気がする。魔族を滅ぼすつもりだぜ！　とか答えるわけにはいかないし、かといって他にどう説明すればいいのかわからない。

「まずかろうな。しかし幸い、お主には真名が2つある。お主がアレクサンドルの名を出して我が権能を行使せぬ限り、効果は『それなり』に収まろう。つまり、魔神ではなく、そこらの悪魔と契約したかのように見せかけることが可能じゃ」

「なるほど」

な～～～～んにも考えずにアレクサンドルの名において契約したわ……

そういや俺ジルバギアスだった……

「んじゃあ、【禁忌の魔神】アンテンデイクシスじゃなく、【制約の悪魔】アンテとでも契約したことにするか」

「【制約の悪魔】アンテ……我をめちゃくちゃ矮小《わいしょう》化するのぅそれ……」

心外そうな顔をするアンテだったが、やがて肩を掻《か》き抱《いだ》いてプルプルし始めた。

「この魔神の我が……！　小悪魔《インプ》に等しい矮小な存在とされてしまう……！　な、なんと冒瀆《ぼうとく》的な……っ！」

やっぱりコイツ変態じゃん……ってか、アンテ呼ばわりした瞬間に、微妙に自分の力が増大したのがわかってイヤだわ……魔神を矮小化する禁忌を犯したらしい……

「いや、じゃあ、うん。名残惜しいけど、そろそろ帰ろうかな」

ハァハァしているアンテから目を逸らして、俺は暇乞《いとまご》いする。

「……うむ。そうじゃな。名残惜しいが」

我に返ったアンテも、玉座から立ち上がった。

「この慣れ親しんだ宮殿に、しばしの別れを告げるとするか、か、かの」

「……ん？」

「いやー、久々じゃのぅ。外界なぞ何千年ぶりやら。楽しみじゃのー」

「あ、あの、アンテさん？　なんか、お前も来るような話しぶりだが？」

初代魔王と契約した魔神カニバルだって、魔界に居座ったまま力を提供してたんだ。

そんな、魔神クラスの強大な存在が、気軽にホイホイ現世に来れるわけがない。

……だよな？

「は？　何を言うておる。我も現世に行くに決まっとるじゃろ」

——俺は真顔になった。

「大丈夫じゃ。現世に行くと言っても、ポータルからちょいと指先、我の一部を出すようなものよ。それに、お主の契約者としての格が想像以上じゃった。こうしている間にも力が流れ込んでくるわ、現世の体を維持する足しにはなろう」

「ええ……」

「加えて、力を節約するために、お主の中にも我の居場所を作っておいた。ほれ」

突然、アンテが俺に抱きついてくる。

——かと思えば、その姿がスッと半透明になったかと思うと、俺の中にシュポッと入ってくるではないか！

『これでよし』

胸の内で響く声。

「いやこれでよしじゃねえよ!!」

何やってくれてるんだこの魔神!?　『決定的に作り変えられていくような』感覚は抱いたけど、錯覚じゃなくて本当に作り変えられてるじゃねえか!?

俺はこれから、四六時中こいつに付きまとわれる羽目になるのか!?

「やめろ!!　出ていけ!!」

ドンドンと胸を叩《たた》くが、自分が痛いだけで何の意味もない。

けらけらと笑うアンテの声だけが、俺の中でいつまでも木霊していた……

†　†　†

アンテが俺の中から出ていくまで、しばらくかかった。

割と居心地が良かったらしい。が、居座られる方の俺は堪《たま》ったもんじゃない。名状しがたい異物感にしばし苦しむことになった。

『そのうち慣れるから気にするでない』

「慣れたくねーよこんな感覚!!」

ゲップが喉元まで出かかっているのに出ない感じ。そう本人に伝えたら、えらく気分を害していたがいい気味だと思う。ついでに魔神を愚弄する禁忌を犯したからか、俺の力が少しだけ増大した。

でも、そのせいでしばらく呼吸を禁忌とされ死にかけた。俺の中に入ってたら、本人は平気なのズルくない……？

宮殿をあとにして、赤い空の下、黒い砂の砂漠を渡る。

行きはあっという間に感じたが、帰り道は果てしない。

「なんか遠いな」

「こんなもんじゃろ。来るときはもっと早かったのか？」

「あっという間だった。……案内の悪魔に道を示されたからかな」

「ああ、変わり者のオディゴスじゃな」

「知ってるのか？　それに、変わり者？」

意外だった。最上位かつ古参っぽいアンテは、そんじょそこらの悪魔の個体名とか把握していないだろうと勝手に思い込んでいた。

「格こそ魔神には遥《はる》かに及ばぬものの、オディゴスもなかなかの古強者《ふるつわもの》よ」

あ、オディゴスの方が『そんじょそこらの悪魔』じゃないわけね。

「アンテが古強者呼ばわりするってことは、相当な古参なのか」

「魔界の黎明期《れいめいき》からいる奴《やつ》じゃ」

……それは世界の始まりから存在するに等しいやつでは？

「あやつは希少な中庸の悪魔でのぅ。どの勢力にも属さず、他者を導き案内することで、魔界を生き延びてきた。……じゃが、いかんせん魔界には迷う者がほとんどおらんでな」

その気と力さえあればどこへなりとも行けるからのぅ、とアンテ。

「黎明期から存在するのに、力を育てる機会に恵まれなかったってことか」

「あるいは、外界からの来訪者を一番歓迎しておるのはあやつかもしれん」

「なら、あいつこそ誰かと契約して外に行けばいいのに。現世に行けば、迷える者なんて掃いて捨てるほどいるぜ」

「あの者自身の権能が、ポータルの前に己を導いたらしい。来訪者を案内することが最善なのか、それとも相応《ふさわ》しき契約者にまだ出会えておらんのか……」

それはあやつ自身にもわからぬことよな、とアンテは肩をすくめる。

「それに、格としては上位じゃからのー。使役するには対価として支払う魔力が高くつきすぎよう。契約する物好きがいるとも思えぬ」

「じゃあ、オディゴス優位の契約なら？」

「現世の迷える者を片っ端から導き、案内する羽目になるじゃろう。魔族にそんな奇特な輩《やから》がおるか？」

「いない」

断言できる。哀れ、オディゴス。

「……聞き流したけど、『中庸の悪魔』ってのは？」

黒々とした大河を渡りながら、俺は尋ねる。

その河に流れるのは、水ではなかった。もっとドロドロとしたもので、波打つそれの上を俺たちは普通に歩くことができた。

「悪魔には3種類おる。美徳、中庸、背徳の概念を司《つかさど》る者たちがの」

「美徳の悪魔なんているのかよ？」

「ほぼ滅んだが、生き延びた者もおる。忠誠、誠実、勇気あたりじゃ。前2つは契約とも絡むから、なかなか強大な悪魔での。探せばそのへんにおるじゃろ」

イヤだなぁ、探せばそのへんに強大な悪魔がいる世界……。

「しかし、迷う者を導くのって、美徳じゃないのか？」

「オディゴスは平等に導くからの。善き者も、悪《あ》しき者も」

「なるほど、そういうことか……ちなみにアンテ、お前はどっちなんだ」

「はっ。美徳の魔神に見えるか？」

聞いてみただけさ、と俺はつぶやいた。


延々と荒れた大地が続いている。

今のところ、他の悪魔とは出くわしていない。アンテみたいな化け物が横にいるからかもしれないし、俺が望んでいないからかもしれない。

「そういや、オディゴスにも俺の姿を見られたんだ。まずいかな？」

もしかしたら道中も、俺が気づかなかっただけで、他の悪魔に目撃されていた可能性はある。謎の人族が魔界をさまよっていた、って事実はちょっとヤバくないか。

「正体が露見するかもしれん、ということか？　まあ大丈夫じゃろ」

歩きながら、頭の後ろで腕を組んでアンテは答えた。

「まず、オディゴスは聞かれん限り余計なことは喋《しゃべ》らんし、魔界と現世の時間の流れは曖昧じゃから、お主と王子を結び付けられる存在がいるとも思えん。ポータル越しでなくとも、何かの拍子に人族が迷い込むことは――ごくごく稀《まれ》じゃが、ある。召喚魔法の失敗とかでな」

なので、大丈夫だろう、と。

「……楽しみじゃのぅ」

にわかに、アンテが悪い笑みを浮かべた。

「何がだ」

「お主がどの面下げて魔族らしく生きておるのか。それを見るのが楽しみじゃ」

「……頼むから、余計なことはしてくれるなよ」

「心配するでない。正体が露見すれば、対価が受け取れぬではないか」

ぎらぎらと輝く極彩色の瞳。

「契約が果たされるまで、我は絶対的な味方じゃ。安心せい」

……ダークポータルの破壊が一番最後になるのは確定的だな。

ながく、ながく、歩き続けて、ようやくダークポータルが見えてきた。

全体的に色が黒っぽい魔界において、真っ黒な円なんて背景に埋もれてしまいそうなもんだが、その圧倒的な存在感のせいで見逃す恐れはない。

「さらば魔界ー！　しばしの別れじゃー！　ふっふー!!」

俺と手をつないではしゃぐアンテ。よっぽど飽き飽きしていたらしい。

しかし……悪魔どころか魔神と一緒に現世に帰還、か。

人生、何が起きるかわかったもんじゃないな……

「行くか」

魔神とともに、俺はポータルをくぐった。

†　†　†

風の匂い。音。重さという概念を思い出す。

空を見上げれば、青空に太陽。

そうか。光とはこういう色だった。

肉体の存在がはっきりとしている。

……はっきりしすぎている。

慣れ親しんだはずの世界は、今この瞬間は、ひどく窮屈に感じられた。

「あー、そういえば、こういう感じじゃったのぅ」

隣を見れば、んーっと伸びをしているアンテ。

現世で魔族の身体《からだ》に戻ったからか、その魔力が知覚できるようになった。

……魔力が渦を巻いていることはわかるが、とらえどころがない。ソフィアや小悪魔《インプ》なんかは、もっとわかりやすい。小さな竜巻やつむじ風って感じだからだ。

だが、こいつは……アンテは、それがよくわからない。

悪魔というより、魔族のような――安定した存在のように思えるのだ。頭には、慎《つつ》ましやかに角も生えているし、疎いものなら魔族と誤認するかも知れない。

しかし最大限に注意を払って、よくよく観察すれば、わかる。

あまりにも、高密度に、魔力が凝縮されている。

だから風ではなく、鋼のように感じられる。

気づいた瞬間に、ゾッとするだろう。上級悪魔《アークデーモン》が擬態した姿だと解釈して。

――実態は、それよりもさらに悪辣だが。

「よく、抑えたな」

その程度の強さに。

「ほんのつま先よ」

ニヤリと笑うアンテ。自分の一部だけを現世に降ろすって、どういう気分なんだろう。

「さて、母にお前を紹介しなくちゃならない」

「お主の母親、のぅ。楽しみじゃなぁ……」

ふふふ――と不穏に笑うアンテ。頼む……頼むから余計なことは……

改めて、あたりを見回した。悪魔と魔族の街『コスモロッジ』――悪魔が逗留《とうりゅう》し、魔族が魔界入りした親族を待つための施設ということだけあって、ポータルの周りはぐるりと商店や喫茶店（のようなもの）で囲まれている。

おそらく、プラティもそのへんにいるとは思うのだが……

「あ、いた」

日陰の喫茶店のテラス席に、乗馬服（ばんぞくのすがた）を身にまとった魔族の女がいた。テーブルに突っ伏している。待ちくたびれたのか？　いつも気を張って背筋を伸ばしているプラティらしくない、気の抜けた姿だな。

にしても、現世ってすごい窮屈だな……俺は、肩を回しながら思った。全身が締め付けられてるみたいで、苦しい。

「母上、戻りました」

俺が声をかけると、ピクッ、と動いたプラティが、のろのろと顔を上げた。

――俺は仰天した。

ゾッとするような冷たい美貌のプラティが、げっそりと痩せて、目の下にはクマもあるひどい顔をしていたからだ。

「………………誰？」

俺はさらに度肝を抜かれた。うつろな表情でプラティが問いかけてきたからだ。

「えっ、母上!?　俺ですよ、ジルバギアスですよ」

母が記憶喪失とか冗談じゃねえぞ！　魔王城での俺の立場どうなるんだよ。

「…………え」

しばし、茫然自失《ぼうぜんじしつ》していたプラティだが、やがてその瞳に生気が戻ってくる。そのまま

目を見開いたり、何やら怪訝《けげん》そうにしたり、険しい顔をしたり、疑《うたぐ》るような視線を向けてきたり、と百面相をしたプラティだが、

「……あなたの、教育係の名前は？」

「え。ソフィアですが」

「あなたが最初に殴り合いをしたのは誰」

「それも、ソフィアですね」

「殴り合いになった理由は」

「俺が勉強しなかったからです」

ガタッ、とプラティが椅子を蹴倒して立ち上がった。

わなわなと震えながら、歩み寄ってくる。

ん？　なんか……プラティ、小さくなった……？　視線の高さが、おかしいな……？

「本当に……あなたなの……？　ジルバギアス……？」

俺の肩を摑《つか》んで、プラティ。

「は、はい……そうですけど……」

困惑して視線をさまよわせた俺は、ふと、喫茶店の窓に目を向けて、愕然《がくぜん》とした。

磨き上げられた水晶の窓に、俺の姿が映り込んでいる。

まるで、抜身の刀身のような。

鋭利で精悍《せいかん》な雰囲気を漂わせる魔族の少年。

年の頃は、人族でいうなら15～16歳くらいで。

しかも、尋常じゃなくパッツパツな破れかけの服を着ている。


「……めっちゃ背ぇ伸びとる!!」

俺は素っ頓狂な声を上げた。

「あなたなのね!? 本当に!! あなたなのね!! ジルバギアス!! よかった!! ジルバギアス――っ!」

俺にひしと抱きついて、叫ぶプラティ。

なんだなんだ、と周囲の悪魔や魔族たちの視線が集中する。

「どうやら、影響が出たようじゃのぅ、ジルバギアス」

アンテがこれ以上ないほどニヤニヤしている。

……察するに、俺がポータルに入ってから、かなりの日数が経《た》ってるのか？

まさか何年も？ そのぶん俺の身体も成長した？ いや、それにしてはプラティの服装が出発時と同じだ。

「ジルバギアス――ッ！ よかったーッ！ ジルバギアスーッ!!」

そして何より、こいつをどうするか、だ……。

俺は、俺にすがりついて慟哭《どうこく》するプラティの肩を抱きながら、途方に暮れていた。

†　†　†

取り乱していたプラティだが、どうにか数分程度で落ち着きを取り戻した。

聞けば、俺がポータルに入ってから丸半年が過ぎているらしい。

てっきり数年くらい経ってるのかと思ったが。意外と大したことねえじゃん——と思いきや、普通は数時間、遅くとも数日くらいで出てくるとのこと。

俺の生存は半ば絶望視されていたそうだ。

悪魔は基本的には魔族に友好的だが、中には、外界からの訪問者を問答無用で食っちまうような輩《やから》もいるらしい。ダークポータルに入って行方不明になった魔族も複数名いるんだとか。俺を不安にさせないため、プラティは敢《あ》えて教えなかったそうだが。

「流石《さすが》のわたしも、もう、本当にダメかと思ったわ……」

最初の数日は余裕をカマしていたプラティだったが、5日を過ぎたあたりから不安になり始め、しかも話を聞きつけた他の王子の母たちが、わざわざドラゴンに乗って煽《あお》りに来たらしい。

「息子さん、まだ出てこないんですって？（笑）」

「生きて帰ってこれたらいいですわね（嘲笑）」

「最年少で魔界入り（笑）行方不明（爆笑）」

あのラズリエルを始めとして、入れ替わり立ち替わりやってきてはプークスクスしてきたとか……プラティのメンタルはもうボロボロ。食事は喉を通らず、昼《よる》も眠れず。魔王城には居場所がなく、俺の生還を祈ってひたすらコスモロッジで待ち続ける日々――

それが半年続いた。そりゃげっそりするわ。

念願かなって俺が帰還した今、メンタル大復活を遂げたプラティは、「煽ってきた奴《やつ》ら全員、死ぬほど後悔させてやる……！」と目を血走らせて復讐《ふくしゅう》を誓っていた。

「……それで、契約はしてきたのよね？」

とある宿屋の一室。ソファに腰掛けたプラティが、対面のアンテを見やる。

アンテは現世に来てからというもの、ずーっとニヤニヤしていた。プラティはその舐《な》め腐った態度が気に食わないのか、眉をひそめている。

じろじろと、値踏みするような視線――お互いに。息子がガラの悪い彼女を連れてきたら、こんな感じになるのかな……と俺は益体もないことを考えた。

ちなみに俺は着替えを入手して、素肌に毛皮のベストというストロング蛮族スタイルだ。ポータルに入る直前は初春だったのに、季節はもう秋だよ。

しかし、人族の10歳児くらいの体格だったのが、いきなり15歳くらいになるとは。アンテがこっそり教えてくれたが、契約に伴う俺の急激な『格』の上昇と、魔界→現世と世界を渡り、再構築された肉体が俺の魂の姿に近づこうとした結果らしい。

普通の魔族でも、魔界帰りで肉体が変化することはままあるそうで。

俺の場合、それが極端に出た――と、プラティは解釈しているようだ。

「えっと、こいつは……【制約の悪魔】アンテです。本契約しました」

俺が黙ったままだと、プラティとアンテがいつまでもガンを飛ばし合いそうな雰囲気だったので、仕方なく口を開く。プラティの目が今度はこっちを向いた。

「本契約だろうとは思っていたわ……魔界で長く過ごした影響もあるかもしれないけど、あなたの魔力が見違えるほど強くなっているもの。そっちは上級悪魔《アークデーモン》なの？　すごく……独特な感じがするわ」

ちなみに当のアンテは、「この我が……ひよっこ悪魔に等しい扱いを……屈辱……！」などとつぶやきながらビクンビクンしている。いや、まあ、独特っていうか、うん。とにかく、プラティもアンテの力量は測りかねたらしい。

「かなり上位なのは間違いないです」

上位どころか魔神だけどな。

「権能は？」

「契約内容や権能については、制約の関係で詳しく言えません」

俺は言葉を濁した。

「ただ、自身も含めて、行動に何らかの制約を加えられると思っていただければ。あとは制約を課す、破るといった行為から、力を得られます」

「ふむ……呪縛系の魔法ね。予期せぬトラブルはあったけど、初の魔界入りで上級悪魔《アークデーモン》と契約とは、この上ない成果でしょう。流石よ、ジルバギアス。……でももう少し早く帰ってこられなかったの？」

憮然《ぶぜん》とした顔でプラティ。俺の不在中、無様を晒《さら》した自覚はあるのだろう。そして他の母たちへの怒りが再燃してきたか、どんどん不機嫌になっていく。

しかし、冷静に考えてみると、こんな感じで不機嫌なときも、理不尽に八つ当たりされたことはねーんだよなぁ。

「かなり遠くまで行きましたので……」

「案内の悪魔には会わなかった？」

「会いました。道を示された上で、こんなに時間がかかってしまったんです」

まさか現世で半年も経ってるとは思わなかった。

「いずれにせよ、母上にはご心配おかけしました」

「……いいのよ。無事帰ってきてくれた。それだけで十分だわ」

ふぅ、と短く息を吐いて、気持ちを切り替えるプラティ。

「次に魔界入りしたら、近場で見つけることね」

おいおい、こんなことがあってもまだ魔界入りさせるつもりかよ。だが心配ご無用！

「それなんですが……もう魔界には入れないそうです」

「は？」

「魂の器いっぱいに契約したので、次に入ったら戻ってこれません」

俺の言葉にギョッとしたプラティは、険しい表情でアンテを睨《にら》む。

「――そこの悪魔！　なんてことをしてくれたの!!」

テーブルを挟んでなければ、そのまま胸ぐらを摑んでいそうな勢いだ。

「なんじゃ、騒々しいのぅ」

耳に指を突っ込んで、白々しく顔をしかめるアンテ。

あ、こいつ絶対、おもちゃにするつもりだな。目つきでわかった。

「魂いっぱいに契約したですって！」

「いかにも。はち切れる寸前まで我が権能を流し込んでやったぞ」

「はち切れ……」

プラティは絶句している。

「なんて、ことを。これじゃもう、他の悪魔と契約できないじゃない！」

「いかんのか？」

尊大に足を組んでソファに身を沈めながら、アンテは馬鹿にしたように問う。

「当たり前でしょう！　契約で縛られた部下も得られないし、権能の魔法も、お前のものしか扱えない……！」

「それが本来あるべき姿じゃろう」

はん、と鼻を鳴らすアンテ。

「定命の分際で、いくつもの権能を扱おうというのがおこがましい。それに契約者のためにもならん。力の純度が薄まって弱まるだけじゃ。複数の権能に手を出して、大成できる者なぞおらんわ……その性根が惰弱よ」

出たーッ！　『惰弱』！　魔族が言われて一番カチンと来る単語！

「……その物言いが許されるのは、」

唸《うな》るようにしてプラティは、

「自らも大成した——真の実力者だけよ」

「試してみるか？」

アンテはふんぞり返り、座りながらにしてプラティを見下す。

「————」

腰のベルトに手を伸ばし、プラティが金属の棒を抜いた。

蔦《つた》が絡まったような、まるで剣の柄《つか》のような造形——ぱちんっと魔力が弾《はじ》け、それが解けるようにして槍《やり》へと姿を変える。魔法の武器かよ！

そして一切の躊躇《ちゅうちょ》なく、アンテに鋭い突きを見舞うプラティ。

「——【擒働きを禁ず】」

が、アンテの呪詛《じゅそ》とともに、ガチンと動きが止められた。剣呑《けんのん》な光を放つ槍の穂先が、アンテの眼前でぴたりと静止している。

「っ……」

プラティの角から強い魔力が放たれ、絡みつくアンテの呪詛を振り払おうと――

「――【抵抗を禁ず】」

しかし、新たに押し寄せたアンテの呪詛が、その試みごと、プラティを包む魔力の殻を粉砕した。プラティの肉体から力が抜ける――

槍の穂先をだらりと下げたまま、動けなくなるプラティ。

対するアンテは悠然とソファに腰掛け、指先ひとつ動かしていない。

「どうじゃ？　まだ何ぞあるか？」

傲岸不遜に問いかけるアンテ。

きっ、とその顔を睨んだプラティは、今一度魔力を振り絞る。

ばちん！　と革紐《かわひも》がはち切れるような音を立て、強引にアンテの呪詛を振りほどいた。

「ほう」

感心するような声を上げたアンテは、「まあ、こんなもんかの……」とつぶやき、俺に意味深な流し目を寄越《よこ》した。

……アンテは【槍働きを禁ず】と唱えていた。【禁忌とす】ではなく。

そこそこな上級悪魔《アークデーモン》に擬態したら、こんなもんというわけだ。

「……認めましょう。あなたは強い」

魔法の槍を納めながら、プラティが静かに言った。

「当然じゃ」

アンテは鷹揚《おうよう》に頷《うなず》く。

「大船に乗ったつもりでいるとよい」

その笑みが、邪悪の色を帯びる。


「――お主の子を、立派な魔王に仕立て上げてやるでな」


得体の知れぬ気迫に、プラティが息を呑《の》む。

言うだけ言って、やおら立ち上がったアンテは、「ん～～！」とその場で伸びをした。

「やはり現世は窮屈じゃのぅ。我は休むとするわ」

と、俺に抱きついてきた。かと思えば、俺の中にシュポッと。

プラティが変なものでも見たような顔をしている。

「えーと……魔力節約のため、俺の中に居場所を作ったらしく」

「……本契約した悪魔の一部を収める、ってことはままあるけど、本体が丸ごとってのは初めて見たわね……」

あ、悪魔を収めること自体は珍しくないんだ……

「いずれにせよ……ジルバギアス」

「はい」

「大した悪魔を連れてきたようね」

「苦労しました」

一時はどうなることかと思ったよ。今もこうして魔王子でいられるのが、奇跡だ。

「……よし。こうしてはいられないわ。一刻も早く魔王城に戻りましょう」

ぱちん、と両手で頬を叩《たた》いて気合を入れたプラティが、立ち上がる。

「もう、ですか？　少し休まれた方が……」

俺の帰還で気力が復活したとはいえ、身体《からだ》はフラフラだろ。

馬車に乗るならともかく、ドラゴンに騎乗だぞ？　落ちたら即死だ。

「あなたは公式にはほとんど死亡扱いなのよ、ジルバギアス。早く取り消さないと、面倒なことになるわ」

「あー……」

というわけで、休息もそこそこにコスモロッジを発《た》つことになった。

ドラゴンに乗る。行きと違い、秋空が思ったより寒い。風が冷たいな……と鼻をすると、プラティが思い出したかのように防護の呪文を唱えて風圧を軽減した。

そして離陸後しばらく、飛行が安定すると、プラティがうつらうつらし始める。

「母上、やっぱり無茶だったんですよ……」

仕方ねーな。

「俺が支えるんで、母上は休んでください」

俺が代わりに鞍《くら》のハンドルを握り、プラティを抱きとめる。

「……そう？……悪いわね……」

　プラティはそう言って、俺に身を預けた。それでも意識は保とうと頑張っていたみたいだが、やがて寝息を立て始めた。ドラゴンに乗りながら仮眠とは、ふてえ奴《やつ》だな……

『親孝行な息子じゃのぅ』

　アンテのからかう声がする。

　うるせー。今ここで死なれたら俺が困るんだよ。それにしても、さっきの会話。「お主の子を、立派な魔王に仕立て上げてやる」って何のつもりだよありゃ。

　俺は力を求めたけど、魔王になりたいなんて一言も言ってねえぞ。

『簡単なことよ』

　アンテは酷薄に笑った。

『力を求め、魔王を倒し、兄弟姉妹を殺し——母を裏切る。お主が望む魔族への復讐《ふくしゅう》を遂げたら、名実ともにお主が次期魔王となろう』

　…………。

『だから約束してやったのよ、その女に。息子を——お主を、立派な魔王に仕立て上げてやるとな』

　——そうだ。それこそが、俺の悲願。

　その血塗られた結末こそが……俺の望みなんだ……

『楽しみじゃのぅ。待ち遠しいわ、その日が』

そうしてアンテは静かになった。

俺は、プラティの温かな身体を抱きしめながら、地平の果てを睨む。

やがて魔王城が見えてくるであろう、地平の果てを。

†　†　†

――図書室。良く言えば質実剛健、悪く言えば全てが簡素な魔王城において、そこは最も文化的な空間と言えるかもしれない。

といっても、蔵書は人族やエルフ族のものばかりだ。魔族が書いた本など数冊しか存在しない。司書などという専門職もいない。結果として、制圧した地域から手当たり次第にかき集められた本や巻物が、乱雑に本棚へ詰め込まれただけの無法地帯と化している。

そんな混沌《こんとん》とした空間の片隅で、貪るようにして本を読む少女がいた。

その名も、ソフィアという。知識を司《つかさど》る中級悪魔だ。

知識を得ると力が増大するソフィアにとって、読書は食事に等しかった。しかも、その食欲はほぼ無限大で、尽きることがない。

（最近は暇で暇で……ありがたいことです!!）

ぱたん、と読み終わった本を閉じて元あった場所に戻し、舌なめずりしながら次の本を物色するソフィア。

魔王の妻のひとり、プラティフィアと契約し、使役される立場にあるソフィアは、魔王子の教育から多種多様な書類仕事まで一手に引き受けている。

……いや、引き受けていた。半年前までは。

あのクソガ——腕白な魔王子が、魔界で行方不明になるまでは。

プラティフィアはコスモロッジで健気《けなげ》に王子の帰還を待ち続けており、おかげで仕事もなくなったソフィアは、一日の大半を読書に費やせるようになった。もともと仕事がしたくて現世に来たわけじゃない。全ては知識を得るため。それも新鮮な、高度な知性体によって生み出された情報——ソフィアにとってのごちそうにありつくためだ。

(ジルバギアス様の教育はともかく、書類仕事は本当に時間の無駄でしたからね。なぜ、私が、あの腐れホブゴブリンどものミスをカバーしてやらねばならないのか!!)

文章を味わいながらプンスカ憤慨するという器用な真似《まね》をするソフィア。

魔王国の行政を担うのは主にホブゴブリンと夜エルフだ。最近は悪魔も参入しつつあるが、主要なポストはこの2種族に占められている。

ホブゴブリン——初代魔王が力尽くでゴブリンやオーガを支配する前に、いち早く膝をついて傘下に加わった、なかなか聡《さと》い連中だ。

ゴブリンと名はついているものの、普通のゴブリンとはほぼ別種族。具体的には人族と猿くらい違う。見た目は醜悪でも頭が良く、特に金勘定には非常にうるさい。

——のだが、あくまでゴブリンの割には、と但し書きがつく。計算はあってても前提が間違っていたり、書き損じで勘違いが発生したりと、割としょーもないミスが多い。

良くも悪くも大雑把な魔王国では、多少のミスは許容されることも多いが、知識の悪魔として『間違い』を許せないソフィアには、ある意味地獄だった。決済の書類が間違いだらけで目眩《めまい》に襲われ、事務局に怒鳴り込んでは根本から修正していく。……実はソフィアが書類仕事に手間取っているのは、そんな無駄が多いからでもあった。

ミスをしたら、額に青筋を立てて怒鳴り込んでくる中級悪魔。

ホブゴブリンの役人たちに、文字通り悪魔として恐れられていることなど、本人は知る由もない……。


（静かですねー）

図書室には、ほとんど人影がなかった。時折、利用する魔族が何人かいるが――控えめに言って覇気も魔力もない、魔族の落ちこぼればかりだった。

図書室は槍働きもできぬ惰弱者が、時間潰しをする場所――などと、大半の魔族には目されている。これじゃあ、大した文化が育つわけもない。あまりにも蛮族だ。

（もっと文化的な魔族が増えたらいいんですけど）

そうして思い出すのは、教育を担当していた魔王子、ジルバギアスだ。

魔族にしては珍しく――文学や芸術にも理解がある者だった。最初こそ勉強を拒否していたが、一度やり始めたら乾いた大地が水を吸うように、知識を吸収していった。若くて頭が柔らかいことに加え、もともと優秀だったのだろう。

（……性悪な悪魔にでも食われちゃったんですかねー）

魔神カニバルが結んだ協定により、悪魔たちは基本的には魔族に友好的だ。しかし全てが全てではない。協定は尊重すべきものだが、契約と違って、遵守するものではない。

というか、どだい全ての悪魔を『管理』するのは不可能だ。そういった管理を出し抜いて力を得る者もいるし、枠組みを破壊することを業にしているような奴もいる。

いくら強大な魔神でも、万能な存在ではない。彼らは支配者のように振る舞うが、支配者ではないのだ。そもそも魔神の多くは自らの領域に引っ込んで出てこないし——つまり魔界は、物騒な場所だ。

ジルバギアスも。あの腕白で、しかし文化的な魔族も。

（魔王子の肩書が通じない場所では、ダメでしたか……）

残念。と、自らの中に生まれた、感傷じみたものにソフィアは驚いた。

最初は魔族のガキのお守りだなんて、面倒くさいだけだと思っていたのに……

（ま、ダメだったもんは仕方ありません。苦しみのない最期だったことを祈りましょう）

悪魔らしい割り切りで読み終えた本を閉じ、次の本に手を伸ばすソフィアだったが——

「ソフィア様ー！　ソフィア様ーっ！」

図書室に甲高い声が響いた。思わず顔をしかめて見れば、プラティフィア配下の獣人のメイドが、大慌てで駆けつけるところだった。

「……なんです、騒々しい。図書室では静粛に」

「もっ、申し訳ございません！　でも一大事なんです！」

白虎族ゆえの真っ白でふかふかな耳をピコピコさせながら、メイドは、

「奥方様とジルバギアス様が！　お戻りになられました!!」

「――なんですって!?」

静粛にと言いながら、自分も素っ頓狂な声を上げてしまうソフィア。

まさか無事だったとは、教育計画が、いったいどんな悪魔と契約してきたんだ、などと様々な思考が駆け巡る――と同時に、悟った。

この長い休暇が、ようやく終わりを告げたということを。

†　†　†

コスモロッジを発ってから30分ほど。トラブルもなく、俺たちは魔王城に到着した。

「わたしは魔王陛下にあなたの生還を報告してくるわ」

居住区に戻るなり、ドレスに着替えたプラティはそう言って足早に去っていった。

飛竜に乗りながらの僅かな仮眠で、見違えるように回復したプラティ。なんだろう……その背中が、戦場に乗り込む戦士というか、敵対マフィアにカチコミをかけるヤクザもんというか、俺にはそんなふうに見えた。

……そういえば、魔王城ではお前はどうするんだ？　アンテ。

『どう、とは？』

一応、お前って魔神じゃん。外を出歩いたら、顔見知りとかに遭遇して正体がバレたりしないか？　コスモロッジでは、お前に気づいた悪魔はいなかったみたいだけど……

『それは心配あるまい』

はっ、とアンテは自虐的な笑みをこぼした。

『言ったじゃろう？　我はあまりに強大であったため、もはや自力では身動きもままならぬ状態じゃった、と。我はながいながい間、宮殿から動けなんだ……そして魔神の居城にノコノコ顔を出すような物好きなぞ、片手で数えるほどしかおらんかった』

つまり、

『顔見知りは同格の魔神か、オディゴスのような古参がほとんどじゃ。この魔王城には、そうそうおらんだろうよ。というかそんな連中が契約して現世に降りたのなら、それこそ噂《うわさ》好きの物好きが知らせてくるでな』

ほーん、なら大丈夫か。格上すぎて新参者には顔も知られてないってことだな。

「ジルバギアス様ー！　お戻りになられたとのことで！」

と、俺の部屋のドアがバンッと開かれた。片眼鏡をかけた、悪魔の少女が顔を出す。

「よう、ソフィア。帰ったぞ」

俺が声をかけると——ソフィアは固まっていた。ぱちぱちと目を瞬いて、片眼鏡を外し、ハンカチでフキフキしてからかけ直す。

「……え、なんか、大きくなってないですか……？」

「ああ。なんかポータルから出たら身体《からだ》が成長してたんだよ」

「そんな!!」

両手で頬を押さえて悲痛な声を上げるソフィア。

「せっかく頭が柔らかかったのに！　物覚えが悪くなっちゃう!!」

「久々の再会で言うことがそれかよ！！！」

――などとひと悶着《もんちゃく》あったものの、ソフィアには無事の生還を祝われた。

「体が大きくなってもお勉強はまだ続けますからね!!」

「ああ……うん……わかったよ……」

「それで、なぜ帰還が遅れてしまったんです？　悪魔とは契約されたんですか？」

「そうだな。まあ色々あったが、かなり上位の奴と契約したよ」

アンテも紹介しとこう。こいつソフィアってんだ。俺の教育を担当していた中級悪魔。

『ほーう』

あまり興味がなさそうなアンテだったが、俺の外に出てふわりと床に降り立った。

「紹介しよう。俺と契約した悪魔だ」

「苦しゅうないぞ。我は――」

アンテの言葉を遮って、こひゅーっ、と引きつったような呼気の音が響く。

ソフィアが、見たこともないような顔をしていた。

両目を見開きすぎて、目玉が飛び出そうになっている。

「な、なぜ、なぜ、こんな……そんな……!!」

そのままガクガクと震えて後ずさりしたソフィアは、ぺたんと尻餅をついた。

「なぜ……魔神が、こんなところに……!!」

滝のように汗を流しながら。

「【禁忌の魔神】……アンテンデイクシス……!!」

――ふざけんなよ一発で顔バレしてんじゃねえか!!

「顔見知りは古参ばっかりって言ってたのは誰だよオイ!」

「おっかしいのー。こんなやつ会った覚えはないんじゃがのー……おい、お主。どうして我を知っている?」

アンテに水を向けられて、いつの間にか平伏していたソフィアがビクッと跳ねた。

「あ……あのとき……私は、生まれたばかりで……あまりにも愚かでした……」

震える声で、顔を伏したままソフィアは話し出す。

「恐れを、知らなかったのです……ですから、興味のおもむくままに、あなたさまの宮殿に、忍び込み……大変なご無礼を……」

「んー……?」

空中を睨《にら》んで考え込んでいたアンテだが、やがてポンと手を叩《たた》いた。

「あー！　もしかするとお主！　あのときの小悪魔《インプ》か！」

「やっぱ知ってるのか？」

「随分と昔の話じゃが、豆粒みたいな小悪魔《インプ》が我が宮殿にやってきてのぅ。壁いっぱいにいたずら書きしたり、我が蔵書を読み散らかしたり、好き放題しておったのじゃ」

「そこまでされるまで気づかなかったのかよ」

「昼寝しとったでな」

あと面白かったからしばらく放置して見ておった、とアンテ。

「で、怖いもの知らずのようじゃったから、恐怖というものを教えてやってから宮殿から叩き出したんじゃ。のぅ？」

床のソフィアが「ひぃぃぃ……」と情けない声を上げながらガタガタ震えている。悪魔じゃなかったらその場で失禁してそうだ。いったい何をされたんだ……っていうか、今はキリッと理知的なソフィアにも、そんなクソガキみたいな時代があったんだ……

「いやー！　あのときの小悪魔《インプ》が、こんなに育ちおったか！　大きくなったのぅ～！」

わっはっはと朗らかに笑いながら、親戚のおばちゃんみたいなノリで、ソフィアの頭をワシャワシャと撫《な》でるアンテ。

「――で、どうするこやつ。殺すか？」

そしてそのままの顔で俺に問うた。頭を撫でていた手が、スッとソフィアの首を摑《つか》む。

「ひぃぃぃ」

「いや、待て待て」

可哀想《かわいそう》なくらい震えるソフィアを前に、俺は頭痛を堪《こら》えるように眉間をもみほぐす。

――ここでアンテの顔を知る者を消す、という選択肢は、確かにある。

というか、禁忌の魔神であることが知れ渡るリスクを考えれば、当然だ。

だが……なんというか、それはあまりにも……いや、決して、ソフィアに情が湧いてるとかそういうのじゃないんだが……。ソフィアはプラティの配下だからな。

「魔王城に来て早々、母上が契約してる悪魔を消すわけにはいかんだろ。結局理由を説明しなきゃいけなくなる」

それに……、と少し言いよどんでから、俺は続けた。

「……ソフィアは俺の、教育係だ。まだ学ぶところは多い」

「ジルバギアス様ぁ……」

「ふむ……」

ソフィアの首をにぎにぎしていたアンテは、不意にその手でソフィアの顎を掴み、クイッと顔を上げさせた。涙目の情けない表情があらわになる。

「お主。口外を禁ずれば守れるか？」

その厳粛な問いかけに、ソフィアは震える。

「わ、……私は……奥方様との、契約により……奥方様の、不利益になりうる、事物の、秘匿は……禁じられて、おります……」

ソフィアは、自らの死刑宣告を読み上げるような顔をしていた。

アカン……。今まで、なんだかんだ世話になったな。長年、自分の世話を見てくれた者を手にかける禁忌、か……かなり力が得られそうだ。

ソフィア。お前の犠牲は無駄にしない……

「なんじゃ。そんなことか」

しかし、魔神は、邪悪に笑った。

「ならば何の問題もない……なぜならば、我が正体を秘匿することは、むしろあの女を利することになるんじゃから」

「え……？」

「考えてみよ。魔王の末子が魔神と契約した――それが知れ渡ればどうなる？」

「他王子派閥からの妨害が、より一層激しくなります。芽が出る前に潰してしまえとばかりに……。しかし奥方様にだけ知らせ、そこで情報を止めることはできるはずです」

話すうちに、怯《おび》えの色が抜け始め、ソフィアの目に好奇の光が灯《とも》る。

「しかし、それをしないということは、契約内容について踏み込まれるのを避けていると推察できます。魔神を――それも、禁忌の宮殿の主を、現世に引きずり出すほどの契約。ロクでもない内容であることだけは確かです。であれば……それは奥方様に不利益をもたらす可能性が、高く……」

だんだんと尻すぼみになっていく。そこまで理解できてしまうがゆえに、黙っていられないということか。

「いくつか勘違いがあるの。契約内容を伏せておきたいのは事実じゃが、お主のように使役される立場と、我のような格の者は事情が異なるでな。契約内容を秘することもまた、神秘性を高め力を生み出す一因となる」

「それは……わかりますが」

「そして不利益について、じゃ。ソフィアよ。よぉ～く考えてみよ。あの女《プラティ》の目的とは、そもそも何じゃ？」

改めて問われて、生真面目なソフィアは考える。

「ジルバギアス様が魔王となり、奥方様自身の地位も確固たるものにされることです」

「然《しか》り。ならば、この場合の『不利益』とは、その目的に相反するもの。ジルバギアスが魔王になることを阻むもの、と考えられるのぅ？」

「……そう、ですね」

「ならば正体を秘匿することは、理に適《かな》うではないか。契約内容を秘することでより力を高めれば、魔王になる可能性も上がるんじゃから」

「いや……しかし……」

ソフィアは納得しがたい、と言わんばかりの顔をしている。

まあ、そりゃそうだ。プラティに禁忌の魔神であることを告げた上で、契約内容は黙っ

ておくって手もあるわけだからな。

それをしないってことは、後ろめたい事情があると暗に認めているようなもの。

……やはり、ここでソフィアを消すしかないのか？　いや、それはそれで、プラティになんと説明すればいいのかわからない。クソ、八方塞がりか。

「強情なやつじゃのぅ。ならば、よい。教えてやろう」

それでも状況を楽しむようにニヤニヤと笑うアンテは、ソフィアの耳元にささやいた。

「認めよう。我がこやつと結んだ契約は、確かにロクでもない」

ソフィアが、目に見えて震えだす。

――なぜそれを明かす？

もう、明かしてしまっても構わないということか？

それはつまり――最終的に、口封じを――

「こやつ《ジルバギアス》はなぁ。この魔神たる我を、たぶらかしたのよ。魔界の支配者に、特大の禁忌を犯せ――とな」

「禁忌の魔神に、禁忌、を？」

「そうじゃ。流石《さすが》に内容までは明かせぬが、のぅ……。理解したか？」

ソフィアの目が揺れる。何かを暗算するように。目まぐるしく思考を巡らせている。

「ときに、ソフィアよ。魔界は好きか？」

「……嫌い、ではありません。故郷、ですから……」

「――【己の感情を偽ることを禁ず】」

「好きじゃないです。あんな荒れ果てた地、ろくな知識もありゃしない……」

　毒蛇に締め付けられる獲物のように、ソフィアは苦しげにあえいでいる。

「お主の目的は、何じゃ？」

「……知識が、ほしいです。私の力を、もっと高めたいですぅ……」

「死にたくは、なかろう？」

「死にたく……ない、ですぅ～。まだ、図書室の本も、読み終わってないですぅ～。世界の真理を、ものにして、いつか知識の魔神になりたいんですぅ～」

　ぽろぽろと涙をこぼすソフィア。

「おお、わかる、わかるぞ。力を求めるその気持ち。あのときの小悪魔《インプ》が本当に立派になったもんじゃのぅ……」

　よしよしと頭を撫でながら、アンテは――優しげな口調とは裏腹に、その表情は、あまりにも――

「契約内容は、ロクでもない。しかし、それによってもたらされる影響の、方向性。我を引きずり出すに足りたという、事実」

　ゆっくりと、毒を流し込むように、ささやき続ける。

「――しかしそれらはまったくもって、あの女の目的とは相反することはない。賢いお主ならば、理解できるな？」

「…………はい」

「では、改めて問おう。あの女に、全ての真実を告げる必要は、あるか？」

「…………ありま、せん」

ぐすぐすと泣きながら絞り出すように答えたソフィアに、アンテは満足げに頷《うなず》く。

「よし。いい子じゃ。これからもよく仕えるがよい……主《あるじ》と、我が契約者に、な」

うーん。契約で縛られた悪魔は絶対に裏切らない、ってプラティは言ってたけど、別にそんなことはないな……まあ、他に悪魔と契約することがない俺には、縁のない話だが。

何はともあれ、ソフィアを説得したアンテは、満足げに俺の中にシュポッと戻った。


いやはや……とんだ顔合わせ、というか挨拶になったもんだ――魂が抜けたような顔で床に座り込むソフィアを見て、思う。

途中から話が見えなくなったんだが、どういうことだったんだ？　アンテ。

『ふふ。こやつは理解したのよ。我が契約内容が、魔界に何らかの不利益をもたらすであろうことをな』

……ダークポータルの破壊か。

『流石に具体的な内容まではわからんじゃろうが、まあ、ロクでもないことなのは伝わったじゃろ。幸いなことに、ソフィアも魔界にはそれほど愛着がないようじゃ。ゆえに見過ごすことにした……』

ソフィアは現世ライフを満喫できてるから、魔界がどうなっても知ったこっちゃないというわけだ。悪魔らしい割り切りだな。

しかし、プラティへの報告を封じたのはすごいな。契約の抜け道ってやつか？

『いや。そんなことはない。あんなものは屁理屈《へりくつ》よ。契約者の不利益になる可能性が万が一でもあるなら、報告する義務はある』

えっ……。

『じゃが、こやつは――この可愛《かわい》い小悪魔《インプ》は、命惜しさに己の認識を曲げることにしたのよ。真理を探究する知識の悪魔としてはあまりに痛手じゃのぅ……いずれは魔神になりたいと言っておったが、むしろその道は遠のいたじゃろう。それを理解していたからこそ、泣いておったのよ。まあ、今ここで終わるよりかは、遥《はる》かにマシじゃろうがのぅ……』

……………。

『悪魔でありながら契約を曲解し、己《おの》が利益を優先させる禁忌に、こやつは手を染めた』

低い声で笑う。

『おかげで我も潤《うるお》ったわ……』

虚《うつ》ろな目をして、力なく座り込むソフィア。その姿が、俺自身に重なって見えた。禁忌の魔神と契約した俺も、実は、こいつと大差ないくらい哀れな存在なのかもしれない。

だが――構うものか。俺の目的は魔王国を滅ぼすこと。

それさえ叶《かな》うならば――俺自身の末路に、俺は興味はない。

ダークポータルを破壊するまで、アンテは俺の味方だ。

ならば、いい。あとは何がどうなろうとも。

たとえ俺がどんな終わりを迎えようとも――


「ジルバギアス！」

などと考えていたら、カツカツカツと外から足音が近づいてきて、部屋のドアがバァンと勢いよく開かれた。憤怒の表情のプラティが入ってくる。

なんか……アレだな。敵対組織にカチコミをかけたら、別の敵対組織と手を組んでいたことがわかって怒り心頭のヤクザみたいな顔してんな……

「――面倒なことになったわ」

なんだ、これ以上まだ面倒なことがあるのか？

「あなたが帰還したところを、他王子の手の者が目撃して報告を上げていたみたい」

歯を剝《む》き出しにして、唸《うな》るようにプラティは言う。

「成長したあなたを、別人と誤認したようね。……結果として、ジルバギアスを待ち続けるあまり、とうとう頭がおかしくなったわたしが、別の子を、我が子に仕立て上げようとしていることに、なっていたわ……！」

……俺は、ここまでおどろおどろしい口調を聞いたことがない。

声に、これほどの怒りと憎悪が滲《にじ》み出るなんて、滲みうるなんて、知らなかった。

「というわけで、ジルバギアス！　あなたの血統を証明しなければならくなったわ」

「は、はぁ」

「ソフィア！」

「ッ！　はいぃ!!」

名を呼ばれて、腑抜《ふぬ》けていたソフィアがビシッと立ち上がる。

「予定を早めるわよ。ジルバギアスに魔法の訓練をさせる」

そうしてプラティは、「先に他の用事を済ませてくるわ、詳しい説明はソフィアに」と告げて慌ただしく去っていった。血統を証明するために魔法の訓練が必要なのか？

「――それではジルバギアス様。魔法のお勉強をしましょう」

キリッとした顔で、片眼鏡の位置を直しながら言うソフィア。流石は悪魔だぜ。一瞬で気持ちを切り替えてきた……！

「ほう、我も聞かせてもらおうかの」

が、俺の中からアンテが再び姿を現すと、キリッとしたまま脚がガクガクと震え出す。

「やめたれ」

可哀想《かわいそう》だろ。俺が眼前のアンテの頭にペシッと手刀を叩《たた》き込むと、「羽虫のごとき定命の者が……っ！　この我の頭をはたくとは……なんたる屈辱……っ！」とビクンビクンし始めた。こいつ、変態っていうよりさ、もはや――いや、みなまでは言うまい。ついでに俺の力がちょっと増大した。魔神の頭をはたく禁忌を犯したからかな……

一部始終を目撃したソフィアは、白目剝いて泡を吹きそうになっていた。

アンテ、お前は引っ込んでろ。俺の中にいても話は聞けるだろ。


――さて、魔法について。


「一口に【魔法】と言っても、呪術から奇跡まで様々な種類がありますが、ここでは全てをひっくるめて魔法と呼びます」

アンテが引っ込んで、落ち着きを取り戻したソフィアがとくとくと語る。

「ジルバギアス様もこれから、様々な魔法を学ばれるでしょう。ですが今、必要とされているのは一族伝来の魔法――【血統魔法】と呼ばれるものです」

「……血で受け継がれる魔法か」

「そうです。一族に代々受け継がれる、固有の魔法ですね」

人族にも極稀《ごくまれ》に、そういうのがあったな。門外不出の奇跡とか秘術とか。

「魔族はみんな、そういう固有の魔法が使えるのか？」

「全員とは限りません。いわゆる、伝統と歴史ある名家の方々だけです」

アンテが『フン』と鼻で笑う。数百年前まで蛮族に過ぎなかった魔族が、『名家』などと片腹痛いと言わんばかりだ。

「奥方様の一族、レイジュ族はその『名家』にあたります。魔王陛下ゴルドギアス様も、当然ながら名家のご出身です」

「――血統の証明。つまり、俺が両一族に伝わる血統魔法を、両方とも習得すればいいということか」

「ご明察です」

いいぞ。もともと恵まれた血筋だとは思っていたが、魔族に伝わる固有魔法が2つも使えるとは。魔王一族と戦うとき、大いに助けになるだろう。

「それで……どんな魔法なんだ？」

俺は逸《はや》る気持ちを抑えながら、努めて冷静に尋ねた。

「魔王陛下のご出身、オルギ族の血統魔法は【名乗り】です」

何じゃそりゃ。

「戦う前に名乗りを上げることで、己を強化する魔法だそうです」

……ああ、「我は魔王ゴルドギアスなり！」って叫んでから俺たちを迎撃してたけど、あれそういう魔法だったんだ。

「【名乗り】の魔法は、魔王陛下か、オルギ族の方から手ほどきを受けて習得されることになるでしょう。私も流石に、どのように継承されるのかまでは、知りませんので」

どこか口惜しげにソフィア。一族伝来の魔法なんて、そりゃあ知識の悪魔としては知りたくて仕方ないだろうな。

「次に奥方様のレイジュ族に伝わる血統魔法ですが――実はレイジュ族は治療術の大家でして、魔王国においては魔族の方々の治療を手掛けています」

治療!?　プラティって癒者《ヒーラー》なのか!?　闇の輩《ともがら》は治癒の奇跡は使えないはずだが!?

「それを支えるのが、血統魔法【転置呪《てんちじゅ》】です」

「転置呪ってことは、呪いなのか？」

「はい。自分や誰かの傷病を、別の誰かに【転置】する、類感呪術の一種ですね」

それは——つまり、治療というより——

「怪我《けが》や病気を、誰かに押し付けるってことか」

「その通りです」

……納得した。闇の輩に相応《ふさわ》しい、正真正銘の呪いだ……

「しかし、そんな便利な呪いがあるなら、初代魔王は治療できなかったのか？」

——実は、初代魔王ラオウギアスは、人族の勇者によって倒された。

戦場で油断したところを聖属性たっぷりの刃で刺され、その傷が原因でくたばったのだ。

だがなぜ、ラオウギアスは治療できなかったのか。もしかして聖属性の傷は転置呪でも移せなかったとか？

「転置呪の対象は、自分より格下か、呪術的に結び付けられた人物か、支配下にある生物でなければダメなんです」

ソフィアは言った。

「当時もレイジュ族が総出で治療を試みたようですが、誰も初代魔王陛下に干渉できなかったそうです。陛下ご自身が望まれても、あらゆる呪詛《じゅそ》がはね返されてしまったとか」

……魔王の規格外な魔力。魔法抵抗の高さがアダになったということか。

そういうところは『奇跡』と違って融通が利かないんだな。ざまーみろ。

「魔王陛下ご自身が転置呪の使い手であれば、問題なく治療できたのでしょうけどね」

もしそうだったら、仮に傷を負っても全て相手に反射してくるような、史上最強の魔王が誕生していたわけか……ん？　それ、強くね？

「レイジュ族って、もしかして、かなり強いのか？」

「はい。魔王国でも屈指の有力氏族です」

ソフィアはあっけらかんと肯定した。

「レイジュ族の戦士は、魔力が貧弱な下等種族にはまず負けません。負傷してもすぐに傷を敵方へ押し付けられるからです。流石《さすが》に同格以上との戦いでは、よほど呪術的な工夫を凝らさない限り、呪詛を通すのが難しいようですが」

呪術的な工夫、か……。なあ、アンテ。

『なかなかどうして、面白い使い方ができそうじゃのぅ……』

魔神は悪い声で笑う。

「ただ、そんなレイジュ族も、初代魔王陛下の治療が叶わなかったことから、かなり立場が悪くなってしまったようで……」

あー。容易に想像がつく。他の一族が、鬼の首を取ったように非難したんだろうなぁ。

「プラティフィア様のご婚姻がかなり遅れてしまったのも、そういうわけです。魔王国へのレイジュ族の貢献を考えれば、筆頭夫人になられてもおかしくはないのですが」

……初代魔王の治療失敗の咎《とが》で、不当に後回しにされたってことか。プラティの、あの異様な執着のワケが見えてきたぞ……

――カツカツカツ、と部屋の外から足音が響いてくる。

「ジルバギアス！　あなたに血統魔法を授けるわよ」

噂《うわさ》をすればなんとやら。プラティが再び現れた。

「ソフィアから、説明は受けた？」

「はい、母上。転置呪と、レイジュ族については」

「よろしい。賢いあなたなら、もう悟ったでしょう。我が一族の可能性を。レイジュ族、そして魔王陛下の血を継ぐあなたは――最強の魔王になる資格があるのよ」

ドアをしっかりと閉めたプラティは、部屋中に魔力を行き渡らせ、パンッと手を叩いた。

部屋の空気が張り詰める感覚。

「防音の結界よ」

さて、とプラティは腰のベルトから、例の携帯型の魔法の槍《やり》を抜いた。

「転置呪の継承は、簡単よ。……呪いを受ける、ただそれだけ」

槍の穂先、鋭い刃を撫《な》でながら、プラティは懐かしむような笑みを浮かべる。

「ちょっと早いけど、あなたも戦場の痛みを知るときが来たのね」

……いやーな予感がするぞ。

多少の痛みなんて、今さらビビらねえけどよ。

それでもイヤなもんはイヤだ。当たり前だよなぁ!?

「覚悟なさい」

言うが早いか、プラティは槍の穂先に、自らの手のひらを押し当てた。

ズチュッと生々しい音を立てて、刃が完全に手の甲までを貫き通す。しかしプラティは口の端を少し引きつらせただけで――その凄絶な笑みそのものは全く揺らがなかった。

「……すごく痛そうです、母上」

「ええ。でもあなたなら我慢できるわ。――【転置《メ・タ・フェスイ》】」


次の瞬間、俺の右手を灼熱《しゃくねつ》の痛みが貫いた。


――痛《いて》ぇ。まるで見えない刃物に刺し貫かれたかのように、手のひらから手の甲まで、きれいに穴が開いていた。

傷口からは、魔族特有の青い血が滴り落ちている。前世ではイヤというほど怪我をしたし、死に様もひどかった。痛みなんてとっくに慣れっこだが――痛いもんは痛い。

これが【転置呪】か――よくよく観察すれば、傷口に魔力がまとわりついているのがわかった。徐々に霧散していく呪いの残滓《ざんし》。逆にプラティの手には傷ひとつない。

「動じないわね、ジルバギアス」

　プラティが感心したように言った。

「どんなに気丈な子も、初めての刺し傷にはうろたえるものだけど……あなたは落ち着いているわ。小さい頃から、肝が据わっていたものね」

　もうちょっとうろたえた方が良かったかな？　今さら遅いか。

「これで転置呪が使えるようになったんですか？」

　そんな感じはしないが。ただ手が痛いだけだ。

「まだよ。その傷を転置呪でもう一度わたしに移すわ。それであなたも理解できるはず」

　感覚でね、とプラティは言う。

「わたしたちは親子で、その傷を与えたのはわたし。ここに強い呪術的なつながりがあるの。意識なさい、ジルバギアス。わたしたちのつながりを――」

　プラティから伸びる魔力の手が、俺の傷口に触れた。

「【転置】《メ・タ・フエスイ》」

　ずるっ、と傷そのものが引きずり出されるという、異様な感覚を味わう。

　刹那、俺は幻視した。

　この呪いが、脈々とレイジュ族で受け継がれてきた歴史を。

　――もともとはある母親が、レイジュ族の【転置呪】の始祖が、我が子の負った傷を、自らの体に移したのが始まりだった。

　傷を癒やす奇跡が扱えない闇の輩ゆえに。それでも我が子の苦しみを、少しでも和らげたいと願ったがゆえに。以来、子が怪我をするたび、レイジュ族の親たちは、自らが傷を引き受けることで子どもたちを守ってきたのだ。

　それが転置呪として洗練され、確立された。そして、応用されるようになっていった。呪いの対象が、肉親だけではなく獲物や仇敵《きゆうてき》にまで拡張された。狩りや戦いにおいても使われるようになった。

　――母の愛から始まった呪《まじな》いは、今や、立派な呪《のろ》いとなった。

　我が子にわざわざ傷をつけてまで、効率よく継承するほどの。

「……始まりは、愛だったんですね」

　それが今では、このざまかよ。俺は、血痕のほかは、傷ひとつなくなった自分の手を見ながらつぶやいた。

「今でもそうよ」

　プラティは答える。再び右手から血を流しながら。

「だから、愛する我が子にしか継承できないの」

　傷口を見ながら、微笑《ほほえ》みを浮かべていた。

　魔王城では滅多にお目にかかれない、穏やかな笑みを。

「――さて。ジルバギアス。これであなたも駆け出しの魔法使いよ。もちろん実際に運用するにはもっと練習が必要だけれども――これで、万が一、襲撃を受けても、即死さえしなければ何とかなるようになったわ」

不意に部屋の空気が軽くなる。プラティが防音の結界を解いたのだとわかった。

「ガルーニャ！　入りなさい」

「！　はいぃ！」

部屋の外から甲高い声が聞こえたかと思うと、新たにメイド服を身にまとった真っ白な毛の獣人が入ってくる。何度か顔を合わせたことがある、馴染《なじ》みの使用人だ。

「ガルーニャ。あなたをジルバギアスの側仕《そばづか》えに任命するわ。ジルバギアスを主と仰ぎ、その身を盾となさい」

「はい！　ジルバギアスさまを主と仰ぎ、我が身を盾といたします！」

軍人のようにビシッと背筋を伸ばし、少し舌足らずに復唱したメイド――ガルーニャが俺の方を向いて深々と一礼した。

「ジルバギアスさま。いたらぬ身ですが、身命を賭しお守りする所存です。よろしくお願いいたします」

「お、おう……」

いきなり重い感じの部下ができたな……頷《うなず》きながらも、目でプラティに説明を求める。

「白虎族は、我々レイジュ族が保護する獣人の少数民族よ。魔王国黎明期《れいめいき》に、人族の迫害から救った歴史があるの。以来、代々レイジュ族に忠誠を誓って仕えているわ」

「はい！　人族の毛皮狩りから救っていただいた御恩がございますので！」

自らのモフモフの白い毛を撫でながら、ガルーニャが元気に言う。

……今亡き大陸西部の諸国は、獣人の国とたびたび衝突していて、獣人への迫害がひどかったとは聞いていたが……

俺は年若く明るい獣人の少女を、複雑な心境で見つめた。そんな俺の様子をどう思ったか知らないが、プラティが言葉を付け足す。

「白虎族の忠誠は本物よ、ジルバギアス。ガルーニャは今このときより、あなたを決して裏切らないし、裏切れない。もし不埒《ふらち》な輩《やから》が彼女の意志を捻《ね》じ曲げようとすれば、忠誠の誓いがその生命を絶つわ」

「はい！　主を裏切る前に、爪で心の臓をえぐって死にます！」

全く変わらぬ調子で、ガルーニャ。それが当然だと教え込まれてきたんだろう。

「白虎族は決して裏切らない。それでいて獣人ゆえ魔法抵抗は低い。……いざというときの備えとして、彼女たちは理想的なの。わかるわね？」

魔法抵抗が低い。つまり――簡単に【転置呪】の対象にできる。

それが、レイジュ族が彼女らを保護する理由か。忠誠心が高く、洗脳や脅迫には自死を選んで抵抗し、いざというときは怪我や病気を押し付けられる。確かにレイジュ族にとって、これほど都合のいい使用人たりうる獣人族はいない……！

「彼女をどう扱うかはあなたに任せるわ。部下の扱いを彼女から学びなさい。ガルーニャ、何か不満があった場合は、ジルバギアスに遠慮なく言うこと。あなたの忠誠には、それをするだけの権利がある」

「はい！　わかりました！　ありがとうございます！」

「……さて、今日は色々あったわね」

少しばかり肩の力を抜いて、プラティは小さく息をついた。……ホントだよ。魔界から現世に帰還したかと思えば、休憩もそこそこに魔王城まで飛んで戻って、さらに血統魔法の習得だぜ。どうかしてるよ。

「オルギ族の血統魔法も、すぐに手配するわ。今日は休みなさい、ジルバギアス」

そうして、嵐のようにやってきたプラティは、嵐のように去っていった。白虎族《ガルーニャ》の部下を置き土産にして。

「何はともあれ、血統魔法の習得、おめでとうございます、ジルバギアス様」

部屋の隅で待機していたソフィアが、声をかけてくる。

「おめでとうございます！」

それにノッてくるガルーニャ。こりゃまた賑《にぎ》やかになったもんだ……教育係のソフィアも、実質側仕えみたいなもんだったから、これで二人体制か。

「……これからよろしくな、ガルーニャ。悪いようにはしない」

「はい！　それでは、ご主人さま。何をいたしましょう？」

ピコピコと耳を動かしながら、ガルーニャが首を傾《かし》げて尋ねてくる。

「とりあえず飯の手配を頼む。あと風呂」

「かしこまりましたー！」

意気揚々と、部屋の外で待機している別の使用人に知らせにいくガルーニャ。……あの子を身代わりにするような日が来なきゃいいんだが。

魔王を倒すため、魔王国を滅ぼすため、粉骨砕身する覚悟ではあるが――流石《さすが》にドッと疲れが出てきた。とにかく、今は飯を食って何も考えずに寝てしまいたい気分だ。

『なんじゃーもう寝るのか？　せっかくなら魔王城を見て回りたかったんじゃがー？』

明日にしてくれ……。俺ってもう、二度と心穏やかに眠れないんじゃなかろうか。

†　†　†

――翌日、さっそく【名乗り】の魔法を習得することになった。

「オルギ族の前族長、オーアルグ伯爵が教えてくれることになったわ」

目覚めて早々、プラティが部屋を訪ねてくる。

……『族長』と『伯爵』の組み合わせの、ミスマッチ感がすごい。いったいどんな奴《やつ》なんだろう。

それにしても、いつも部族間でいがみ合ってるのに、すんなり族長クラスの人物に渡りをつけるとは。てっきり魔王が出張ってくるかと思ったが……

「魔王陛下はお忙しいのよ」

一緒に目覚めの食事を摂《と》りながら、プラティは悔しげに言っていた。あとでソフィアに聞いたが、「素性も定かではない子どもが、魔王陛下にお目通り願うなど云々《うんぬん》」と他ママ連中の横槍《よこやり》が入ったとか。

練兵場に向かう。

名乗りの魔法は、ずいぶんオープンな環境で習得するようだ。大理石の山を削り出して創られた魔王城、そのふもとの広々とした台地が練兵場として活用されている。

魔族、獣人族、夜エルフ、はたまたオーガまで……様々な種族の戦士が思い思いに鍛錬を積み、実戦さながらの激しい模擬戦を繰り広げる修練の場だ。

「おう!!　来たか！！！」

——しかし今日に限っては、鍛錬にいそしむ戦士たちを隅っこに追いやって、練兵場のど真ん中で、堂々と俺たちを待ち構える人物がいた。

サイズの合っていない、ピッチピチでフリフリの貴族みたいな服。

黒曜石の穂先を持つ骨製の槍。

顔には赤黒い塗料で描かれた威嚇的な模様。

両肩には大型肉食モンスターの頭蓋骨でできた肩鎧《かたよろい》。

極めつけに色んな種族の干からびた耳でできたネックレスをぶら下げている。

そんな、ムキムキのヒゲジジイ。こいつが、オーアルグ伯爵……！　フリフリの貴族服以外は絵に描いたような蛮族だ！　ここまで突き抜けた蛮族スタイルは、魔王城でもお目にかかったことがない。

「……オーアルグ伯爵は、今年で280歳の古強者《ふるつわもの》よ。昔ながらの魔族の風習を大事になさっているの」

　プラティが少し目を泳がせながら、歯に物が挟まったような言い方をした。どうやら、プラティみたいな若い世代の魔族には、昔ながらのスタイルはウケが悪いみたいだ。ほんの数世代前まで、魔族が未開の蛮族だったという事実を直視したくないのかもしれない。

「おうおう！　おぬしがジルバギアスかぁ!!」

　蛮族スタイルに衝撃を受ける俺たちをよそに、のしのし歩み寄ってきたオーアルグが、俺をしげしげと見下ろした。

「――5歳と聞いていたが、ずいぶんとデカいなぁ！！　これでは素性を疑われるのもやむなし!!　ガハハハハハ！！！！」

　頭がガンガンするくらい、あんたの声もデカいよ。戦場でよく通りそうな声だ……

「今日はお忙しいところ、ありがとうございます、オーアルグ伯爵」

　プラティが会釈する。前族長級の古参が相手となると、流石のプラティも畏《かしこ》まるか。

「ガハハハ！　イヤミかプラティフィア大公妃!!　一線を退いてからというもの、戦にも出られず暇で仕方がないわ!!　退屈で死にかけるくらいなら、潔く討ち死にすべきだったわい！！！」

　笑っているのか怒っているのか、オーアルグはドンドンと槍の石突で地面を叩《たた》く。

「そんなわけで、暇つぶしなら歓迎よ!!　それに可愛《かわい》い孫嫁の頼みとあっては無下にもできんしな!!」

「……オーアルグ伯爵のお孫さんと、わたしの妹が結婚してるのよ」

孫嫁? と首を傾げる俺に、プラティ。なるほど、そういうつながりもあるわけね。

「ジルバギアスです。今日はよろしくお願いします」

「うむ! 素直でよし!! では早速始めるとしよう!!!」

練兵場の外に向けて何やら合図を送り、オーアルグが俺に向き直る。

「さて、ジルバギアスよ。まずは【名乗り】を見せてやろう」

すぅぅぅ……と息を吸い込むオーアルグに、プラティがスッと距離を取った。

俺も嫌な予感はしたが、プラティの動きに気を取られて初動が遅れる。


「【我こそはァ!! オルギ族が元戦士長、オーアルグなりィィィ――ッッ!!】」


そのせいで直撃を受けた。ビリビリと練兵場を震わす大音声。練兵場にいた魔法抵抗が弱い種族は引きつけを起こし、魔族や夜エルフの戦士たちがギョッとして振り返る。

眼前のオーアルグが、何倍にも膨れ上がったように感じた。

この威圧感! まるであの日の魔王のようだ!――ただ魔王と違って、溢《あふ》れ出る魔力に耐えきれず、ピッチピチの貴族服が弾《はじ》け飛ぶ!

「ガッハハハハハ! 『外』の服は、見栄えこそいいが脆《もろ》くていかんわ!!」

突如として半裸のジジイと化すオーアルグ。丸出しになった腹をバンバンと叩きながら、爆笑している。骨の肩鎧と、干からびた耳のネックレスはなぜか無事だった。あとは毛皮の下着しか身に着けていない。

「服って、弾け飛ぶものなんですか」

俺、この魔法習得するの……？

「魔王陛下は、こ、こんなふうにはならないのだけど」

プラティが自信なさげに答える。

「なぁに！　己の力に馴染ませた服ならば、こんなことにはならんから安心せい!!」

もうひと笑いしたオーアルグは、地面に散らばった布切れ――ヒラヒラで華美な衣装の成れの果て――を一瞥《いちべつ》する。

「見栄えもいいし、着心地も悪くない！　だがどうにも外の衣装は、ワシには馴染まんでな!!　ガハハハハ!!」

すっかり未開の蛮族スタイルに戻った老戦士は、ひとしきり笑ってから「ふぅ」と溜息《ためいき》をついた。

「さて、ジルバギアスよ。【名乗り】の魔法は、見ての通り真の戦士が使う魔法だ」

真の戦士とは（哲学）。

「つまり、おぬしもオルギ族の血を継ぐ者として、『戦士』たらねばならん。……ジルバギアスよ。おぬしはなぜ戦う？　何のために戦う？」

俺の目を覗《のぞ》き込みながら、老戦士は問う。

「おぬしは、母が命じたから魔王を目指すか？」

試すような、それでいて侮るような口調だ。俺のどういう反応を期待してるのかは知らんが、それに対して、答えはひとつしかない。

「俺は魔王になりたいわけじゃないです」

その回答にオーアルグは怪訝《けげん》そうに眉をひそめ、プラティが目を剝《む》いた。

「でも、」

俺は本心から告げる。


「――俺は父上より強くなりたい」


現魔王を超えたい。超えねばならない。

「……ッハハハハハハ！　素晴らしい!!　その心意気やよし！！！」

オーアルグは愉快痛快とばかりに頷《うなず》き、俺の肩をバンバンと叩いた。痛え。

「いいぞ、ジルバギアス！　おぬしは本質をわかっておる。魔王だの公爵だの伯爵だの、そんなものは飾りにすぎん！　戦士たるもの、強くあれ！　細々した理由なぞいらん!!」

だが、と練兵場の果てを見ながら、オーアルグは続ける。

「心意気だけでは戦士になれん。戦いとは、すなわち命の奪い合い。戦士を名乗るならば、最低限の儀式を済まさねばな……。プラティフィア大公妃、ジルバギアスはまだ童貞か？」

「ええ。まだ自分の槍も持っておりませんわ」

「そうか。ならば今日が記念日よな」

……すごく、嫌な予感がする。

ジャラジャラと鎖の音が、俺の背後から響いてきた。

ゆっくりと、振り返る――

『――思ったより早かったのぅ』

それまでずっと黙っていたアンテが、俺の中でひそやかに笑った。

『アレクサンドル。力を得るまたとない機会ぞ』

禁忌の魔神が、舌舐《したな》めずりしている。

「そういうわけで、ジルバギアスよ。おぬしのために獲物を用意した」


ずらりと並んでいるのは、鎖で拘束された――人族の男たち。

みな、やせ細って傷ついてはいるが、その瞳は憎悪にギラついている。

「戦場で捕らえた人族の雑兵どもよ。戦士たらんとするならば、どうすればいいか。わかるな？　ジルバギアス」

オーアルグは、まるで孫を思いやる祖父のような顔で、そっと俺の背中を押す。

「――こやつらを殺せい」

……とうとう、この日が来たか。恐れていた日が。

自分でも驚くほどに冷静だった。アンテと契約したときに、腹をくくったからかもしれない。しかしそんな覚悟とは裏腹に、全身がカッと燃えるように熱くなり、額に浮かんだ汗がやけに冷たく感じられた。

男たちは、俺を睨《にら》んでいる。魔王軍の捕虜になってから、散々な扱いだったのだろう。細かい擦り傷だらけで、ろくにものも食べていないに違いない。

拘束され、魔族や夜エルフ、獣人に取り囲まれ、練兵場のど真ん中に引っ立てられて。

……ロクでもない結末が待ち受けているのは、火を見るより明らかだ。

だが、それでも。そんな状況下でも、敵愾心《てきがいしん》を失っていない。鎖に繋《つな》がれてさえいなければ、今すぐにでも素手で殴りかかってきそうなくらいだ。

雑兵だと？　とんでもない。彼らを勇者と呼ばねば、誰が勇者だ……！

「活《い》きのいいヤツを選《よ》りすぐってきた」

ポンポンと槍で肩を叩きながら、オーアルグは言った。

「ジルバギアス、これを」

プラティが俺に黒曜石のナイフを手渡してくる。強い魔法が込められていた。ヘタな金属製のナイフよりも頑丈で、鋭い。

「ワシも、親父《おやじ》に連れられての初めての狩りで、石のナイフを手渡され、獲物を仕留めたものよ。初めて仕留めた獲物の骨で、初めての槍を作る。それが古来よりの魔族の習わしだった……」

あの槍は今でも部屋に飾っとるわ、と懐かしそうに目を細めるオーアルグ。

俺はナイフを手に、立ち尽くす。練兵場にいるみなが、手を止めて俺を注視していた。

「脱童貞の儀式か」

「懐かしいな、オレもアレくらいの年頃にやったもんだ」

「ああ見えて5歳らしいぞ」

「は？　デカすぎだろ」

魔族も、獣人も、夜エルフも、ひそひそと言葉を交わしている。

「俺のときは森エルフが相手だったな」

「へーいいっすね、俺なんかオーガの脱走兵《や》っすよ」

「わけもわかんないうちに、敵対部族の兵士を殺らされたわ」

「おれは人族だったなー」

種族の垣根さえこえて、ワイワイガヤガヤと。

「お前、初めてなのに首落とそうとムキになってたよな」

「あー覚えてる、そんで骨が切れなくてベソかいてやんの」

「やめろよそんな昔の話は……！」

「あの王子様は、どんなふうに殺すんだろうな？」

突き刺さる、数百の好奇の視線――

「……では、」

からからに乾いた口を湿らせながら、俺は問うた。

「こいつらを全員殺せばいい、と？」

「好きにせい。喉を掻《か》っ切るもよし、心の臓を一突きにするもよし。獲物のさばき方に、その者のあり方が表れる」

「そうですか。では俺の獲物ということで」

どうしようと俺の勝手ってわけだ。

「――全員の鎖を解け」

俺は捕虜たちの背後の夜エルフに命じた。

「……全員？　一度にですか」

「そうだ」

無茶しやがる、と言わんばかりの顔をした夜エルフだが、命令通りに捕虜たちの拘束を解き始めた。

「ジルバギアス！　群れた人族は手強《てごわ》いぞ！」

背後からオーアルグが警告するが、構わない。

「ガルーニャ」

代わりに、新しくできた獣人の部下を呼ぶ。

「はい！」

「手出しはするなよ。その上で、こいつらがひとりでも生き残ったら、生かして国境まで送り届けろ」

「はい！……はい？」

「魔族の王子と戦うんだ。それくらいの褒美はあって然《しか》るべきだろ？」

俺は拘束を解かれて立ち上がった男たちを見やる。

——できることなら、全員生かして帰したかった。

絶望的な状況下で命乞いをするでもなく、気丈に振る舞う立派な兵士たち。こんな気骨のある男たちを、無為に死なせたくない。

だが、どんなに願っても、今の俺にそれは許されない。衆人環視の状況で、俺が魔族の王子らしからぬ態度を見せるわけにはいかないからだ。

俺は自分の価値を、立場を、痛いほど理解している。たとえ今、この場で俺が命を賭してこいつら5人を救っても、魔王国は揺るがない。

対して、俺が順当に王子であり続ければ、いつか俺の刃は魔王に届く。そしてこの強大な国を滅ぼせる。

だから——俺にできることといえば。

狩りというよりも決闘らしい状況をお膳立てして、万が一の事態に備えて、『褒美』を設定する。それが全てだった。

もちろん、大人しく殺されてやるつもりは毛頭ないが――

『どちらにせよ殺すつもりならば、それはただの自己満足ではないか?』

アンテが冷やかすように言った。

『なまじ希望を抱かせて殺す方が、より残酷だと思うんじゃが』

そうかもしれない。

『苦しみなく殺してやるのも、慈悲ぞ』

いいや、違うね。

俺が彼らの立場だったら。

むざむざ殺されるより、苦しみ抜いてでも一矢報いることを望む。

苦しみなく殺してやるのが慈悲だぁ? ふざけんじゃねえぞ。

そんな傲慢極まりない慈悲なんかクソくらえ……!!

「悪く思うなよ、人族」

ナイフを逆手に構えながら、俺は男たちに告げた。

「俺はナイフを使うが、お前たちは5人だ。素手で何とかしろ」

何とかかっつっても、素人5人じゃなくて訓練された兵士5人だからな。格闘術だけでも脅威だし、数で抑え込まれてナイフを奪われたら、俺は詰む。

「……お前を殺せば」

男のひとりが、唸《うな》るように問うた。

「俺たちは、生きて帰れるのか？」

「多分な」

俺は一旦構えを解いて、周囲の見物人たちに宣言した。

「この哀れな人族どもが、万が一、俺を殺せたら――国賓待遇で故郷《くに》に帰してやろう！

魔族の王子の首を取れば、それは勇者といっても相違ない。そうは思わんか？」

俺がわざと嘲るような口調で言うと、見物人たちが笑い出し、口笛を吹いて冷やかした。

俺を見守るプラティは澄ました顔をしているが、扇子を握る手に力がこもっているのが見えた。オーアルグは――ちょっと難しい顔だな。無茶だと思っているんだろう。ガルーニャは『我が身を盾とする』という命令と、『手を出すな』という命令の板挟みになってうろたえていた。

「――と、いうわけだ。あとは我ら魔族の誇り高さに期待しろ」

「へっ、あまり期待できそうにねえな」

ひとりが吐き捨てるように言った。

「魔族の王子と言ったか？」

年かさの兵士が、ギラつく目で俺を見ている。

「そうだ。この首を取れば大手柄だぞ。よく聞け、我が名は――」

そうさ、俺は。

「――【我が名は、ジルバギアス】」

忌々しいこの名で生を受けた。

「――【魔王ゴルドギアスの子、魔王子ジルバギアスなり！】」

兵士たちが、臨戦態勢を取る。

「【光の神々よ我らを護《まも》り給《たま》え】」

「【忌まわしき言葉よ浄化の光を受けよ】」

「【悪《あ》しき者どもの呪いは我らを避けて通る】」

口々に魔除《まよ》けのまじないを唱え、さっと横一列に隊列を組む。

うっすらと兵士たちを包んでいた弱々しい魔力の膜が、隣の兵士と混じり合い――より強固なひとつの盾を形作る。

俺はこみ上げてくるものがあった。

何が雑兵なもんか。全員、一線級じゃないか。

泣きたくなるほど見事な連携。これこそ人族の戦い方だ。

本来ならば右手に剣を、左手に盾を構え、陣形を組んで相互に援護する。個の強さではなく、群れの粘り強さを徹底的に鍛えたのが、人族の兵士だ。

──こいつらに勝ってほしい。

だが、負けるわけにはいかない。

俺は死ぬつもりはない。

許せとも言わない。

「──我が糧となるがいい！」

お前たちを踏み越えて、俺は魔王を倒す。

「闇の輩《ともがら》に死を!!」

兵士たちは異口同音に返した。

もはやそれ以上の言葉は不要。


狩るか、狩られるか。命の奪い合いが始まった。


兵士たちは猛然と、一体となって突っ込んでくる。

殺意全開。侮りも手加減も一切ない。真ん中の兵士が素足で地面を蹴り上げ、砂を飛ばして目潰しまでしてくる念の入れようだ。

頼もしいぜ、まったく。叶《かな》うことなら、肩を並べて戦いたかった。

目潰しの砂をかわしながら、俺は転がるようにして横へ跳ぶ。正面から受ければ袋叩き《ふくろだた》きにされる。何人かが俺に摑《つか》みかかり、動きを封じてナイフを奪えば終わりだ。

だから俺は動き続けるしかない。隊列を、連携を切り崩す。

しかし横へ移動した俺に、当然、兵士たちも追従してきた。

横隊の一番端を基点に、きれいなターンを描く。あくまで俺を正面に据え、5人がかりで圧殺する構え。堅いな。本当に守りが堅い――

『――連携を禁忌とするかの？』

アンテが口を挟んできた。なるほど、これ以上ないほど効果的だな。俺には影響ないし。

仮に抵抗されたとしても隙を生み出すには十分だ。

だが、禁忌の魔法は使わない。人目が多すぎる。まだ手札は晒《さら》したくない。

それに――そんな無粋なことができるかよ。使うとしたら転置呪くらいだ。

『手札を晒すも何も、殺されれば元も子もないぞ』

そんときゃそんときだ。

横合いに動き続け隙を窺《うかが》う俺と、追従して横隊を維持し続ける兵士たち。

「突っ込めー！」

「男を見せろー！」

「お見合いじゃねえんだぞー！」

外野から野次が飛ぶ。賭博場の闘犬にでもなった気分だ、クソがよ。

――しかし、このままでは埒《らち》が明かないのも事実。

俺はじっと兵士たちを観察した。横隊の右端、年かさの兵士。多分こいつが一番強い。

他は似たりよったりだが――左から2番目。少し動きが鈍い。足を痛めているか？

切り崩すなら、弱点から。常道だよな……

ふっ、と短く息を吐いて、俺は黒曜石のナイフを右手から左手に持ち替える。

そして躊躇《ちゆうちよ》なく、己の右手首の血管を、かき切った。

†　†　†

円を描くような睨《にら》み合いのさなか、不意に剣呑《けんのん》な目つきになった魔族の王子が、動いた。

仕掛けてくるか――と身構える兵士たちは、意表を突かれる。魔王子がいきなり自分の右手をナイフで切り裂いたからだ。

「何を……!?」

少なからず困惑する兵士たち。

しかし、経験豊富な年かさの兵士は、猛烈に嫌な予感に襲われていた。

魔族が突拍子もない行動を取るとき――それは何かしらの魔法絡みだ！

「防御態勢！　【悪しき者どもの呪いは我らを避けて通る！】」

年かさの兵士は盾代わりに左手を突き出し、今一度、魔除けのまじないを唱えた。困惑していた他兵士も、訓練で叩《たた》き込まれた通りに同じ構えを取る。

――さあ、何が来る!?

「お返しだ」

接近する魔王子が右手を振るう。掌《てのひら》に溜《た》められていた青い血がパシャッと飛び散った。

――目潰し？

その瞬間、魔王子の威圧感がいや増す。魔力の展開！

――血を介した呪いか!?

ヒュンッ、とかすかな風切り音。

「――かフッ」

隣の兵士が妙な声を上げる。

その喉に――黒光りする刃。黒曜石のナイフが、深々と突き立っていた。

自傷で動揺を誘い、目潰しに見せかけた血飛沫《ちしぶき》で視線を引きつけ、魔力の展開で熟練兵《じぶん》の注意を逸《そ》らし、ナイフの投擲《とうてき》を悟らせなかった――

それを瞬時に理解した年かさの兵士は、戦慄する。

――こいつ、本当にガキか!?

あまりにも、馴《な》れている。不気味ですらあった。魔王子の威圧感、圧迫感がさらに増していく。いや、しかし、ナイフはこちらの手に渡った！

ごぽごぽと血を吐きながらも、首のナイフを自ら引き抜いた兵士が、隣の兵士に手渡して倒れる。あとは任せた。そう言わんばかりに。

こちらは、4人。ナイフもある。魔王子は目潰しの代償に、右手も使えない。

「このクソガキぁ！」

ナイフを構えた兵士が、仲間をやられた怒りのままに斬りかかる。

「待て！」

油断するな——相手は狡猾《こうかつ》な魔族、一見こちらが有利でも、どんな隠し玉があるか——

しかし頭に血が上った若い兵士は聞かない。

「それは、俺のナイフだぞ」

目を血走らせて突進してくる兵士に、魔王子は憐《あわ》れむような顔をした。

「返してもらおう」

ピンッ、とふたりの間に、糸が張られるような感覚。

「待っ——」

突出した兵士は、魔力の盾の庇護《ひご》から外れている。年かさの兵士がそれに気づいたときには、全てが遅かった。

「【転置《メ・タ・フェスイ》】」

物の理《ことわり》が歪《ゆが》む。

「ッ!?　があぁぁあっ！」

若い兵士がナイフを取り落した。その右手から鮮血が溢《あふ》れ出している。

年かさの兵士は前に飛び出した。隊列が崩れるが、他に手がない。間に合え。どうにか間に合え——！

しかしその思いは届かない。

小柄な青い影が。まだ少年としか言いようのない魔族が。

若い兵士に足払いをかけ、流れるように拾い上げたナイフで、その心臓を一突きにした。

声もなく絶命する若い兵士。広がりゆく血溜《ちだ》まりを前に、魔王子がビッ、と右手を振るってナイフの血糊《ちのり》を払う。その手には、傷ひとつなかった——

「人族は脆《もろ》いな。イヤになるくらいだ」

感情の読めない顔で、魔王子はつぶやいた。

その赤い瞳は果てしない虚無を秘めているようにも見える。

「……ふざけるなァ！」

怯《ひる》みそうになる心を怒りで塗り潰し、年かさの兵士は叫ぶ。

「魔族め！　どいつもこいつも……ワケのわからねえ手を使いやがって！」

ふっ、と赤い瞳がこちらを見据えた。

「……ホントにな」

苦笑、と呼ぶには苦すぎる笑みだった。なんだ？　この顔。まるで――

だが、その表情は一瞬にして拭い去られる。ナイフを逆手に、王子が間合いを詰める。

年かさの兵士は腹をくくった。もしかしたら生きて帰れるかもしれない、という僅かな希望は捨て去る。この王子は。この魔族は。ここで刺し違えてでも倒さねばならない。

――こいつが成長して戦場に出たら、何人が犠牲になるかわからない！

「死ねええ!!」

摑みかかる。その喉笛に噛《か》み付いてでも殺す覚悟だった。

しかし魔王子は動じない。むしろさらに加速する。こちらの考えは読めているはずなのに、なぜだ？　摑まれても構わないのか？

ナイフがひらめく。来る――！

と、思った瞬間に魔王子の姿が消える。衝撃。世界がひっくり返った。ナイフで目線を引きつけ、足元に滑り込んでの足払い。少し遅れて理解した。

――足癖が悪すぎる！　まんまと引っかかった自分に腹を立てる暇もなく、ナイフの風切り音。上体を逸らすと、顔面に灼熱《しゃくねつ》の痛みが走った。喉を狙った一撃をかろうじてかわしたらしい。

そのまま魔王子は走り抜けていく。……先に若いのをやるつもりか!?

「クソッ――」

額から流れる血で視界が塞がれた。だが足音を頼りに追いすがる。目元を拭う。目に光が戻る。魔族の王子の背中に、掴みかかる。
「俺ごと——！」
やれ、と言おうとして、絶句した。
残りのふたりが血溜まりに沈んでいた。
ひとりは喉をかき切られ、もうひとりは心臓を一突きにされ。
ほぼ即死。苦しむ時間さえ与えない。あまりにも鮮やかな手際。
そして愕然《がくぜん》とする自分の左胸を、冷たい感触が貫いた。
黒曜石の、ナイフ。
それを握る魔族の王子は、この世の全てを呪うような、壮絶な顔をしていた。
「お前たちの死は、決して無駄にしない」
血が滲《にじ》むような言葉。怒りか？　悲しみか？　わからない——
悔しさも未練も何もかも、熱い血潮とともに流れ出していくかのようだ。
意識が急激に薄れていく。
身を寄せた魔王子が、耳元にささやく。

——闇の輩《ともがら》に死を。

兵士は、目を見開いた。

なぜ、と問いかけようとして。

しかし時間は残されていなかった。

そこで、ふっつりと意識が途絶える。

あとに残されたのは、驚愕《きょうがく》の表情のまま倒れ伏す死体だけ――

†††

おおお、と練兵場が歓声に揺れている。

まだ幼い王子が、黒曜石のナイフひとつで、訓練された人族の兵士5人を打ち倒したのだ。

討ち取られた人族の兵士たちも、決して惰弱な『獲物』ではなかっただけに、誰も彼もが心沸き立ち、惜しみない賞賛を送っていた。

そして喝采を一身に受けた王子は、血塗《ちまみ》れのナイフを天に掲げ、それに応える。

その表情は読めない。

ただ、つっ、と一筋の涙がその頬を濡《ぬ》らしていた。

†††

満月が煌々《こうこう》と、魔王国の地を照らしている。

俺は自室の窓に寄りかかり、それを眺めていた。高台に位置する魔王城からは、城下町が一望できる。

魔王城と同じ、大理石製の建造物が整然と建ち並ぶ。何を隠そう、魔王城を山から削り出したとき、大量に出た石材をそのまま流用したらしい。

白亜の壁が夜闇によく映える――ちらほら揺れる松明《たいまつ》や灯籠の明かり。

そこに暮らす民の声さえも、風に運ばれてくるような気がした。

皮肉なもんだ。『闇の輩』などと言いつつ、魔族も、夜エルフも、完全な暗闇では生活できない。星明かりくらいは欲しいし、必要ならランプに火もつける。

――俺は、「疲れたから」と言って、夜もふけていないのに自室へ引っ込んでいた。

魔族にとってこの時間帯は、人族で言うところの真っ昼間に相当する。普段なら勉学に訓練にと、忙しく過ごしていただろう。

だが、流石《さすが》に今日は疲れた。独りになりたかった。

5人。多いか、少ないか。

わからないが――俺に流れ込んできた『力』は絶大だった。

勇者でありながら、罪もない同胞に手をかける禁忌。一線を越えた対価に、はちきれんばかりの魔力が与えられた。俺は自分が何倍にも膨張したような気がした。

事実、アンテによれば俺の格は、実に数倍に跳ね上がったという。あまりに一瞬で魔力が強くなりすぎたので、アンテが一時的に魔力を預かり、隠すことにしたくらいだ。

彼らの犠牲は決して無駄にしない。

この調子で力を得れば、魔王にだって太刀打ちできるようになるだろう。

だが——そこに至るまでに、あと何人、犠牲にすればいいんだ？

それを考えると、心が挫《くじ》けそうになる。

『——素晴らしいぞ!!』

全てを終えた俺を待っていたのは、魔王国では珍しい手放しの称賛だった。

夜エルフも、獣人も、別部族の魔族たちさえも——惜しみない拍手を送る。そんな異様な空間に俺はいた。

『一時はどうなることかと思ったが。ワシはどうやらおぬしを侮っていたようだ』

満面の笑みを浮かべて、オーアルグ伯爵は言っていた。

『見事！　普通は、身動きを取れなくした獲物を刺し殺し、感覚に慣れてから徐々に戦いへ挑むのよ！　ところがおぬしは、最初から訓練された兵士を5人！　信じられんぞ!!』

なあ、と声をかけられたプラティは、扇子を広げて澄まし顔だった。

『わたしの息子ですよ。この子は違うのです』

『うぅむ。そのようだ。しかも教える前に【名乗り】まで使いおった！』

無意識のうちに、俺は【名乗り】の魔法を行使していたらしい。

『まさしく生粋の戦士!!　生まれついての——いや、まるで生まれる前から、戦い方を知っていたかのようだ!!　見事見事!!』

オーアルグは上機嫌に宣言する。

『ジルバギアス！　ワシが教えられることはもうない!!　おぬしはまぎれもなくオルギ族の血を継ぐ者よ!!』

そうして魔王子ジルバギアスは、無事、己の血統の証明に成功したわけだ。

『魔王の子でさえなければ、我が一族に迎えたかったわい』

『あげませんよ。たとえ魔王の子でなくても、レイジュ族のものです』

『ガハハ!!　だろうな!!』

——最後に、獲物を解体し、頑丈な太ももの骨を得てから、俺は練兵場をあとにした。

残りの部位は、死霊王《リッチ》あたりに投げ渡されて、死霊術の媒体にされると聞いた。死してなお闇の輩に使役されるなんてあんまりなので、俺は彼らの頭蓋骨を記念品として所望しておいた。然《しか》るべき加工を受けてから、俺のもとに届けられるそうだ……

『……ジルバギアス。ナイフ1本で、5人の兵士を仕留めたのは見事よ。わたしは、それを誇らしく思う。でもちょっと無茶だったのは、わかっているわね？』

部屋に戻ってから、俺はプラティに褒められつつ、少し説教を受けた。

『今回はうまくいったし、あなたにはそれだけの実力があった。……でも、勇気と無謀を履き違えてはいけないわ。あなたは普段、あんなふうに、見栄《みえ》を張るような真似《まね》はしないわよね。どうしてあの選択を取ったのか、考えを聞かせてちょうだい』

まあな。戦いを見守るときも心配そうにしてたもんな。

だが答えは用意してあった。

『己に、制約を課しました。母上もお気づきかと思いますが、おかげで力を得ました』

悪魔との契約を匂わす。

『……確かに、見違えるほど魔力が強くなっているわ。下級の戦士なら凌《しの》ぐほどに』

ぱちん、と扇子を畳んで思案顔。

『一度に5人を相手にする制約を遵守したことで、力を得た、と』

俺は神妙な顔で、いかにも肯定しているように見せかけつつ、相手の解釈に任せた。

『あの悪魔は、相当な格の持ち主みたいね。わたしの知り合いに、殺戮《さつりく》の悪魔と契約した者がいるわ。数え切れないほど人族の兵士を屠《ほふ》ってようやく、見てわかる程度の力を得ていた。……それに比べ、あなたの効率の良さといったら』

……アンテに力の一部を預かってもらってよかった。これでまだ全部じゃないんだぜ。

『わかったわ、ジルバギアス。あなたの判断がただの見栄ではなく、根拠あるもので安心した。……本当に、我が子ながら5歳とは思えないくらい、しっかりしてるわね。わたしがあなたくらいのときは、どんなふうだったかしら……』

可笑《おか》しそうに笑いながら、プラティは椅子に背を預ける。

『楽に強くなる方法なんてない。それはわかっているの。……でも、ジルバギアス。もし次もそういった危険な選択肢を取るときが来たならば——可能であれば、わたしにも相談してちょうだい』

『わかりました、母上』

魔界から帰って、ちょっとプラティも変わったな、と俺は思った。

息子が消えた半年間は、彼女にとっても大きかったのかも知れない——


そんなこんなで、今に至る。

あれだけの大立ち回りのあとだ、疲れたと言っても誰も疑わなかったさ。

ベッドを窓際に移動させ、寝転がって夜空を眺める。

ふわりと——褐色肌の少女が、俺の隣に現れた。

「……なんだよ」

『独り寝では味気なかろうと思うてな』

真横に寝そべったアンテが、俺の頭を撫《な》でる。

いらん世話だ。魔力の無駄遣いだろ……

『ところが、実は外に出ておらんでな』

ん？　確かに、普段みたいに俺の心を読み取ってるな？

『お主の感覚をいじっ——ゲフンゲフン。お主にだけ見え、感じ取れる幻想のようなものよ。声だけでは、それこそ味気なかろう？』

なんか不穏な言葉が聞こえた気がするが……まあ、アレだな。伝承の淫魔《サキュバス》がやるようなやつか。

『そうじゃ。仕組みとしては同じじゃよ』

……怒らないんだな。『魔神の我を、淫魔《サキュバス》どもと同列に～！』とか言うかと思った。

『ふふ。我を怒らせたいか？　少し意地悪を言いたい気分のようじゃな。どれ、我が広い胸で受け止めてやろう。可愛《かわい》い人の子の八つ当たりじゃ』

ほれ、と俺に向けて腕を広げるアンテ――の幻想。

少女の容姿に不釣り合いなほど、妖艶な雰囲気を漂わせながら。マジでやってることが淫魔《サキュバス》と変わらねえ。どういう風の吹き回しだ？　不気味なんだが。

『むぅ、ここで引くか。男心はよくわからんのぅ』

作り物みたいだった妖艶な笑みを引っ込めて、唇を尖《とが》らせるアンテ。

『…………なに、大したことではない。お主に心折れてほしくないのよ』

ぽつんとつぶやくようにして言ったアンテが、顔を寄せた。

幻想か。吐息まで感じる。

『我はお主とともにある。だからこそわかる。もともと虫食いだらけの傷だらけじゃったお主の魂が、張り裂けて血の涙を流しておる』

そして俺の頭をそっと抱きしめた。

『ここまで哀れな魂は見たことがないわ』

……魔神でも見たことがないほどか。そいつは、光栄なことで。

『禁忌が、なぜ禁忌たりえるか、わかるか？』

やっちゃいけないこと、それが禁忌じゃないのか？

『それだけではない。軽々と犯せるようでは、禁忌と呼べぬのよ。本質は罪悪じゃ。悩み苦しみ、躊躇《ためら》い、どうしようもなく、その果てに踏み越える一線――それこそが、禁忌』

極彩色の瞳が、憐《あわ》れむように俺を見つめている。

『お主が力を求めるならば。これからも苦しみ続けなければならぬ。これに慣れてしまえば、禁忌は、忌むべきものでなくなるがゆえに』

この――血反吐《ちへど》を吐きそうな苦悩こそが、力の源泉ってことか……

『そうじゃ。だが斯様《かよう》に苦しみ続ければ――人の心はもたぬ。そしてお主が壊れてしまえば、我が契約も果たされぬでな』

……ああ、合点がいったぞ。

俺が壊れたら困るから、慰めて少しでも長持ちさせようって魂胆だな、魔神め！

『ふふ。その通りじゃ。まんまと看破されたの』

いたずらっ子のような笑みを浮かべるアンテ。

それなら納得だぜ。いきなり優しくされて気味が悪かったんだ。

せっかくだし、存分にくつろがせてもらおうか。

俺もな……そういう気分なんだわ。
『うむ。苦しゅうないぞ。どれ、膝枕でもしてやろうか』
これ、幻想なんだよな？　すげえな。マジで感覚あるじゃん。すべすべだ。
『くすぐったいのぅ。乙女の柔肌じゃ。存分に楽しむがよい』
乙女っつーか……うん。まあいいや。
……冷静に考えたら膝枕とか初めてじゃないかな俺……？
『前世は色気もなく寂しかったようじゃのぅ』
うるせーやい。そんなもの……状況が許さなかったんだよ。
アンテは答えなかった。ただ、その指が俺の髪をくすぐって、頭を撫でていた。
不思議なもんで、そうしていると、だんだん眠くなってきた。
魔神の指でも、幻想でも、気持ちはいいもんだな。
『お主には休息が必要じゃ。魂の休息が』
ゆっくり休むがよい、と。
……心配ご無用だよ。俺はここで折れるような魂《タマ》じゃねえ。
せいぜい長持ちして、お前を楽しませてやるからよ……魔神……。
うつらうつらする中で、アンテの微笑《ほほえ》みを見た気がした。
悪徳の魔神には似つかわしくない、あまりにも――
いや……これもまた、幻想かな……

†　†　†

契約者にしか見えない幻。

彼が眠りについた今、それを維持する必要はない。

だが魔神は、そうあり続けていた。膝枕をしたまま、夜空を眺める。

その手は相変わらず、契約者の頭を撫でていた。

銀色の髪をくすぐり、手櫛《てぐし》でとかしながら。

魔族の象徴たる禍々《まがまが》しい角も、時折、慈しむように。

『……お主は』

魔神はつぶやく。

『おそらく、我が最後の契約者じゃろう』

強大になりすぎた魔神。あの宮殿で、もはや概念と化す一歩手前だった。

この契約者でなければ――数々の制約の鎖を打ち砕き、魔神と対等な契約を結び、現世に連れ出すことは叶《かな》わなかっただろう。

今こうしている間にも、現世に留《とど》まることで、魔神は力を消耗している。

だが、それ以上に、流れ込んできている。契約者ほど上質なものでなくとも――日々、世界のどこかで、禁忌は犯され続けているがゆえに。

魔神の本体は今もなお、宮殿で肥大し続けているのだ。

だから、最後だ。契約が果たされようが、この契約者が心折れようが。自分と契約できる者は——もう二度と現れまい。おそらく誰も宮殿にたどり着けなくなる。

そうすれば——自分は——

『…………』

撫でる手を止めて、魔神は、契約者の顔を覗《のぞ》き込んだ。

眠りながらも、険しい表情。悪夢にうなされているわけではない。そんなもの見なくても、常に苦しんでいるのだ。

その苦痛を取り除くことは、魔神の権能でも叶わない。何もできず、どうしようもない。

だから——顔を近づけて、魔神は、契約者の額にそっと口づけた。

それに何の意味もないことは、わかっているのに。

再び、魔神は、現世の果てしない夜空を見上げながら、頭を撫で続ける。

愛《いと》おしむように。

慈しむように。

3．闇の輩《ともがら》たち

窓から差し込む陽光に、目を覚ました。

『起きたか』

アンテが俺の顔を覗き込んでくる。……お前、ずっと膝枕してたのか。

『おかげでよく眠れたじゃろ？』

いたずらっぽく笑う魔神。……いや、まあ、うん。……ありがとよ。

実際、ぐっすり寝たらかなりリフレッシュできた。日の高さからして昼前か、魔族的には真夜中だな。軽食を摂《と》った俺は、アンテに魔王城を案内しがてら散歩することにした。

「と言っても、重要な区画にはまだ入れないし、中庭くらいしか見せられないけどな」

「なんじゃ、つまらんのー」

実体化したアンテと一緒に歩いていると、数年前の自分は視野が狭かったと感じる。

宮殿に入り込めるでもなし、探検と称して城の外縁部を見て回った程度で何の役に立つというのか。……脳みそまで筋肉でできていたような当時の俺に、知恵を授けてくれたのが、教育熱心な魔族の母《プラティ》とその命を受けたお付きの悪魔《ソフィア》だ。皮肉としか言いようがない。

「ここが中庭だ。魔王の宮殿を除けば城で一番日当たりがよくて、薬草園も兼ねている」

っていうか、昼間に訪れるのは初めてだ。ほんとに日当たりがいいなぁ。

「……あ、そこのは毒草だから気をつけろよ。お前に毒が効けばの話だが」

「安心せい、薬にもならんわ」

意外と草花にも興味があるのか、アンテはしげしげと観察している。

「お、これは自白剤の材料じゃな。こっちは麻痺《まひ》毒か。こっちは麻薬で、こっちは鎮痛剤。おお、これはアカバネ草か。煎じれば強力な脱毛剤になる。狭い割に何でもあるのぅ」

……楽しそうで何より。ちなみに毒草を育てているのは夜エルフたちだ。中庭のベンチに腰掛けてアンテを見守っていると、寝て起きたばかりだというのにポカポカして眠たくなってきた。闇の輩《ともがら》になっても、俺はやっぱりおひさまが好きだよ……。

――などと思っていると。俺の向かい側の回廊に、ふらりと人影が現れた。

ローブを着込み、目深にフードをかぶった不審者スタイル。使用人でも、悪魔でもなさそうだ。どの種族だ？　血色の悪い肌は夜エルフのようにも見えるが――

日が差さないぎりぎりのところに立ったその人物は、おもむろに、日差しの中に手を突っ込んだ。蠟人形《ろうにんぎょう》のような肌に、日光が降り注ぐ――

「あっ」

思わず声が漏れた。不審者の手が、炎に包まれたからだ。

「やっぱりダメかぁ」

中性的な、落胆をにじませる声。自分の手が燃えているというのに、全く慌てる素振りも見せない。やがて手は燃え尽き、ざらぁっと灰に還《かえ》っていった。

あの燃え方は、幾度となく見たことがある。勇者時代に――

『臭うのぅ』

いつの間にかそばに戻ってきたアンテが、俺の肩に触れて魂に直接語りかけてきた。

『あやつの魔力――ひどく淀《よど》んでおる。腐った肉の臭いじゃ』

日陰に引っ込んだ不審者が、片腕でやおらフードを取っ払う。

「やあ。驚かせてしまったかな」

朗らかな声。貼り付けたような笑顔。ガラス玉をはめ込んだような瞳。こいつは――

「死霊王《リッチ》か」

アンデッドの親玉が、なんでこんなとこにいるんだよ。

「この時間帯のこの場所に、魔族の子がいるなんて珍しいね」

「……自分から日光に手を突っ込むアンデッドほどは、珍しくないと思うが？」

「違いない。これは一本取られた」

あはは、と薄く笑う死霊王《リッチ》は、近くから見ても性別不詳だった。アンテは魔力が淀んでいると言っていたが、俺にはよくわからない。ただ――存在感が薄い。まるで人形だ。

「今のは、何を？」

「もちろん、日光に耐えられるか実験してたのさ」

肘から先が消滅した右腕を掲げながら、そいつはこともなげに言う。

……アホかな？　アンデッドは陽光を浴びると灰に還る、それは常識だ。――俺の心の内を知ってか知らずか、そいつは造り物じみた顔を不満げに歪《ゆが》ませる。

「む。キミは、ボクが無謀だと思っているようだね。これでも進歩してるんだよ。最初は即座に灰になってたけど、対策に対策を重ねて、今は数秒耐えられるようになったんだ」

「…………それは、大した進歩かもしれない」

言われてみれば、燃え始めるまで一瞬、間があった。どんなに強大なアンデッドも日光を浴びせれば即座に灰になる――という前提が崩れるわけだ。そう考えると確かに脅威。

「おお！　わかってくれるかい！　たかが数秒と鼻で笑う輩《やから》が大半なんだが、キミはわかってくれるのかい!!」

俺に認められてよほど嬉《うれ》しかったのか、喜色を浮かべる死霊王《リッチ》。

「あ、申し遅れたね。ボク、エンマっていうんだ。よろしくね」

その名を聞いて、俺は声が出そうになるのを必死で堪《こら》えた。

エンマ――『人形作家』のエンマ！

ふざけんなよ。１００年前から聖教国、ひいては汎人類同盟で指名手配されている歴史的大罪人じゃねえか！　アンデッド＝骸骨《スケルトン》・腐乱死体《ゾンビ》という当時の既成概念を、生者に近い外見のアンデッドを量産することで塗り替えた奴《やつ》だ。その作品の出来栄えが人形じみていたことから『人形作家』の異名を取った。80年くらい前に都市ひとつを丸ごとアンデッドの街に変えてから、行方をくらましていたが――まさか魔王城にいたとは。

「……見たところ、人族のようだが」

「ああ。この体はそうだね。あとまあ、ボクも出身は人族だよ。人族は嫌いかな？」

「いや――俺個人としては、種族に思うところはない。ただの興味本位だ」

「そうかいそうかい。えーと、それでキミは……？」

「ジルバギアスだ」

名乗ると、エンマは「あはぁー！」と目を見開いた。

「聞き覚えがあるよ。昨日、兵士相手に大立ち回りをしたって噂《うわさ》の王子様だ！」

――王子様ってわかってても態度はデカいまんまだな!!

「あはは、馴《な》れ馴《な》れしい態度がご不満かな？　ボクは恐れ多くも、魔王陛下から伯爵の位を頂いているからね。キミがボクより偉くなったら、いくらでもへりくだるとも」

そういうスタンスか。……なんか調子狂うな。歴史的大罪人のくせにノリが軽すぎる。

「ってことは、俺が人族の兵士を殺したことも知ってるわけだろう？　そっちこそ、思うところはないのか？」

「いや、別に。というか魔王陛下に仕えてる時点で今さらだね！」

「それもそうか。お前はそもそも、なんで魔王軍に？」

「……よくぞ聞いてくれました！　実はボクには夢があるんだ」

ガラス玉みたいな目を輝かせるエンマ。絶対ロクでもない夢だと聞く前からわかった。

「ボクはね――人族は全員、アンデッドになるべきだと思うんだ！」

……ロクでもないというか、意味がわからなかった。なんで？？？

「生きるのって、すごく辛《つら》くて苦しいことじゃないか」

そうだろ？　と同意を求められても困る。こちとら一応生者だぞ。

「人ってのは惨めで哀れだよ。生きている限り老廃物を出し続け、三大欲求に振り回され続け、いつか訪れる死に怯《おび》えながら暮らさなきゃいけないんだ」

はぁ……とエンマは嘆息する。

「でもね！　アンデッドになれば、そんな苦しみから解放される。もうひもじい思いもしなくて済むし、肉体の欲求や不調に悩まされることもない。とっても心穏やかにすごせるんだ……アンデッドは新たな人類の形なんだよ！　なのに……」

作ったような悲しい顔。

「人族は――特に聖教会の分からず屋どもは、アンデッドだからってだけで、みんなを壊して回る。せっかく苦しみから解放されて、みんな仲良くしてたのに」

いや……当たり前だろ！　聖教会《おれたち》が浄化して回ってたのは、アンデッドは高確率で自我を失うか異常をきたしているかで、生者に危害を加えるようになるからだよ!!

『みんなで仲良く』の『みんな』の中に、生者が入ってないだろうがよ!!

「それでね。ある日、ボクの最高傑作の街が破壊されて、悟ったよ。ボク個人の力でチマチマやってても意味がない、もっと大局的に物を見るべきだ、って。だからまずは聖教会の力を削《そ》ぐことにしたんだ。そうしていつか、平和なアンデッドの理想郷を作る!!」

それが魔王軍に入った理由、などと抜かしやがる。俺は頭が痛くなってきた。

「つまりお前は——人族を、生きる苦しみから救うために、アンデッド化していた、と」

「そういうこと！　生きてる人間なんて、非効率すぎて見るに堪えないよ」

「その理屈で言うと、人族に限らず、生物全てに同じことが言えると思うんだが……」

「実はそうなんだ。本音を言えばみんなアンデッドになるべきだと思う」

あっけらかんと肯定し、「でも——」とエンマは肩をすくめた。

「ボクはほら、人族だから。自分の種族に関してはアレコレ言えるけど、他の種族にまでボクの考えを押し付けるのは、ちょっと違うかなって……」

……いや、自分の種族にもアレコレ言うなよ。千歩譲って個々人の同意を取れよ。なぜその慎み深さを同族には適用しないのか。っつーか人類代表ヅラをするんじゃねえ。

色々と言いたいことがありすぎて、何も言えなくなってしまった。

「……アンデッドは、俺が知る限り、自我を失ってるか、精神に異常をきたしているかのどちらかだ。理性的に会話ができる奴なんて、それこそ死霊王《リッチ》クラスの最上位アンデッドくらいのもんだ」

エンマが理性的と言えるかどうかは、議論の余地があるが。

「生前の人格が、跡形もなくなってしまうこともある。死を恐れる必要がなくなる、とのことだったが、人格の消失は限りなく死に近いんじゃないか？　その点はどう思う？」

「それについては、ボクも幾度となく改善を試みた。壊れるか、物言わぬお人形さんになってしまう人があまりにも多かったからね」

生真面目な調子で答えるエンマ。

「でもねー、どれだけ影響を抑えられるかは、どうしても個人の資質によるところが大きくてさ。アンデッドになるなら、魂の変質はさけられないし……だから、仕方ないよね。やっぱりアンデッドは選ばれし存在なんだよ！」

興奮気味に、エンマは役者のような大げさな身振りで言葉を続ける。

「優れた人だけが死を克服して、優れた不死者に生まれ変わる！　その他の劣った連中はどうせそのまま生かしても、不潔なウンコ生産機になるだけさ！　無駄に生きてても苦しいだけだし、ひと思いに終わらせてあげた方が、本人のためだよ！」

ガラス玉のような瞳がきらきらと輝いている。

……やっぱりダメだコイツ、根本的にイカレてやがる。結局こういうことなんだ。どんな理想を語ろうとも、高尚な理由があろうとも、アンデッドとは――相容《あいい》れない。

だから滅ぼすしかない。百歩譲って、身内だけで完結させてずっと引きこもってるなら、こっちも手を出さねえけどよ。十中八九、こうなる。まあ引きこもってる奴は表に出てこないからな。表に出てくるアンデッドは、必然的にこういう奴ばっかりだ。

「？　どうしたんだい？　黙り込んじゃって」

エンマは貼り付けたような笑顔で首を傾《かし》げている。

今すぐにでもこいつの首根っこをつかんで、日なたに引きずり出したい衝動に駆られた。

　だが……多分、無駄だ。よくよく目を凝らして観察すると、こいつの体から細い魔力の糸が伸びている。それは足元、魔王城の地下深くにつながっているようで――

「おや。なんだい、そんないやらしい目で見ないでくれよ」

　いやん、などとわざとらしく身をくねらせるエンマ。

「別にいやらしい目では見ていないが」

「キミがどう見ているかじゃない。ボクがどう感じるかなんだ」

「……そいつは、失礼した」

　イカレた奴の正論パンチ、びっくりするくらいムカつくな……？　やっぱりこいつ、灰にしてやろうか。たとえ本体じゃなくてもさ。

「あはは、素直だね。魔族とは思えないや。でもボクは好ましく思うよ、なんだか同族と話してるみたいで楽しかった。……ただ、できればこんな実験用じゃなくて、ちゃんとした体で会いたかったな。次はもうちょっと見た目にも気を遣ってみようっと」

　ばさっ、と突然ローブを脱ぎ捨てるエンマ。ローブの下は全裸だった。しかしあらゆる性的特徴を削ぎ落とされた、造り物じみた――人形のような身体。

「ボクはいずれ、太陽も克服する。そして、より優れた不死者たちで、飢えも争いもないこの世の理想郷を作るんだ……」

　夢見るような口調で、腕を広げながら日なたへ歩いていく。

　日光を浴びた蠟人形のような体が、煙を上げ、やがて炎に包まれる。

「魔王国に来てからは同志もできたし、ボクは決して諦めないよ！」

諦めろ。

「じゃあまたね、王子様。いつかキミもボクの同志になってくれたら嬉しいな」

最後にひらひらと手を振って、エンマはざらぁっと灰に還った。

幾度となくエンマとやりあった聖教会が、討伐しきれなかった理由が垣間見《かいまみ》えた。

「やはり人族には面白い奴がおるのぅ」

などと呑気《のんき》な感想をこぼすアンテ。頼むからアレと人族で一括《ひとくく》りにしないでくれ……

人族の名誉にかけて、エンマだけは滅ぼす。俺はそう心に誓った。

†　†　†

それから数日。

とうとう俺に従騎士の位が与えられ、宮殿入りが決定した。

――ついに、あの魔王と再会する日が来たのだ。

「陛下は毎週初めの『月の日』は、跡継ぎたちと夜食《ランチ》をともにしているの」

魔王城の最上部へ続く階段を上りながら、プラティは言う。

週1で、父と腹違いの魔王子たちが一堂に会する場というわけだ。

魔王子――将来、俺と殺し合いになる可能性が非常に高い奴ら。名前や簡単な経歴なんかはソフィアから聞いているが、顔を合わせるのは今回が初めてだ。

そんな場に出席するにあたり、俺は普段よりもフォーマルな格好をしている。つまり、毛皮や牙の装飾がいつもより増量されていた。蛮族度はむしろ上がっているような……

宮殿に続く階段は、所々に近衛《このえ》兵が並んでいて物々しい雰囲気だ。近衛兵全員より魔王単体の方が強いんだろうが、こういうのは権力の誇示も兼ねてるからな。

そして階段の先、最上部の広い空間に。

魔王国でおそらく最も豪奢《ごうしゃ》な宮殿がそびえ立っていた。

華美な装飾が惰弱とみなされる魔族の文化圏において、これほどきらびやかな構造物にはそうそうお目にかかれまい。

基本は魔王城と同じ大理石製だが、ドワーフの名工によるものと思《おぼ》しき、精緻な細工が全面に施されている。それは勇ましい魔王の軍勢のレリーフだった。悪魔、ドラゴン、夜エルフに獣人、そして数多くの魔族の戦士たちが、人族や森エルフを蹂躙《じゅうりん》する様が描かれている。……夜エルフと森エルフを差別化するため、森エルフがやたらと花の冠や枝葉の装飾を身に着けた姿で表現されているあたり、職人の苦労が窺《うかが》えて笑ってしまった。あいつら、目や肌の色以外、見た目はほとんど同じだからなぁ。

壁のいたるところには、おそらく各部族の伝統的な模様が、金細工としてはめ込まれていた。さらには各所に槍《やり》型の装飾が取り付けられ、魔王国のシンボルである黒一色の旗がはためき、物々しい雰囲気を醸し出している。

そして――入り口の上部には、偉丈夫の彫像。

険しい顔つきで来訪者たちを睥睨《へいげい》し、黒曜石の槍を握る魔族の堂々たる立ち姿。

「初代魔王陛下ラオウギアス様の彫像よ」

ああ、言われるまでもなく一目でわかったぜ。こいつが諸悪の根源だってな……！

悪魔の執事に扉を開けられ、宮殿へ招き入れられて。

装飾品まみれの、赤絨《じゅうたん》毯の廊下を歩いていく。

……ああ、もう感じる。

あの並外れて強大な魔力を。

「大公妃プラティフィア様、そして魔王子ジルバギアス様のご到着です――」

玉座の間の扉が、開かれた。


――あの日の激しい戦闘が、焼け付く炎と痛みの記憶が、突風のように押し寄せてくる。

だがそれは一瞬のことだった。瞬《まばた》きすれば、そこには傷も血痕も全て拭い去られた、まっさらな玉座の間があった。

そして待ち受ける魔王。筋骨隆々の体軀《たいく》。禍々しく反り返った2本の角。魔族にしては珍しい、獅子《しし》のたてがみのような金髪に、血のように赤い瞳。

二代目魔王、ゴルドギアス＝オルギ。

黒曜石のクッソ座り心地が悪そうな玉座に、傲岸に腰掛けている。

その手には――闇を凝縮したような真っ黒な槍。

魔族になって、角が生えて、俺はその魔力の異常さを改めて実感した。プラティを岩、ソフィアを小さな竜巻のような存在と形容したが、こいつは――なんだ？

巨大な渦。いや――感覚としては、ダークポータルに近い。もはやひとつの、現象だ。

『なるほど』

アンテがつぶやいた。

『これは大したものじゃ』

……俺は背筋を伸ばす。少なくとも、俺は独りじゃない。アンテが小さく笑う。

「久しいな、ジルバギアス」

魔王ゴルドギアスが、俺を見据えた。『惰弱な人族にしてはよくやった』『ふむ、赤子ながら精悍《せいかん》な顔立ちをしておる』――あのときと全く同じ顔で。

「しばらく見ないうちに、随分と大きくなったものよ」

少しばかり皮肉な口調だったのは、たぶん俺の気のせいじゃない。

「お久しぶりです、父上。……お陰様で角も生えました」

ホントに久しぶりだなぁ、魔王よ。元気そうで何よりだぜ……!!

「陛下！」

スタイルの女には、見覚えがあった。

と、女の声。そこで俺は気づいた。玉座の間の両脇に、きらびやかなドレスに身を包む女たちの姿もあることに。そのうちのひとり、青い髪を渦巻くようにまとめた豪快なヘアスタイルの女には、見覚えがあった。

「なんだ、ラズ」

気怠《けだる》げに魔王が視線を移す。ラズリエル——魔界入りする俺を、飛竜発着場に見送りに来た、第1魔王子の母親か。

「オルギ族とレイジュ族には、陛下とプラティフィア以外にも婚姻関係があります」

ねっとりした声で、俺を睨《ね》めつけながらラズリエルが言う。

「両氏族の2つの血統魔法が使えるからといって、ご本人とは限りませんわよ」

ぎり、と近くで何かが軋《きし》む音がした。プラティが澄まし顔のまま歯ぎしりしている。

「……ジルバギアス。【名乗れ】」

小さく嘆息して、再び魔王が俺を見る。

「——【我が名は、ジルバギアス】」

俺はベルトから、あのときの黒曜石のナイフを抜きながら、唱えた。

「——【父ゴルドギアス、そして母プラティフィアの子、ジルバギアスなり】」

「と、いうわけだ。ラズ」

「しかし、陛下」

「【名乗り】の魔法は、偽名では発動せん」

玉座からゆっくりと立ち上がりながら、魔王は笑った。

「そしてジルバギアスという名の魔族は、此奴《こやつ》しかおらん。これで話は終わりだ」

「……はい。差し出がましい真似《まね》を」

ラズリエルがしおらしく頭を下げる。

「改めて、よく来たなジルバギアス。歓迎するぞ」

ついてこい、とばかりに手招きした魔王は、続いてプラティにも目を向ける。

「――お前もご苦労だったな、プラティ」

存外に優しげな口調――ってかホントに愛称で呼ぶんだな！　いやラズリエルもラズって呼んでたけど！　俺は思わず母親を二度見してしまった。

「いいえ、陛下。今日という日を待ち望んでおりました。感激の至りです……」

恋する乙女のようなうっとりとした顔で答えるプラティ。……俺は目を逸《そ》らした。なんだかめちゃくちゃ気まずいというか、なんか、見たくなかった。

「さあ、ジルバギアス。お父様とのお食事を、楽しんでいらっしゃい」

すぐに母親の顔に戻って、プラティはにっこりと俺に笑いかける。

うーん。なんて物騒な笑顔だ。

「はい、母上」

まあそれに答える俺も、きっと似たような顔をしているんだろうがな。

——母親たちを置いて、魔王と俺は玉座の間をあとにした。

「……どうした、母がいないと不安か？」

廊下を行きながら背後を気にする俺へ、魔王がからかうように声をかける。

不思議な距離感だ。親しみやすさとよそよそしさの中間というか……

「いえ、父上がいなくなったあの空間で、どんなやり取りがされるのか気になりまして」

少し悩んだが、俺は普通の態度で接することにした。

「ふん。アレはな……この魔王をして、近寄りたくないと思わせるほど恐ろしい空間よ。早々に退散するに限るわ」

ニヤリと笑う魔王。クッソ。距離感がわかんねえ。引きつった笑みしか返せなかった。

宮殿の奥、プライベートな区画に通される。入り口から玉座の間までの、装飾まみれだった空間とは違い、こちらは随分質素というか落ち着いていた。

「——これは、宮殿に初めて招いた日、我が子全員にしている話なのだが」

不意に、魔王が語りかけてきた。

「我は、先代魔王の次男だった」

……ほう。

「長兄はハッキリ言ってロクな男ではなかった。魔王の長子であることを鼻にかけ、堕落した毎日を送っておった。いつか魔王の座が天から降ってきて、当然、自分に与えられるものとでも思っていたようだ。その性根は腐りきっておった。——だから我に殺された」

吐き捨てるように。

「ロクに鍛錬もしておらず、打ち合いでは2合と保《も》たんかったわ。姉も同様。宝飾品で己を飾り立てることのみに心血を注いでいた。そのくせ魔王の座への執着も人一倍だった。こちらも2合と保たなかった」

ゆっくりと、振り返る。強い眼差《まなざ》しが俺に突き刺さる。

「魔王は、強者でなければ務まらんのだ、ジルバギアスよ」

厳かな声で、魔王は告げた。

「決して、兄弟間の争いをそそのかしているわけではない。本来、身内争いなど愚の骨頂。しかしお前から見て――兄や姉が不甲斐《ふがい》なく、魔王に相応《ふさわ》しくないと思えたならば、そのときは躊躇《ためら》うな」

「――はい、父上」

安心しろよ。仮に兄姉が魔王に相応しくても――俺は躊躇わないさ。

「まあ、とはいえ、普段は気楽に構えよ。今のは『仮に』の話だ、わかるな？」

とある大部屋の扉に手をかけ、魔王が笑う。

「緊張するか？　ジルバギアス」

この先に、兄と姉たちがいるのか。俺は肩をすくめて、正直に答えた。

「父上との再会に比べれば気が楽です」

「抜かしおるわ」

こつん、と頭を小突かれた。扉が開く。

——円卓だ。

魔王の席は明らかだった。玉座に似た、しかし座り心地はマシそうな、黒い立派な椅子が鎮座している。そしてその他の席では、思い思いに魔族たちがくつろいでいた。

「おお、ようやく来たか。待ちくたびれたぞ」

魔王の席のすぐ隣。青髪の、精悍な男が俺に微笑《ほほえ》みかけた。『伊達男《だておとこ》』という言葉がしっくりくる、俺に負けず劣らずの美男子。ただ、体つきは鍛えられた戦士のそれで、がっしりしている。そしてどことなくラズリエルの面影——というか、髪色で明らかだ。

——第1魔王子。『氷獄』のアイオギアス。

「ふン。生意気そうな顔だこと」

アイオギアスと反対側、こちらも魔王の席の隣。燃えるような真っ赤な髪の、キツい顔立ちの美女が円卓に頬杖《ほおづえ》をついていた。肉食獣を思わせる獰猛《どうもう》な目つきで、俺を頭の天辺《てっぺん》からつま先までじっくりと観察している。まるで狩りの獲物を品定めするかのように。

——第2魔王子。『火砕流』ルビーフィア。

「……ちぇ、女だったらよかったのに」

ルビーフィアの隣。プラチナブロンドの甘い顔つきの若い男が、俺を一瞥《いちべつ》して興味を失ったように視線を逸らした。魔族とは思えないほど線が細い優男、ともすれば女たらしの二枚目俳優のようだったが――渦巻く強大な魔力により、只者《ただもの》でないと一目で知れる。

――第3魔王子。『恋多き』ダイアギアス。あるいは『色情狂』ダイアギアス。

そして空席があった。あれ、第4魔王子いなくね？

「……もう、ムグムグ、早くしてよね、モグモグ、こっちはお腹《なか》すいてるんだから」

代わりと言っちゃなんだが、ひとりだけすでに食べ始めている奴《やつ》がいた。赤みがかった紫の髪の少女で、円卓に山と積んだ果物やハムなんかを次々詰め込んでいる。愛嬌《あいきょう》のある美人なんだが、口の周りに食べかすがついていて台無しだ。

――第5魔王子。『暴食』のスピネズィア。

「……ぐー」

そしてその反対側には、完全に気が抜けきった様子で、背もたれに身を預け爆睡している娘がいた。茶色の髪で、このメンツの中ではちょっと地味な感じだ。……堂々と眠っている点に目を瞑《つぶ》れば。一番年若く、外見的には俺と大差ない年齢に見える。

――第6魔王子。『眠り姫』トパーズィア。

「っと、わりーわりー席外してたわ」

そして背後から、ざらつく若い男の声。

いなかった残りのひとりか？　と振り返った俺は——


頭をぶん殴られたような衝撃を受けた。


闇と、炎と、煙と。悪夢の記憶が洪水のように溢《あふ》れ出す。

そこに立っていたのは——鮮やかな緑髪の魔族の男だった。顔立ちは、不遜。まるで蛇みたいな狡猾《こうかつ》さと性悪さが滲《にじ》む瞳。魔族にしては珍しいくせっ毛の頭をバリバリとかきながら、怪訝《けげん》な目で俺を見下ろした。

「なんだぁ、こいつが例の弟か？」

——この声！——この髪！

覚えているぞ!!　虫食いだらけの記憶の中でも、燃える家々の炎に照らされていたお前の顔だけは、はっきりと……!!

俺の……俺の故郷を焼き、親父《おやじ》を殺した魔族——

「自己紹介はもう済んだか？　オレがエメルギアス様だ、覚えとけ」

——第4魔王子。『羨望』のエメルギアス。

コイツだけは絶対にブチ殺すッ！　絶対にだ!!

魔王は憎い。魔王軍も憎い。だが、こいつは何よりも憎い！

第４魔王子エメルギアス。俺がこうなったのはお前のせいだ!!

許せねえ。許せるわけがねえ。何度、夢見たことか。あの日に戻って、この手でお前を縊《くび》り殺すのを……！　親父とおふくろ、そして村のみんなの仇《かたき》——ッ！

『おうおうおう！　凄《すさ》まじい荒れようじゃ。嵐というよりまるで噴火じゃな』

そっと手に触れる感触。いつの間にかアンテが出現していた。——いや、幻か？

腰のベルト、黒曜石のナイフに伸びかけていた俺の手を、アンテが押さえている。

『アレクサンドル。今は堪《こら》えよ。気取られるぞ』

強く輝く極彩色の瞳が、俺を見据える。真っ赤に染まっていた視界が、色を取り戻していく。アンテが俺の頰を撫《な》で、フッと消えた。

不審そうに俺を見下ろす魔族——エメルギアスが視界に飛び込んでくる。

「……なんだぁ？」

「……いえ、失礼」

俺はスッと息を吸い、姿勢を正した。

「急に背後から声がしたので、驚きまして」

「ハッ。ビビったか？」

口の端を釣り上げたエメルギアスが、俺の頭をワシャワシャと撫でつけてきた。

「大好きなママと引き離されて、ビクビクしてんだろ。心配しなくても今すぐ取って食いやしねえよ、よしよし、いいこでちゅねー」

大好きなパパとママを殺したのがお前だよ。舐《な》めやがって。ブチ殺してやる。

沸騰しそうな俺をよそに、全員が席について自己紹介が始まった。

「お前も、我々については予習済みだろうが、一応名乗っておこう。魔王が長子、アイオギアスだ」

円卓の上で手を組み、第1魔王子アイオギアスが微笑む。しかし穏やかな表情とは裏腹に、その目に浮かぶ光は冷徹だった。「その程度の予習もしてこない奴なら用はない」とでも言わんばかりに。

「――そして、やがて魔王になる男でもある。お前が相応の敬意を払うなら、俺もそれに応えよう」

いきなりぶっこんできたな。部屋の空気が少し冷えたようだ。

「……あたしを忘れてもらっちゃ困るんだけど？」

不機嫌さを隠しもせず、第2魔王子ルビーフィアが鼻を鳴らす。燃えるような赤毛と赤い瞳が、ゆらゆらと魔力を滲ませている。まるでお気に入りの宝物を掠《かす》め取られたドラゴンみたいなツラしてやがる。

「もちろん、忘れていないとも」

アイオギアスは鷹揚《おうよう》に答える。

「――忘れてはいないが、その上で、だ」

目を細めるルビーフィアに、冷笑を崩さないアイオギアス。

……事前情報によればルビーフィアが60歳くらい、アイオギアスが70歳くらいか。

10年の差があるわけだが、ルビーフィアもその立ち居振る舞いから、かなりの実力者であることが窺《うかが》えた。魔力はよく練られており、ゆったりと渦巻きながらも爆発力を秘めている。まるで煮えたぎる溶岩みたいな女だ。

対するアイオギアスは、ひたすらに隙がない。魔族としては年若いがすでに老練の域に達しているようにも見える。そのあり方はひたすらに静かで、しかし、獲物を待ち伏せる捕食者のように獰猛だ。心身ともに鍛え上げられた、自他ともに厳しい完璧主義者——そんな印象を受けた。

——と、不意にアイオギアスが俺に視線を戻す。

「見ての通りだ。我々は2つの派閥にわかれている。この席次は縮図と言ってもいい」

……魔王を挟んで、アイオギアス派とルビーフィア派にわかれて座っているのか。

アイオギアス派は、腕組みして不満そうな顔をしているエメルギアスと、この状況でも構わずひとりだけ食べ続けている第5魔王子スピネズィア——話は聞いているようだが、口が塞がっているので口を挟まない。

ルビーフィア派は、我関せずとばかりに手鏡で髪型をセットしてる第3魔王子ダイアギアスと——いや何やってんだコイツ——相変わらず眠り続ける第6魔王子トパーズィア。

いやホント、何やってんだコイツも。

そしてこのたび、魔王のちょうど反対側、両派閥の中間に、第7魔王子ジルバギアスが現れた、と。いや、でもさ……これ……

「……何よ。言いたいことがあるなら言いなさい」

立派なお胸の下で腕組みしたルビーフィアが、キツい目を向けてくる。

「いえ……みなさん、個性豊かだなと思いまして……」

魔王、アイオギアス、ルビーフィアの3人が揃《そろ》って渋い顔をした。こうしてみると家族だな、表情がそっくりだ……

「……ジルバギアス。お前も身の振り方を考えるといい。どちらがまともかは、一目瞭然だろう」

気を取り直して、アイオギアスが微笑む。ド腐れ緑髪クソ野郎《エメルギアス》はともかく、フードファイターと化した第5魔王子スピネズィアを前に、『まとも』と言い放つとはいい根性だ。

「実力ではウチの派閥は負けていない」

ルビーフィアが唸《うな》るように言うが、こっちはこっちで、髪型を気にする優男と爆睡する少女しか見当たらないんですが……

まあ、それぞれの一族とか、配下とか、いろいろ他の繋《つな》がりもあるんだろうが。

派閥については、俺とプラティの意見は一致している。

「派閥は、お構いなく」

お好きにどうぞ、とばかりに俺は素っ気なく答えた。

「お前が構うかどうかの問題ではないのだよ」

アイオギアスが目を細める。

「旗色を示せ、と言っているのだ。中立などという甘えは許されない」

それに関しては同意らしく、ルビーフィアも無言で俺を見据えている。

おいおい、ふたりとも5歳児に向ける顔じゃねーだろうがよ。

いや5歳児をこの場にお出しした側に問題があるか、これは。

……冷静に考えたら、5歳児相手に60も70も越えた連中が派閥云々《うんぬん》言い出すのヤバすぎだろ。笑えてきたわ。俺は思わずくつくつと声を上げて笑ってしまった。

「……何がおかしい？」

「いえ。5歳児を必死に迎え入れようとするほど、お二方とも切羽詰まっているのかな？と思いまして」

俺の言葉に、アイオギアスとルビーフィアが顔を見合わせる。

「そういえば」

「そうだった」

厳粛な表情を保っていた魔王が、口の端をピクッとさせて顔を背けた。おい、笑ってんじゃねーよ。

「5歳か。……5歳か。そういえばそういう話だったな」

アイオギアスが困ったような顔で俺を見てくる。

「見た目と言動のせいで忘れてたわ。ほとんど赤ん坊じゃない」

ルビーフィアも呆《あき》れたように肩の力を抜く。

「流石《さすが》に5歳児に頼るほど切羽詰まっちゃいないわ。……今はね」

「珍しく同意見だ。……今は、な」

背もたれにゆったりと身を預けながら、アイオギアスは薄く笑う。

「だが──改めて言うが、親しい者にでも相談して成人する前に身の振り方を考えておくことだ。勝ち馬に乗る、などという虫のいい話はないぞ。いつか雌雄を決する日が来る」

「生きるか死ぬか──その二択よ。今は見逃してあげるけど、惰弱者にはこの場に身を置く資格はない。痛いのも怖いのもイヤなら、もう顔を出さないことね。そして普通の魔族として暮らしなさいな」

……実はお前ら、仲いいんじゃねーか？　息ピッタリじゃん。

そして自由だったり興味がなさそうだったりしているけど、この場にいる王子たちは、みな──自分の立ち位置をはっきりさせた。

覚悟を示した、ということか。

「──中立は許されない。よく理解していますよ」

俺は静かに答える。

敵か味方か、白黒つけろってわけだ。

なら──答えは単純。この場にいる全員、俺の敵だ。

今は波風を立てる必要がないから、口には出さないけどな。俺の腹は決まっているし、プラティとも思惑が合致している。

生きるか死ぬかの二択？　よくわかってるじゃねえか。

俺の敵となるならば——待ち受けている結末は——

胸のうちに、ドス黒いものが広がっていく。

……そんな内心が伝わったのかは知らないが。

ルビーフィアがぺろりと唇を舐め、アイオギアスが笑みを深くした。

「そろそろ飯にしないか？　腹減ったんだが」

と、ド腐れ緑髪クソ野郎がぼやく。

「ぼくも女の子たち待たせてんだよね。早く帰って続きしないと」

ぱちん、と手鏡を閉じて気怠《けだる》げにダイアギアス。おい、ナニをやろうってんだ。

「早く、もぐもぐ、メインディッシュが食べたいわ」

この上まだ食べるのかよスピネズィア。

「ぐー………」

トパーズィアは相変わらず、スヤスヤと穏やかな寝息を立てていた。

全員、俺の敵……の、はずなんだけどなぁ。気が抜けるぜ。

「円卓《ここ》は飯が美味《うま》いのだけが取り柄だからなぁ。……おおっと、それとも僕ちゃんはママのおっぱいの方がいいかな？」

半笑いでからかってくるクソ野郎。しょーもな。

俺は無視した。お前だけはいずれ絶対に殺す。お前のパパとママともどもな。

†　†　†

俺は食事が好きだ。

俺という人間の数少ない楽しみでもある。

前世からそうだった――戦争で国々は疲弊していたが、最前線の兵士たちは比較的いいものが食えた。そうでもしないと士気を維持できなかったからだ。

さらに激戦区に投入されることが多い勇者たちは、状況が許せば王侯貴族の次くらいに豪勢な食事を与えられていた。これが最後の晩餐《ばんさん》になるかもしれない、と何度も思った。

そして食事が喉を通らなかったり、暗い顔のまま食べる奴《やつ》は、なぜか長生きしなかった。

だからこそ俺は、しっかり味わうようにした。生き延びるために。少しでも多く魔族を殺すために。どんな状況でも食事を楽しむように心がけ、実際そのクセが身についた。

――何が言いたいかというと、魔王一家の夜食《ランチ》はめちゃくちゃ美味かった。

円卓を挟んで対面に魔王が座り、すぐそばに父母の仇《かたき》がいるにもかかわらず、口に入れても何も味がしないなんてことはなかったのだ――こいつは憎い。それはそれとしてメシは美味い。俺は自分で思っていたより、ずっと図太い人間だったようだ。

前菜は透明なクリスタルの器に、生ハムと季節の野菜と果物が庭園ように盛り付けられ、ひとつの芸術作品として成立していた。この時点でシェフが只者《ただもの》ではないことを予感させた。添えられていた緑色のムースはうなるほどに味わい深く、舌がじんとしびれて恍惚《こうこつ》とした気分に陥った。麻薬でも入ってるんじゃないかと疑ったほどだ。

筋骨隆々の魔王が身をかがめて、小さなスプーンでちまちまとムースを口に運ぶ姿は、笑いを誘った。アイオギアスはイヤミなくらい気品を漂わせ、優雅にナイフとフォークを操っていた。

第5魔王子《フードファイター》? 相変わらずもりもり食べてたよ。そのときに、あいつの前にあった小山みたいな盛り合わせが、前菜と全く同じ材料であることに気がついた。風情も芸術性もないヤケクソじみた食材の盛り方に、俺はシェフの無言の抗議を感じ取った気がした。

続いて、前菜に引き立てられた食欲が薄れてしまわないうちに、白いポタージュが運ばれてきた。すりつぶした根菜にバターがたっぷりと加えられ、こってりとした味わいでありながらあとを引かず、一口、もう一口と飲み進めるうちに、いつの間にかなくなってしまった。量が少なめなのも絶妙な塩梅《あんばい》だった。

ルビーフィアはぺろりと平らげてしまい、あとは腕組みして、食べ進める他の面々を睥《へい》睨《げい》していた。まるでどうやって獲物を仕留めるか、隙を窺い思案するかのように……ただ目つきがキツいだけかもしれなかったが。

このあたりでようやく眠り姫《トパーズィア》が目を覚まし、前菜からノロノロと食べ始めた。あまりにみなが放置してるんで、その前に置かれた皿が無駄になるんじゃないかと心配していたところだ。自分の分を食べ終わった緑髪《エメルギアス》クソ野郎が、物欲しそうにチラチラ見ていて鬱陶しかったしな。

ちなみにトパーズィアとは一度目が合ったんで会釈したが、普通に無視された。というか、視線が俺を上滑りしていった。もしかしたら起きたのではなく、目を開けたまま食べながら寝ていたのかもしれない。


メインは鴨肉《かもにく》のローストだった。脂がのりにのった胸肉はほのかなピンク色を残す程度に繊細に火を通され、イチジクのソースで彩られていた。ソースのかけられかたが、また見事だった。見てわからないほどに軽く振られた塩により、端から食べ進めるごとに。同じ肉でありながら味わいがグラーデーションを描いて変化していった。1皿で「絶品だ！」と思ったことなら、これまでにも何度かある。だが同じ皿で味がどんどん変化していき、そのどれもが絶品というのは、異次元の体験だった。

魔王はこれが好物らしく、「ううむ……」と一口ごとにうなりながら、なくなってしまうのを恐れるようにゆっくりと食べていた。第3魔王子《ダイアギアス》は「もっと精をつけなきゃ……」とつぶやき、おかわりを要求した。それを見て負けじと緑髪クソ野郎もおかわりを要求していた。

フードファイター？　あいつは常におかわりを要求していた。おそらくおかわりの必要がないよう盛りに盛られた肉は、かえって食欲を煽《あお》っただけのようだ。

俺も少し悩んだが、育ち盛りの体にもボリューミーに感じられたので、自重した。結果としてその判断は正しかった。鴨肉の脂は割とあとからくる感じだったからだ。ガタイのいい魔王が1皿にとどめている時点で予測して然《しか》るべきだった。

ダイアギアスは嬉々《きき》として完食していたが、緑野郎は2皿目の中盤でちょっと後悔しているようだった。

メインの深い充足感に浸っていると、デザートと温かい飲み物が供された。生クリームがトッピングされたアイスクリーム。流石、魔力が強い種族の食卓だけあって、氷菓子なんてのも普通に出てくるな。それに苦味の強いキャフェーという黒い煎じ茶を合わせると、甘みと苦みの調和が取れて、メインの脂にとろかされていた体が引き締まるような感じがした。

見事だった。堪能……しちまったよ。間違いなく、転生してから、最も文化的で高尚な食事だった。魔族の王子として、割と日頃からいいものを食わされていた俺だが、これは別格だ。聞けばシェフは捕虜になった人族の宮廷料理人だとか。道理で……。

他の面々も、思い思いに茶を口に運んで、食後の余韻を楽しんでいるようだった。……

バケツみたいな容器に入れられたアイスクリームを、もりもり食べるフードファイターを除いて。見てるだけで頭が痛くなりそうだ。

「……そうだ、ジルバギアス。お前の行儀が良いので注意をするの忘れていたが」

ふと、魔王が口を開いた。

「我らの食卓にはひとつ、ルールがある」

真面目くさった魔王の言葉に、アイオギアスとルビーフィアがニヤリと笑う。

「「食事中に政治の話をするな」」

ふたりの声はぴったりと重なった。

「これを破った者は即座に叩《たた》き出される。覚えておくことだ」

澄まし顔で茶をすする魔王。

「……わかりました」

今このときばかりは、まるで普通の家族みたいに――


――茶を飲み終える頃には、そんな幻想も消え去っていたが。フードファイター、お茶の量は普通なんだな……

「初の顔合わせだったが、無事に済んでよかった」

すっかり冷酷で厳格な魔王の顔に戻ったゴルドギアスが言う。

「何か、報告したいことがある者は？」

沈黙。再び眠りに落ちたトパーズィアの寝息だけが響く。食った直後に爆睡……。胃が悪くなりそう。

「よし。では解散」

魔王の言葉に、ダイアギアスがいち早く席を立ち、稲妻のように去っていった。女の子たち待たせてるって言ったもんな……

「それじゃ、また来週」

ルビーフィアがひょいと眠り姫を担いで出ていった。派閥のボスに送迎してもらうのかあの眠り姫は……もはや肝が太いとかいう次元じゃない。

「それでは、ごきげんよう」

アイオギアスも優雅に立ち上がり、部屋をあとにした。気怠げに立ち上がった緑髪クソ野郎がそれに続く。派閥ごとにちょっとずつ時間をズラして出ていくのは、あの長い階段を一緒に下りていったら気まずいからだろうな……

フードファイターは多少膨れた腹をさすりながら、ぼんやりしていた。……食べた量に比して、膨れ具合があまりにもささやかだ。

「……あの、父上」

「どうした」

別の奥まった扉から出ていこうとする魔王の背中に、声をかける。

「父上のお仕事を、見学することは可能ですか」

俺の問いに、魔王が「ふむ？」と両眉を上げた。これは咄嗟《とっさ》の思いつきだったが、魔王の行動パターンを把握する千載一遇のチャンスだと思ったのだ。

「今日は駄目だ。幹部連中との会議がある」

「幹部……ですか？」

「我と、近衛《このえ》兵団長と、悪魔軍団長と、ドラゴン族長、死霊王《リッチ》、吸血公《ヴァンパイアロード》、夜エルフの王、そして獣人族の王だ」

魔王軍の中枢が揃《そろ》い踏《ぶ》みじゃねえか!?　見たい！　めっちゃ見学したい！

「流石《さすが》に我が子というだけでは同席はかなわん」

先回りして魔王に言われ、がっくりと肩を落とす。

「まあ、普段の政務なら問題あるまいが、見学しても面白くはないぞ？」

「父上がどのような仕事をされているのかが、知りたいのです」

「魔王として、か？」

存外、真面目な口調での問い。俺は一拍置いてから、「はい」と答えた。

「よかろう。来週は考えておく」

ニッと笑った魔王は、そう言い残して足早に部屋を出ていった。

……よし。魔王の隙を探る第一歩だ。

手応えを感じながら振り返ると、フードファイターがこちらを見ていた。

「……何か？」

「自分が小さかった頃を思い出してたの」

口にものが含まれてない状態で話すのは、これが初めてだ。

「昔は、何にでもなれる気がしてたわ」

一瞬、遠い目をしたスピネズィアは、やおら席を立つ。膨れていたお腹《なか》が、すでに引っ込んでいることに気がついた。

「あーお腹すいた」

などと言いながら、俺のことなど忘れたかのように出ていく。……あいつひとりが前線に来るだけで、物資を文字通り食い尽くしそうだ。多分、食いまくることで力を得る悪魔と契約してるんだろうが、費用対効果は疑わしい。

俺も部屋を出る。

「父上は真面目な奴が好きだ」

直後、横からザラついた声がかけられる。

扉の外、緑髪クソ野郎――エメルギアスが斜に構えて立っていた。

「――うまく取り入ろうとしてるな。ママの入れ知恵か？」

粘着質な目が俺を観察している。目的はなんだろう。アイオギアスに探りを入れるよう言われたんじゃないか、という気がした。

俺にはいくつか選択肢があった。相手をするか、適当に一言二言告げるか。

それとも一切の情報を与えないか。

俺は最後の選択肢を取った。無視して歩き出す。真面目に話していたら、俺の何が出てしまうかわかったもんじゃないから。

「……気に食わねえ」

第4魔王子エメルギアスは舌打ちした。生意気な末っ子の背を睨《にら》みながら。

†　†　†

「おかえりなさい、ジルバギアス様」

宮殿を出ると、暇そうにフワフワ浮いていたソフィアが喜色を浮かべた。嬉《うれ》しそうなのは多分、俺が無事に戻ってきたからじゃなく、暇な待機から解放されたからだ。

母上は？　と問おうとして、俺はちょっと躊躇《ためら》った。宮殿を出て、開口一番尋ねるのがそれというのは、なんというか、いかにも――過保護に育てられた子どもみたいで――

「……母上は？」

しかし他に言いようがなく、結局それを口にした。

「奥方様は、急なお仕事で」

「急患か」

「はい。前線から重傷者が運ばれてきたそうで。聖属性の深い傷を癒やせる術士は、レイジュ族にもそう多くはありませんから……」

なるほどな、とつぶやいて、俺はソフィアとともに歩き出した。

【聖属性】――人族の、そして聖教会の切り札。

光の神々が与えた加護とされ、儀式で選ばれた者だけが使える、特殊な魔法だ。

その輝きは人類に力を与え、逆に人類に仇《あだ》なす者たちを深く傷つける。そしてその才能に開花した魔法戦士を、勇者と呼ぶ。人族の魔法戦士《ゆうしゃ》が魔族や悪魔に対抗できるのは、聖属性があってこそだ。

『うまく考えられた呪いよのぅ』

俺の中で、アンテがのんきな声で言った。呪いとは？

『その、聖属性とやらよ』

………何を仰《おつしや》るアンテさん。あれは光の神々が人族に与えた祝福だぜ？

『祝福も呪いも似たようなもんじゃ。そして、光の神々が与えたというが――具体的にはいつ与えたんじゃ？』

正確な年数はわからない。長命種の森エルフさえ知らないそうだ。ただ、古代から勇者や聖戦士の伝承は存在するし――その中で最も古いものなら、4、5千年前くらいかな。

『ならば神々が与えた、という線は薄いのぅ』

アンテは小さく笑った。失笑、とでも呼ぶべき笑いだった。

『魔界でも話したが、強大すぎる存在はやがて概念となり、自我を失う』

そんなことも言ってたな。……お前もそうなりつつあるって。

『……そうじゃ。光の神々が存在したことは疑いようがない。この世界を生み出したのは間違いなく連中じゃろう……が、気が遠くなるほど昔に、連中は概念と化したはずじゃ。ただ世界を循環させるためだけの存在に――』

光の神々は……現世には介入されない。どれだけ人々が苦しもうとも、闇の輩《ともがら》が勢力を伸ばそうとも、人類の力で打破できると信じられているからこそ、加護を与えてこの地を見守っていてくださる、と……。教皇様は仰っていたが……

『まあ、嘘《うそ》ではあるまい。何も映さない瞳で、世界全体を捉え続けることを見守ると表現するならば、の話じゃが』

――俺は夜空を見上げた。……なら、闇の神々は？

『似たようなもんじゃろう。夜の帳《とばり》は優しく世界を包み込むが、傷つき苦しむ魔族を救いもしない』

……ちょっとしたショックではあったが、腑《ふ》に落ちる点もあった。

『思ったより落ち着いておるの』

正直、俺は勇者にしては信心深くない方だった。村が焼かれた時点で思ったんだ、なんでこんな酷《ひど》いことが許されるんだって。神々を呪ったのも一度や二度じゃない。

聖属性に目覚めたとき、俺がどう思ったかわかるか？　『遅すぎる』って怒ったんだ、力を与えてくれた神に感謝するのではなく。

だからこそ、心底不思議だった――なぜこんな不信心者が神に選ばれたんだろうって。

だけど、そうか。神に選ばれたわけではなかったのか……。

じゃあ、【聖属性】ってのは、そもそも何なんだ？

『呪詛《じゅそ》の一種。人族全員が聖属性の存在を信じとるわけじゃろ？』

……信じてるっていうか、存在してるわけだしな。

『そう、まさにそれこそが魔法の本質よ。何かが存在すると確信することで、世界のあり方が変わる。本来そのようなことは、強大な魔力と意志の持ち主でなければできん。だがお主ら人族は数が多く、また個々の力を束ねることに長《た》けておる――』

――人族の兵士たちが、個人の弱い魔力の膜を束ね、強固な盾とするように。

『いにしえの人族の賢者の仕業であろうな。人族の特性に気づき、人々の意志と信仰を、そのような形に束ねた。そして力の使い手を、儀式で選別した。全員に祝福が分散すれば弱い力にしかならんが、束ねた力を少数に集中させれば――』

――脆弱《ぜいじゃく》な種族でも、強力な種族に対抗できるほどの力が得られる。

『その儀式は、相応《ふさわ》しい者が選ばれるようになっておるのじゃろう。そう、例えば、特定の血を継ぐ者であったり――』

各地の王族や、教皇一族には聖属性の使い手が多い――

『特別に意志が強かったり、敵対種族に強い憎しみを抱く者であったり――』

俺だ。

そういうことか。……そういうことだったんだ。

『流石に衝撃じゃったか？』

……よくも気軽に、俺の世界観を変容させてくれたな。だが、納得はした。

『そして、失望もしておらんようじゃ』

いにしえの賢者だか何だか知らないが、この仕組みを生み出した奴《やつ》を尊敬するよ。

事実、この力がなければ、俺たち人族はとっくに滅んでいただろうから。そして舞台裏まで、いちいち全員に説明する必要はないってことも理解している。

神秘は魔法の効果を高める……そうだろ？

ただアンテ、ひとつ疑問なんだが――聖属性ってのは、何を基点に使えるんだろうな？肉体か、それとも魂か？　俺はてっきり……闇の輩に生まれ変わってしまったから、光の神々には見放されて、そういうのは一切使えないだろうと思い込んでいたんだが。

『試してみればよかろう。……あとで、こっそりとな』

――横を歩くソフィアを、ちらりと見る。

「いかがなさいました？」

「ひとつ頼みがある」

俺が声を潜めると、即座にソフィアが魔力を展開し、指を鳴らした。周囲の空気が張り詰める――防音の結界だ。この手の魔法もそろそろ学ばないとな。

「他の魔王子たちの、詳細な全ての戦歴が知りたい」

「全て、ですか？」

ソフィアは目をしばたかせた。

「そう、全てだ。どんなに小さな戦歴でも残さず」

たとえば——小国の辺境の、小さな村を滅ぼした、だとか。

淡い期待もある。

虫食いで欠け落ちてしまった、故郷の村の名前も思い出せるんじゃないか、って。

「膨大な量になりますが」

「難しいか？」

ソフィアは不敵な笑みを浮かべた。

「今のは、ジルバギアス様を気遣っての言葉ですよ。その手の記録は——少なくとも書面にまとめられたものでしたら」

トントン、と指で額を叩《たた》く。

「全てここにあります。最新のものを除けばですが」

……もはや調べに行く必要もないってことか。

「ただ、口頭でお伝えするのは難しいでしょうね。紙を用意するお時間を頂いても？」

「もちろん」

むしろそれが狙いだった。部屋を留守にしてくれれば丁度いい。

——魔王城の居住区で、ガルーニャと合流。

ソフィアは紙を取りに行き、俺は部屋に引っ込んだ。

「ガルーニャ、俺の悪魔と話したいことがある。少しの間だけ部屋を出ていてくれ」

「わかりました！」

こういうときガルーニャの素直さは助かる。……部屋の扉くらいじゃ、彼女の聴覚を防げないだろうが。

『声に出すわけにはいかん、と』

そういうことだ。胸の内で唱えるだけでも、微弱な力なら使えるはず。

俺は右手を——いや、念のため左手を掲げた。指先に魔力を集中させる。

「…………」

今さらのように鼓動が早まりだした。

いや、何を恐れることがある。

誰がなんと言おうと、俺は勇者だ。勇者アレクサンドルだ。

【光の神々よ　ご照覧あれ】

心の中で唱えると、この文言が虚《むな》しく感じられた。

だが、まぁ……嘘ではない。神々の目が、この地に向けられているのは。

せめて、何も映さないその瞳に、焼き付ければいい。

【聖なる輝きよ《ヒ・イエリ・ランプスイ》　この手に来たれ《スト・ヒエリ・モ》】

ポッ、と小さな輝きが、俺の指先に宿った。
あっけないほどに。銀色の輝きが。
そして――次の瞬間、激痛が俺の指先を襲った。
「ぐ……ッッ！」
思わず出そうになった悲鳴を噛《か》み殺す。ガルーニャが部屋に飛び込んでこないように。
即座に魔力を霧散させ、聖なる輝きをかき消した。
『なるほどのぅ、そうなったか……』
アンテが興味深げにつぶやく。
聖属性の魔法は、魂を基点としていた。だから俺は今でも使える。
だが、俺の肉体は、魔族だった。人類に仇なす者だった。
――だから、俺の指先は焼け焦げていた。

†　†　†

ほどなくしてソフィアが紙束を手に戻ってきたので、俺は何事もなかったかのような顔で他王子たちの資料を読み始めた。

――聖魔法の実験。念のため、利き手じゃない左手を使っておいてよかった。右手だったら勉強や稽古のときに隠しきれない。

そして無詠唱で威力が低くて助かった。この程度の傷なら自然治癒力でなんとかなる。仮に転置呪の治療が必要なくらい、どうしようもない傷だったら――厄介なことになっていた。プラティほどの術士なら、普通の火傷《やけど》と聖属性の傷くらい見分けがつくはず。どんな理由をひねり出すにせよ、聖属性の使い手が魔王城に潜んでいるというだけで、とんでもない騒ぎになっていただろう。本当に危なかった。

「……しかし今さらですが、なぜ戦歴なんかを？」

ソフィアが白紙を1枚手に取り、ジッと紙面を睨《にら》みながら尋ねてくる。

「興味本位だな。『他の王子たちがどれくらい強そうに見えたか』と、『実際にどれだけ強いのか』を比較したいと思ってな」

「なるほど、よいお考えかと」

ソフィアの瞳から強い魔力の波が放たれ、ジジジッと紙が焦げるような音とともに紙面上にびっしりと細かい文字が浮かび上がった。彼女の、知識の悪魔としての魔法らしい。自分が得た知識を物体に転写できるそうだ。

「便利だよな、それ。ペンいらないじゃん」

「ところが、ペンはペンで必要なんですよ」

印字した紙を俺の方に滑らせて寄越《よこ》しながら、別の白紙を手に取るソフィア。

「記憶している文章をまとめて転写することはできますが、私が考えた文章は1単語ずつ転写していかなければいけません。それならペンで書いた方が速いんです」

ちなみにソフィアはペンで書くのもクソ速い。お手本のような美しい字を、常人の速記以上の速さで書き上げてしまう。

「そして書類に関して言えば、この魔法では署名《サイン》したことにならないんですよね」

へえ、と頷《うなず》きながら俺は読み終えた資料を脇に置いて、新たな1枚を手に取った。

今は、第3魔王子《ダイアギアス》の戦歴を読み進めている。……俺が本当に興味があるのは緑クソ野郎のそれなんだが、そんな事情を知る由もないソフィアは年齢順にアイオギアスの戦歴から渡してきた。仕方ないので、俺も順番に読み込んでいる。

華々しい戦歴――と言うべきなんだろうな。

アイオギアスはすでに大公の位を授かり、魔王位継承の条件を満たしている。

ルビーフィアも同様。ふたりとも、4桁単位で敵対種族の兵を屠《ほふ》っていた。詳細な記録を見る限り、数値を『盛っている』こともなさそうだ。

4桁……俺だって、前世では激戦続きだったが、それでも3桁に届くかどうかだぞ。

ルビーフィアは強力な火属性魔法の使い手のようだ。その戦歴は、『猛追』という言葉を連想させた。アイオギアスに追いつけ追い越せとばかりに。城や砦《とりで》を丸ごと焼き払った、というような報告が目につく。ルビーフィアが陥落させた城塞には、おぼろげながら覚えのある名前がいくつかあった。

そして、ダイアギアス。『女の子たちを待たせてる』発言で明らかだったが、数十人の魔族の娘や夜エルフ、はては悪魔に獣人まで侍《はべ》らせでいるらしい。彼女らを前線にも同行させたらしく、報告書で遠回しな苦言が呈されていて笑ってしまった。

だがその実力は本物のようだ。地位は公爵。50手前の若さで、オルギ族の前族長オーアルグ伯爵より『格上』扱いとなっている。

「こちら、第4魔王子の戦歴です」

……とうとう来たか。俺は澄まし顔で報告書を受け取った。

第4魔王子エメルギアス。14歳で初陣。成人前に戦場に出たか。辺境の小国に攻め込んだ――ウィリケン公国。陥落させた都市はグアルネリ、そして周辺の村々。エクルンド村、リンドヴァル村、トゥーリン村――――タンクレット村。

ぱちん、と頭の中、何かが、欠けていたものがはめ込まれるような感覚があった。

――これだ。思い出した。村長の名字が、タンクレットだった。数代前に開拓した村だって言ってたっけ。俺の故郷だ。タンクレット村。丸太で組み立てられた家々。木こりの斧《おの》の音。懐かしい森と土の匂い――それらが一気に蘇《よみがえ》る――

「……あの、ご主人さま。大丈夫ですか？」

控えていたガルーニャが、心配そうに声をかけてきた。

いつの間にか、俺の目から涙が溢《あふ》れ出していた。

「……ちょっと、目にゴミが入っただけだ」

俺は瞑目《めいもく》して、涙と一緒に、懐かしい気持ちも拭い去る。

ひとつ、はっきりしたことがあった。

やっぱりお前だったんだな、エメルギアス。俺の故郷を滅ぼしたのは。

確信はしていたがこれで確定した。奴の戦歴への興味はほとんど失《う》せたが、残りの文面にも一応目を通す。前線で奮戦、勝利、負傷、治療ののち復帰、奮戦、負傷——兄姉たちに比べると、見劣りする感は否めない。

——と、扉の外から、聞き慣れた足音。

「ジルバギアス。陛下とのお食事はどうだった？」

プラティが部屋に入ってきた。

「とても、有意義でしたよ母上」

報告書を脇にやりながら答える。

「来週は、父上のお仕事を見学することもできそうです」

「まあ！　素晴らしいわね」

扇子を広げて、口元の笑みを隠すプラティ。よくやった、と言わんばかりだった。

「陛下は勤勉な者が大好きなの」

「他の王子もそう言ってました」

プラティが目を細める。

「どうだった？　王子たちは」

「アイオギアス、ルビーフィアの両名から派閥に強く誘われましたよ」

俺はひょいと肩をすくめてみせた。

「5歳児の助けが欲しいほど切羽詰まってるのか？　と問うと両方引っ込みましたが」

プラティが目を丸くし、側仕《そばづか》えの夜エルフのメイドがブフゥーッと噴き出した。珍しいな、普段は必要がなければ口も表情も出さないのに。

「も、申し訳ございません……！」

メイドは肩を揺らしながら、うつむいている。必死で笑いを堪《こら》えているようだ。見れば他の夜エルフも口の端をピクピクさせていた。どうやらツボに入ったらしい。

「それ以上ないくらいの返しね」

プラティは純粋に感心している。

「現時点では明らかに対立することなく、向こうから身を引かせた――見事よ、ジルバギアス」

「ありがとうございます」

「他に、何か感じたことは？」

「……個性的なメンツだなと思いました。長兄と長姉はともかく、他が」

それでいて魔王一族とは思えないほど、和やかな食事の時間だった。

だがあの食卓は、同時に、おびただしい流血と屍《しかばね》の山で成り立っている。

それを忘れてはならないし、決して許すつもりもない。

「俺が見て取った彼らの強さと、実際の強さを、記録から比較・検討しているところです。……仮に魔王を目指すならば、母上」

俺は改まって問いかけた。

「奴《やつ》らとの戦いは——殺し合いは避けられない。そうですね」

「そうよ。間違いなく衝突することになる」

視線を険しくするプラティ。

「怖気《おじけ》づいたかしら？」

「いいえ。……以前、俺は魔王になろうとは思わない、ただ強くなりたいだけだ、と言った覚えがありますが」

俺は意識して、不敵な笑みを浮かべた。

「こう言っちゃなんですが……実物を目にして、俄然《がぜん》やる気が湧いてきました」

何の、とは言わないが。

「ふふ」

ぱちんと扇子を畳むプラティは、俺と同じくらい、獰猛《どうもう》な笑みを浮かべている。

「頼もしいわ、ジルバギアス」

お前もな、プラティ。頼りにしてるぜ。

……その日が来るまでは。

†　†　†

それからさらに数日。——俺が手で触れると、水晶玉が黒い輝きを放った。

「純粋な闇属性ね」

プラティが半ば予想通りといった顔で頷く。

「闇ですか……」

今、俺は何とも言えない顔をしているだろう。

魔法の訓練も本格的に始まり、魔力の属性を調べてみたら、見事に闇一色だった。

この水晶玉は、触れた者の属性を調べる魔法具だ。ちなみに聖属性は、名前に『属性』とついているものの、アンテによれば人族が生み出した呪詛《じゅそ》らしいからな……世界を構成する魔力属性ではないため検知されなかったようだ。

ちなみに俺の前世は火属性。『不屈の聖炎』アレクサンドルと呼ばれていた。

「どうしたの、ジルバギアス。闇では不満？」

自身も闇属性であるプラティが、腕組みして問いかけてくる。

「いえ……できれば火属性がよかったなと」

魔王ゴルドギアスは闇と火の2属性らしいので、俺としては前世も馴染《なじ》みのある火属性を受け継ぎたかった。純粋に攻撃力を伸ばしやすいし、聖属性と相性がいいし、敵が使う火の魔法にも耐性ができる。対魔王戦を想定するならば火がベストだった。

『その理論で行くと水でもよさそうなもんじゃが？』

火除《ひよ》けの呪文は強力だし、まあそうなんだけど……水の魔法は搦《から》め手《て》が多くて、なんか反りが合わねーんだわ。

『お主らしいのぅ……』

火の方が性に合ってた。それは間違いない。魔族も悪魔もアンデッドも、全て焼き尽くし灰燼《かいじん》に帰す。俺の怒りを体現したような属性だった――

「……陛下が火だから、そう思うのは無理もないけれど……転置呪との相性は闇属性の方がいいわ」

プラティは肩をすくめながら言った。まあ、そりゃそうだろうな。

『転置呪、闇の呪術の結晶みたいな業じゃもんなー』

でもベースは愛なんだぜ。信じられるか？

「あと、王子の中で純粋な闇属性の持ち主は、あなたが初めてかもしれないわね」

「そうなんですか」

話によると、『氷獄』のアイオギアスは水。『火砕流』ルビーフィアは火。

『色情狂』ダイアギアスは雷で、『羨望』のエメルギアスは風。

『暴食』のスピネズィアは特殊で、全属性――つまり魔族には発現しない光属性以外――を全て使えるらしい。『眠り姫』トパーズィアは土属性。ちなみにトパーズィアは、石の加工を得意とし、魔王城の建築にも携わったコルヴト族の姫だそうだ。

「気にすることはないわ、ジルバギアス。強大な魔力の持ち主ならば、結局属性なんてなんでもいいのよ」

　プラティが身も蓋もないことを言った。

「戦場で一番重要な防護の呪文はどの属性でも使えるし、その次に大事な転置呪は闇属性と相性抜群。心配せずとも、あなたは極めて強力な戦士になれるわ」

　魔族の戦士を魔法戦士とは呼ばない。なぜなら魔法を使うのが当然だからだ……

　その日、俺は早速、いくつか魔法を習った。

　基本となる防護の呪文。そして骨を変形させて加工する魔法だ。

　本来ならもうちょっと大きくなってから手を出すものらしいが、俺ならば大丈夫だろうとの判断だった。助かる。

　俺が討ち取った兵士たちの骨を魔力で変形させ、融合させ、槍《やり》の柄とした。

　穂先に用いるのは黒曜石のナイフ。これで俺の槍が完成だ。長さは1・5m《メトル》ほど、俺の今の身長よりちょっと高いくらいか。

　素材的な強度はまずまずだが、俺が初めて仕留めた獲物の骨を用いて、初めて創り出した槍という点で、呪術的に相当な力を秘めた逸品となっている。

だから、俺の魔力がすごく馴染む。いくらでも流し込める感じがする。彼らの――無念と怒りが、底なしの怨念となって俺の命を吸い尽くさんとするかのように。

人族製の普通の鉄剣とかち合ったくらいでは、傷ひとつつかないだろう……それほどに強力な代物になっていた。軽く、頑丈。たとえ折れても再び魔法をかければ修復も可能。ある意味、理想的な槍だ。


――魔族の駆け出し戦士である俺が、実戦形式の訓練を始めるには。


練兵場。俺は顔面が強張《こわば》るのを自覚しながら、槍を構えていた。

「我々魔族の種族武器は槍よ」

動きやすい格好をしたプラティが、ベルトから金属の棒を引き抜きながら言った。

魔法の槍だ。ぱちんと魔力が弾《はじ》け、解けるようにして優美で鋭い武器と化す。

――『種族武器』という概念がある。各種族が得意とする武器。得意なだけではなく、それを用いることによって、さらなる力を引き出せる呪術的な意味合いを持つ武器。

獣人なら、爪と牙。

エルフなら、弓。

ドワーフなら、斧と槌《つち》。

魔族なら、槍。

そして人族なら、剣。

ちなみに悪魔とドラゴンには、種族武器の概念はない。悪魔はこの世界の住人じゃないし、ドラゴンには吐息《ブレス》という最強の切り札があるからな。

それはさておき。

「魔族にとっての、槍の重要性は語るまでもないでしょう。あなたが兵士と戦ったとき、ナイフではなく槍を持っていたなら、わたしは全く心配しなかったわ」

自らの槍を撫《な》でながら、プラティは言葉を続ける。

……そうだろうな。逆に彼らが剣を装備していたら、また話が違っていただろう。

種族武器とは加護のようなものだ。ただ武器を手にしただけ、では説明のつかない力を得られる。同じ力量の人族の兵士が、それぞれ槍と剣を装備した場合。間合いでは槍の方が有利なのに、なぜか剣士の方が強い、という現象が起きる。

「槍術《そうじゅつ》こそ魔族の本懐」

プラティがゆっくりと構える。

「ジルバギアス、これからは槍を徹底的に鍛えていくわよ。あなたは今まで、徒手格闘と短剣術を学んできたけれど、それらは自己鍛錬と万が一の備えにすぎないわ。これまでの経験は、遊びに近かったと心得なさい」

凄《すさ》まじいプレッシャー。こいつも、高位の戦士なんだとはっきりわかる。

「わたしが手ずから、実戦形式で鍛えるわ。最初は槍だけで。慣れてきたら、魔法も汚い手も使う。わたしが持つ全ての技術をあなたに伝授する」

全力で抗《あらが》いなさい、とプラティは言った。

「あなたの歳《とし》には少し早いけれど、あなたならきっと大丈夫でしょう。……それに、こんな贅沢《ぜいたく》な訓練ができる者は、一族でもそういないわ」

俺の背後をチラッと見やって、プラティが笑みを深める。

俺の背後には――鎖で繋《つな》がれた人族が、何人も控えていた。

この間、戦った兵士たちとはまるで違う人々だ。ほとんどが年若い少年で、老人もちらほら。みな健康状態がよく傷ひとつない状態だが、まるで絞首刑台の前に並ばされた死刑囚のように、絶望の面持ちだ。

いや、というか、事実その通りだった。

彼らは転置呪の身代わりだ。そして自分がどういう末路をたどるか、知っている。

「レイジュ族の領地は、魔王国で最も多くの人族を飼育しているのよ。そして健康管理もしっかりしている。だからこうして、潤沢に使えるの」

プラティは言った。これから、俺を実戦形式で鍛えると。

つまり寸止めなどはしない。即死さえしなければ――あらゆる負傷が許容される。

「それでも、1日あたりに使える人数には限度があるわ。あなたが持ちこたえれば持ちこたえるほど、より長時間、訓練が行える。そして実戦ではわずかな傷が命取りになることもあるわ。傷つくことに慣れるのではなく、全力でいなすことを第一に考えなさい」

「……はい、母上」

俺は血を吐く想《おも》いで答えた。

俺が失敗すれば、傷つけば、背後の罪もない人々が犠牲になる。

——そんなの、許せるはずがないだろ!!

しかし……プラティは、事実として、強い。防護の呪文も一応唱えてあるが、魔力を帯びた穂先に対しては、布の服ほどにも頼りにならない。だから俺は、実質的に、使い慣れていない槍と、まだ発展途上の肉体で対処しなければならないのだ。

そうでなければ——。振り返ると、怯《おび》えた少年たちと目が合う。

「いくわよ、ジルバギアス」

覚悟はいい？　などとは聞いてこなかった。プラティがジリジリと間合いを詰めてくる。

まるで覚悟を決めようが決めまいが、敵は自分の都合で攻めてくるのだと言わんばかりに。

……全力で抗え、と言ったな。

「——【我が名は、ジルバギアス】」

少しでも長く持ちこたえるために、俺は叫ぶ。

「——【我が命運を賭して挑み、抗う者なり!!】」

プラティがゾッとするような笑みを浮かべた。

「その意気よ、ジルバギアス」

優しげな口調とは裏腹に、一切の手加減なく、穂先が突き込まれた。

†　†　†

——この子は本当に面白い。

槍を突き込みながら、大公妃プラティフィア＝レイジュは思った。

もちろん、我が子ジルバギアスのことだ。まるで死地で殿《しんがり》を任されたかのような壮絶な顔で、必死に槍をいなそうとしている。

これは実戦形式の訓練であって、実戦ではない。にもかかわらず、この闘志！

この子はいつもそうだ——とプラティフィアは思う。

ジルバギアスは、赤子の頃からやたら我の強い子ではあったが、魔族にしては落ち着きがあり、普段は大人しい方だ。

しかし、こと戦いが絡むと豹変《ひょうへん》する。ソフィアとの格闘訓練も然《しか》り。兵士たちとの殺し合いも然り。今のこの訓練もそうだ。

いくら闘争心が強い魔族の子どもでも、これほどではない。単なる負けず嫌いと呼ぶには、あまりにも必死すぎる。

将来の夢は、「父ゴルドギアスを超えることだ」という。つくづく不思議に思う、彼のその闘争心は——いったい何を源泉としているのか？

ジルバギアスが特別に育てられているのは確かだ。人格に妙な影響が出ないよう、信頼のおける者しか接触できないようにはしてある。

だがそれは逆に、同年代の子どもと衝突したり、切磋《せっさ》琢磨《たくま》したりする機会を奪ってもいる。年上のガキ大将に悔しい思いをさせられて、その経験をバネに感情の制御を学ぶことだってある。ジルバギアスの教育方針は賛否両論で、親族には今もなお「普通の子と同じように育てるべき」と主張する者もいる。


彼らの言うことも、一理ある。

だがジルバギアスに限っては必要ない、とプラティフィアは考えていた。

この子は特殊だ。魔王になるべくして生まれてきたような子だ。

『まさしく生粋の戦士!!　生まれついての――いや、まるで生まれる前から、戦い方を知っていたかのようだ！』

オルギ族の前族長、オーアルグが評したように。

同年代の子どもとは、明らかに違う。戦いに挑むその姿勢が、心構えが違う。

どんなに負けず嫌いの子どもでも、訓練のときは腑抜《ふぬ》けている。本人は真面目にやっているつもりだろうが、それが態度に出る。『必死』ではないのだ。一挙手一投足が、限界まで実力を振り絞ったものではない。

なぜか？　それは真の敗北を知らないからだ。真の敗北が、どれだけ惨めで残酷なものなのか、子どもはまだ知らないからだ。

なのに――ジルバギアスは、それを知っているかのように振る舞う。

（不思議な子）

たとえば、ほら――プラティフィアの槍が、ジルバギアスの脇腹を軽く引き裂いた。もう少し傷が深ければ、臓物が飛び出ていたような傷だ。激痛だろう。これは訓練だ。普通の子どもなら、ひっくり返って泣き出してもおかしくない。

だがジルバギアスは顔を歪《ゆが》ませただけで、動きを止めたりはしない。むしろ必死に体を傾け、プラティフィアのさらなる追撃を相殺するように、槍の石突を叩《たた》き込んでくる。

素晴らしい動きだ。泣こうがわめこうが、実戦では敵は容赦なく追撃してくる――ジルバギアスはそれを悟っているのだ。

痛みを堪《こら》える精神も、反撃を止めない闘争心も、称賛に値する。だが惜しいかな――

「甘いわね」

動きがまだ、甘い。

眼前に迫った石突を片手でつかみ、プラティフィア思い切り引っ張った。

ジルバギアスが「あっ」という顔で体勢を崩す。プラティフィアは容赦なく、片手で振るった槍で足払いをかける。

そしてひっくり返ったジルバギアスに――ぎらりと輝く槍を、突き込んだ。

目を見開き、無理やり転がって、穂先を回避するジルバギアス。見事だ。そのまま受ければ、腹部を深くえぐる致命傷になっていた。

しかし完全にはかわしきれなかった。その背中を、ガリッと刃が抉《えぐ》る。

「――があァッ!!」

たまらず悲鳴を上げるジルバギアス。離れて見守るガルーニャがヒッと息を呑《の》む。

どうやら背骨に傷が入ったらしい。もがいても、それ以上は動けないようだ。致命傷はかろうじて回避したが、その傷は戦場において致命的だった。

……流石《さすが》に、可愛《かわい》い我が子が過剰に苦しむのは見るに堪えない。構えを解いて、治療しようと歩み寄るプラティフィアだったが――

血走った目でこちらを睨《にら》んだジルバギアスが、唐突に強力な魔力を放った。それはまるで、蜘蛛《くも》の糸のようにプラティフィアを絡め取る。

「――【転置《メタ・フェスイ》】」

この期に及んで、まだ闘争心を失わないか。プラティフィアは内心舌を巻く。

だが、しかし、本当に惜しいかな、その呪いは届かない――

バチンッ、と革紐《かわひも》が引き千切れるような音とともに、転置呪が無効化される。プラティフィアが魔力の殻を展開し、魔法に抵抗したからだ。

血で結ばれた親子関係があり、自らが与えた傷という呪術的要素があってもなお、今のジルバギアスの魔力では、この防御を貫通するには至らなかった。

「流石よ、ジルバギアス」

だが心意気は称賛に値する。全力で抗え、と命じたのは他ならぬ自分なのだから。

あるいはジルバギアスが、もっと成長して強大な魔力を獲得したなら。あるいは相手が自分ではなく、もっと魔力の弱い格下だったなら。

この反撃は成功し、敵は自らつけた傷に倒れ、ジルバギアスは全快し戦いに復帰していただろう。

「呪いは便利だけど、同格以上にはほとんど通用しないの。魔力の殻で自らを護《まも》り、心を閉ざせば、大抵の呪いは弾《はじ》き返せるわ」

わたしたち魔族はね、と説明すると、ジルバギアスは口の端から血を流しながら、悔しそうにうつむいた。

「さあ、痛いでしょう。治療するわ――【転置《メタフエスイ》】」

ところが、バチンッと革紐が断裂するような音が、再び響く。


「ジルバギアス……」

思わず、プラティフィアは呆《あき》れてしまった。ジルバギアスが転置呪に抵抗したのだ。

ハァッ、ハァッと苦しげに、目を血走らせて肩で息をするジルバギアス。満身創痍《まんしんそうい》だ。全身に細かな槍傷《やりきず》がつけられ、脇腹からはドクドクと青い血が滲《にじ》み、背中の傷に至っては骨が露出していた。投げ出された下半身には、感覚がないのだろう。

それでもなお――抗《あらが》おうというのか？

「ジルバギアス。その傷は、放っておけば障害が出てくるかもしれないわ」

なだめるように、柔らかな口調を意識するプラティフィア。

「今後に支障が出るかもしれない。それはあなたもイヤでしょう？　ジルバギアス、ここに至ってはあなたの『負け』よ、認めなさい。これ以上ねばっても状況は好転しないわ。……それとも、あなたが出血で意識を失うまで待ちましょうか？」

ぎりぎりぎり、と歯ぎしりの音が聞こえてくるかのようだった。憤怒のあまりか、ジルバギアスの顔がどす黒く染まり、全身の傷から血が噴き出す。流石にこれはマズいかもしれない、と不安に駆られるプラティフィアだったが、少しして、ジルバギアスが力尽きたように、がっくりと肩を落とした。

その魔力の殻が、するりと解ける。

今度は抵抗されなかった。ジルバギアスの傷を全て、背後に控えさせた老人に移す。

「【転置《メ・タ・フエスイ》】」

「……ヒッ!?　ぎゃぁぁぁぁぁ!!」

鎖で拘束されていた人族の老人がビクンと跳ね、情けない悲鳴を上げてひっくり返った。全身から血が噴き出している。血の泡を噴いて白目を剝《む》いた老人は、しかしすぐに静かになった。痛みで気絶したか、傷に耐えられず息絶えたか。

……呼吸している様子がない。死んだようだ。

それを目にした、他の人族の奴隷たちが、火がついたように泣き出した。みな、年若い個体ばかりだ――泣き声が耳障りだった。

「黙らせなさい」

側仕《そばづか》えたちに命じて、猿ぐつわをはめさせておく。次回は最初からこうしよう、と心に留めた。

「それにしても、やっぱり年寄りは使えないわね……」

せめてあと1回分は持ちこたえてほしかったのに、と思わず嘆息。レイジュ族の領地では、人族の奴隷たちが数多く暮らしており、その中には老人も含まれる。

若い女は繁殖用に、若い男は労働力に。病弱な者、年老いた者は殺処分が魔王国の基本だが、レイジュ族に限っては生かしている。健康でさえあれば転置呪に使えるからだ――しかし老人を生かすにも食料は必要だし、治療用の個体を領地から運搬する手間もある。だいたい1回しか使えない老人に、本当に生かす価値はあるのだろうか？　重傷や致命傷のためだけに使う、という手もあるが、老人を殺してその枠で子どもを育てた方が効率的ではないか？　費用対効果はどうなっているか、改めてソフィアに計算させてみよう。


プラティフィアは、魔族の新世代だ。

戦い一辺倒ではなく、彼女自身も高度な教育を受けている――

と、ふと見れば、傷ひとつなくなったジルバギアスが、立ち上がって老人の死体を睨んでいた。まるで、その死体が自らの屈辱の証《あかし》であるかのように。憤怒と悔恨に苛《さいな》まれているような顔だった。

「ジルバギアス」

声をかけると、その顔がそのまま、こちらに向けられた。

親に向けるとは思えない憎悪の顔。

ぞく、と背筋に震えが走るようだった。恐ろしくも感じる。

だが――それ以上に、頼もしい。

ここで、自分の顔色をこわごわと窺《うかが》ったり、怯《おび》えの目を向けるようでは駄目だ。壮絶の一言に尽きる闘争心。これがなければ、並み居る魔王子たちを差し置いて、魔王になどなれるものか。

ジルバギアスには、魔王になってもらわなければならない。

不当に貶《おとし》められたレイジュ族の栄光を取り戻すために。あの手この手で散々嫌がらせをしてきた、魔王の女たちに思い知らせるために。

「わたしが憎いかしら？」

考えるよりも先に、プラティフィアは問うていた。

ジルバギアスは答えない。無理やり、憎悪と憤怒を飲み下したような無表情に変わった。

「わたしを憎んでもいい。呪ってもいい。恨んでもいいわ、ジルバギアス」

――ハッとしたように顔を上げる、可愛い我が子。

「全ては、あなたを強くするために。その助けになるならば、何をしてもいい」

……だから。

「続けるわよ。先ほどの動き、悪くはなかったけど甘かった。こうするのよ」

体を捻《ひね》って、反撃に石突を叩き込む技。その正しい動きを再現してみせる。

「あなたは腰の捻りが足りていなかった。やってみなさい」

そのとき初めて、これが訓練だったことを思い出したかのように、ジルバギアスは間の抜けた顔を見せた。しかしすぐにプラティフィアの動きに追従する。全てを物にしようと。

さらに強くなろうと。必死で食らいついてくる。

「そう、その動き。覚えなさい。……じゃあ、もう1戦いくわよ」

「……はい、母上」


訓練を再開する。

もはや、死合といっても過言ではない。

それほど激しい戦いだ。ジルバギアスも全力を振り絞っている。練兵場の兵士たちも、あまりに壮絶な訓練に息を呑んでいたが、不意に、どよめきが広がった。

見れば練兵場に、魔王陛下――ゴルドギアスの姿があるではないか。

「陛下！」

手を止めて、姿勢を正すプラティフィア。

ちなみに満身創痍のジルバギアスは、地面に膝をついている。

「なぜこちらに――」

汗まみれの土埃《つちぼこり》まみれで、思わず身だしなみを気にしそうになったプラティフィアだが、苦笑した。

――いつの間にか、自分も魔王の女たちに毒されていたらしい。

今の自分は、魔族の戦士だ。何を恥じることがある。額の汗を振り払いながら、胸を張ってゴルドギアスの顔を見つめる。いかめしい顔の魔王が、少し笑った気がした。

「……何やら、プラティが凄《すさ》まじい訓練をしていると耳にしてな。様子を見に来た」

「光栄です、陛下」

続いて、魔王の視線が、ジルバギアスに向けられる。

「ジルバギアスよ。鍛錬に精を出しているな。……励めよ」

そうしてマントを翻し、訓練場をあとにする魔王ゴルドギアス。

「……はい、父上」

膝をついたまま、ジルバギアスが地の底から響いてくるような、低い声で答えた。

「さあ、続けるわよ、ジルバギアス」

プラティフィアは再び構えを取る。

――治療用の奴隷は、まだまだ残っているのだから。

†　†　†

訓練を終えて、自室に戻って。

俺は再び、アンテに膝枕されている。

あれほど激しい訓練だったにもかかわらず、俺の体には傷ひとつない。

結局、誰も助からなかった。助けられなかった……

諦念の色を浮かべていた、老人の恨みがましい視線が忘れられない。

イヤだイヤだと泣き叫んでいた、子どもたちの声が耳にこびりついている。

俺のせいで、みんな死んでいった。今日のは、流石に堪《こた》えた……どんなに転置呪が便利でも、どれだけアンテに慰めてもらっても、胸の痛みは一向に消えない。

消えそうにない。

いや、わかってるさ。今日、俺がどんなにうまく立ち回ったとしても、そして何人かが身代わりになるのを避けられたとしても。

別の日に、別の目的で『消費』されるだけだってことは。

……でもそれは、俺がベストを尽くさない理由にはならない。彼らが助かって欲しいと俺が願わない理由にはならない。何より許せないのは——彼らが犠牲になるたびに、圧倒的な魔力が流れ込んできていたことだ。

勇者でありながら、無辜《むこ》の人々を見殺しにする禁忌。

そして子どもたちを犠牲に、自らの身体《からだ》を癒やす禁忌。

……例によって、得られた力はアンテに預かってもらった。

転置呪で人族を犠牲にするたび、どんどん膨れ上がっていく魔力なんて、【制約の悪魔】との契約では説明がつかないからな……

俺は……俺は、今日一日で、どれだけ力を得たんだ？

なあ、アンテ？

『そうさな……』

頭を撫《な》でる手を止めて、幻のアンテは考える。

『他魔王子たちと比較するなら……今のお主は、あの緑髪の3分の1といったところかの。昨日までは4分の1くらいじゃった』

……それは大幅な強化と考えて、いいのか……？

『そりゃそうじゃろう、半世紀近く生きておる魔族の王子に、数日かそこらで肉薄できる計算ぞ。まあ実際には、ある程度で伸びが鈍化するじゃろうが……』

数日かそこら、か……。言葉にするとなんて軽いんだ。

俺が実際に犯した罪と、失われた人命にとても見合っているとは思えない……！

何よりも恐ろしいのは、今日のあの実戦形式の訓練は、特別な催しではないということだ。プラティは、俺を本気で鍛えようとしている。人族奴隷の供給が間に合う限り、あれを続けるつもりなのだ。

俺も必死で食らいついたが、単純な槍術《そうじゅつ》だけでも、プラティは相当な腕前だった。俺がせめて剣と盾を使えていたら、負傷はもっともっと減らせただろうが……

いや、わかってる。詮無き話だってことは。今の俺は一日でも早く、槍を使いこなせるようにならなければ……

だが槍を十全に使えるようになったら、今度はプラティも魔法や搦《から》め手《て》を解禁するって話だ。激しい戦いになるだろう。一番救いがたいのが、俺がプラティを倒せるようになったとしても、今度はプラティが自分の治療のために人族を消費するってことだ。

クソが!! どうしろってんだよ!!!


『もう訓練の必要はない、と判断される程度に、圧倒的に強くなるしかなかろう』

そうか……それしかないか。アンテに預かってもらった魔力を、いくらか返してもらうことも検討した方がいいかもな。何かしら、制約を作ったことにしてでも。

『それもよかろう』

一日でも早く……プラティから、魔族の戦闘術を全て吸収する。

そうすれば、人命の浪費は避けられるはず……!!

……前向きに未来のことを考えようとしても、胸の痛みはひどくなるばかりだ。

『苦しむがよい。悩むがよい。……その痛みが、お主を強くする』

頭を撫でる優しい手つきと、ある種の慈愛を滲《にじ》ませる表情とは裏腹に、アンテは厳かな声で告げた。

わかってるさ。苦悩こそが力の源泉。そうだろう?

『そうじゃ。だから我慢することはない。存分に泣き、わめき、呪え。全て我が受け止めてやろう……』

やたらと優しい魔神に対して、俺は憎まれ口を叩《たた》く余裕さえなかった。

自分でもどうしようもなくて、思いつく限りの罵倒を、運命を呪う言葉を、俺は胸の内で叫び続けた――

†††

はたから見れば、ベッドに静かに寝転がる魔族の若者がひとり。
その魂の慟哭《どうこく》に耳を傾ける魔神は、不可視にして不可知。
（あるいは……）
幻の手指で頭を撫でながら、魔神は胸の内で呟《つぶや》く。
（お主が圧倒的に強くなったとき。全ての技術を身につけ、訓練が不要になったとき）
膝の上、キッと唇を引き結び、天井を睨《にら》む――哀れで可愛《かわい》い契約者。
（お主を待ち受けるのは、実戦じゃろうに……）
だが、それはまだ伝えない。自分で気づかないうちは。
この苦しみにも終わりがあるのだと、そう信じていられるうちは、まだ。

†††

――それから、俺にとって地獄のような日々が続いた。

ある意味、充実していたとも言える。起きて栄養満点な飯を食べ、腹ごなしの軽い運動ののち、座学や魔法の練習。その後、プラティとの実戦形式の訓練。

俺は自分でも信じられない早さで、魔族の槍術をものにしつつあった。ミスったら背後の人々が死ぬという制約は、凄まじい重圧となって俺の才能の扉をこじ開けた。

魔族の武器として嫌悪感が強かった槍《やり》も、そしてそれを形作る兵士たちの骨も……実に手に馴染《なじ》むようになった。槍も悪くない、なんて思うようになった。このリーチの長さと威力は、剣にはない魅力だ……

ただ、やっぱり剣のような鋭く長い刃が恋しくなることもある。魔族の槍の使い方は、『突く』か『叩く』かだ。もちろん魔族の剛力で槍の柄を叩きつけられたらタダじゃ済まされないんだが——俺も幾度となくプラティに骨をへし折られた——やはり元勇者としては、『斬る』選択肢もほしくなる。どうにかならないもんかな。

そして……人族の奴隷が尽きたら、訓練は終わり。身繕いをして、そのあとは俺の自由時間になることが多い。本を読んだり、散歩したり、部屋でボーッとしたり。

そういえば、ソフィアが座学の他、魔法関連も教えるようになった関係で、格闘の訓練はガルーニャとやるようになった。腕がなまらないよう、彼女自身の鍛錬を兼ねている。

まあ、実戦形式のあれに比べれば、じゃれ合いみたいなもんだ……白いモフモフの可愛らしい獣人と、お互いの体を気遣いながら稽古するのは、正直楽しい。

俺は本気でガルーニャを傷つけようとはしないし、ガルーニャも獣人の真骨頂たる牙や爪を使おうとはしない。組み討ちなんかもするが、大抵俺の服が白い毛だらけになって、苦笑して稽古を切り上げる……そんな流れ。

「そういえば人族の本に書いてありましたが……動物の毛皮を撫でたり、ぬくもりを感じたりすると、癒やしの効果があるらしいですよ。ジルバギアス様もお疲れのときは、試されるとよいのでは」

自由時間に本を読んでいると、近くで書類仕事をしていたソフィアが、ふと思い出したかのようにそんなことを言い出した。ガルーニャを見ながら。

獣人を動物扱いするのは彼ら彼女らにとって相当な侮辱だが、まあ、ここは魔王国だしソフィアは悪魔だ。下等種扱いは今に始まった話ではない。

「そうか……」

本を置いて、俺はちょいちょいとガルーニャに手招きしてみる。おずおずと近づいてきて、ちょこんと俺の前に座るモフモフの獣人。

「ちょっと失礼するぞ」

もにゅもにゅ。どうすりゃいいかわからなかったので、ほっぺたを揉《も》んでみる。

おお……これはなかなか……ガルーニャの水色の瞳が落ち着きなく揺れている。

「あ、イヤだったら言えよ。忖度《そんたく》しなくていいからな」

「えっ、っと。別に、イヤではないですけど……」

遠慮してないか？　ほんとに？

目を覗《のぞ》き込んだが、嫌がってる風はない。ちょっと恥ずかしそうなだけで。

ならいいか。確かに……この毛皮は心地いいな……

『なんじゃ、我はもうお役御免かの？』

そういうわけじゃねーよ。アンテに撫でてもらうのもいいけど、たまには自分が撫でる側に回るのも悪くないって話だよ。それとも、今度は俺がお前の頭を撫でてやろうか？

『かーッ！　生意気なことを申すな、5億年早いわこわっぱめ!!』

やめろ！　俺の中で暴れるな!!　なんかしゃっくりが出そうになるんだよ!!

「……ご主人さま、いかがなさいました？」

「ん。いや、なんでもない」

ナデナデ継続。なんだろう……とても懐かしい感じがしてきた。

前世の俺が子どものとき……故郷の、そう、タンクレット村で……

村長がネコを飼っていた気がする。ネズミ捕りをしてくれるってんで、村のみんなに可愛がられてたっけ。ガルーニャみたいに素直じゃなくて、もっとふてぶてしくて、毛皮の色なんかも、ハッキリとは思い出せないが似ても似つかなくって。

でもたまに、天気がいい日の午後なんかには、触らせてくれることもあったっけ。

こうやって……頭の後ろの方とか……

「なぁ～～～～ん……」

こんなふうに顎の下とか……

「ゴロゴロゴロ……」

　懐かしいな……俺はあの日のように故郷のひだまりで、のんびりと過ごしているような錯覚を覚えた。隣に誰かいた気もする……誰だっけ、友達だっけ、それとも家族かな……

「……それにしても、俺はそんなに疲れて見えたか？　ソフィア」

「恐れながら、とても」

　生真面目な態度のまま、ソフィアはにこりともしなかった。

「あれだけ過酷な訓練を重ねていらっしゃるので、無理もないことだとは思いますが……少しばかり気がかりでした」

　……いかんな。もっと、心身ともに強くならなければ……

　腕っぷしだけでは、魔王にも、魔王子たちにも勝てない。

　そのためには……もっと癒やしを……！

「なぉ～～～～ん……」

　撫でり撫でり。

「それに、明日はまた魔王陛下とのご会食ですし、確か今回はお仕事も見学されるんでしたよね？　体調を整えられた方がよいかと思いまして」

　ソフィアの言葉に、ガルーニャを撫でる俺の手が止まった。

「もう明日だっけ？」

「はい、明日です」

もう1週間経《た》ったのか……いや、まだ1週間しか経っていないのか……

美食は楽しみだけど……気が重いな。そうか……また連中と顔合わせか。

「今日はもう、早めに休もうかな」

我ながら、気疲れの滲む声が出てしまった。

ガルーニャを抱き寄せて、毛皮に顔をうずめる。

いずれにせよ、しばらくは何も考えたくない気分だった。

†　†　†

――週が明けて、再び父および兄姉たちとの心温まる会食に挑むことになった。

先週と似たようなオシャレ（蛮族視点）な服に身を包み、宮殿に参上する。腰には黒曜石のナイフと、兵士の骨を鞭《むち》のように丸く変形させた飾りをぶら下げておいた。

プラティの槍ほどの即応性はないが、いざというとき槍として使えるように。

宮殿で手を出してくる命知らずがいるとは思えないが……念のため、な。

定刻通りに部屋に着くと、『暴食《フードファイター》』のスピネズィアがすでに席について、モリモリと山盛りの前菜を食べていた。

「ああ、どうも」

魔王子の中でも比較的、敵意が少ない姉――一番敵意がないのはもちろん眠り姫――なので、俺も会釈ぐらいはする。イマイチ何を考えているのか摑《つか》めないが、食べるのに必死でいるうちは害がないのは確かだ。急いで敵対する必要もないだろう。

「んぐんぐ。早いわね、アンタも。もぐもぐ」

食べながら教えてくれたが、普通は皆、ちょっとずつ遅れて来るものらしい。

自分が誰かを『待つ』のはイヤだけど、『待たせる』のは構わないってわけだ。

ただそうすると、当然のように遅参合戦が始まってしまい――実際、過去にそうなったらしい――会食の開始時間は遅れに遅れ、しばらく静観していた魔王も、スケジュールが圧迫されすぎて激怒。

以降、10分ほど遅れてやってくる魔王よりもさらに遅刻した場合は、いかなる理由があっても入室不可という決まりができたそうだ。かといって、魔王が来るギリギリまで粘って遅刻すると、それはそれで同時に参上する羽目になって気まずい。なので暗黙の了解により、互いにちょっとずつ時間をズラすようになった、と。

俺は心底思った……くだらねー。

「アンタも何か、ごきゅっ、頼んだら？　むぐむぐ。役得ってやつよ。ズズー」

「いえ、自分は結構」

ここのシェフのメニューは緻密に計算されているからな……俺は名も知らぬ彼の『芸術』を乱したくなかった。

そうこうしている間に、気怠《けだる》げなダイアギアスが登場。一応会釈したがスルーされた。

スピネズィアもダイアギアスも、互いにスルーしているようだった。敵対派閥だからかな。

その強大な魔力から、只者《ただもの》じゃないとは思っていたが、幾多の勇者やエルフの魔道士を討ち取った強者と知るとやる気のなさそうなツラも違った見え方がするな。実は女好きの噂《うわさ》も、ダラダラした態度も、相手の油断を誘う擬態なのかもしれない……

続いて、喋《しゃべ》る緑のクソことエメルギアスが登場。「今日は早めだなオイ、殊勝な心がけじゃねーか」と声をかけられたので、軽く目礼しておいた。ヘタに口を開けたらうっかり手が出ちまうかもしれないからな。まだだ……まだその時ではない……

それからしばらくして、眠り姫《トパーズィア》を肩に抱えたルビーフィアが現れた。この姫……行きも帰りも派閥のボスに運ばれてんのか……

「何よ。言いたいことがあるなら言いなさい」

お人形のように、トパーズィアを席に座らせながら、ルビーフィアがキツい目で俺を見据えた。

「いえ……そちらの姉上は、その、来る意味があるんですか？」

先週、かろうじて飯は食ってたけど、結局一言も口利いてねーぞ。

「フフフ……この子は対アイオギアス最終兵器なのよ」

ルビーフィアは不敵な笑みを浮かべて、眠り姫のほっぺたをぷにぷにとつついた。

「この子がいる限り、あいつは強く出てこれないわ」

…………本当かぁ～～～～？？？

正直、視界にも入れたくなかったが、念のためエメルギアスを確認すると上唇をめくりあげた皮肉な笑みを浮かべていた。否定する様子もない。どうやらルビーフィアの言が、一定の真実であるらしいと悟る。

「詳しいことは、本人に聞いてみなさいな」

ルビーフィアは含みのある笑みとともに言い、自分の席に腰を下ろした。

うーむ。聞いてみたいが、十中八九アイオギアスにとって屈辱的な内容になるんだろうな。本人に聞くのはアレだし、あとで魔王あたりに話を振ってみるか……

「――ほう、みな揃《そろ》っているようだな」

噂をすれば、時間ギリギリにアイオギアスが登場。思わず全員――寝てる奴《やつ》を除く――が入室してきた青の貴公子に注目する。

「む。なんだ」

「いいえ、別に」

ルビーフィアが忍び笑いをしながら俺に流し目を送ってきたが、黙殺。

俺は素知らぬ顔で兵士の骨の一部をもぎ取り、机の下で変形させて手慰みとした。一応は魔法の訓練も兼ねているが、遊びみたいなものだ。

魔王城くんだりまで連行されて、殺された挙げ句に遺骨を弄ばれる――

あんまりにもあんまりな運命だ。すまない……本当にすまない……

『手遊びひとつ取ってても自罰的すぎんか？　我も交ぜてほしいくらいじゃ』

アンテが呆《あき》れたように言った。

「――揃っているな。よし」

そして、とうとう魔王がやってきた。相変わらず威厳に満ちた表情を保っている。

「それでは始めよう」

魔王が席につくのと同時に、飲み物が運ばれてきた。


――食事は素晴らしかったが、会話については、やはり特筆すべきことはなかった。

そもそもあんまり喋らねえんだよな、こいつら。時折、魔王が思いついたように誰かに話を振って、一言二言話して。それでもあまり長くは続かない。

食事を終えて、みなが退出してから、魔王に尋ねてみた。

「あまり会話が弾んだ様子もありませんが、会食にはどのような狙いが？」

「先週、今週と話題がなかったのは確かだがな」

魔王は小さく肩をすくめた。

「時折――ごく稀《まれ》にだが、派閥を超えて話し合わなければならないこともある。特に親族たち、、、、の意向を抜きにし、、、、て、な」

わかるだろう？　と魔王。

ああ……母親たちのアレね。そういうのを介さずに話したいこともある、と。

「それに……これは人族の研究だがな。食事をともにすると、生物は互いに親近感を抱きやすくなるのだそうだ」

………。

「我ら、いつかは争いを避けられぬ業の深い血族とはいえ……それが単なる憎しみのぶつけ合いではなく、誇りと義務によってなされる、名誉の戦いとなることを我は望む」

過ぎた望みかもしれんが、と魔王は苦笑した。食後の茶みたいな、苦み走った笑み。

「さて、仕事を見学したいと言ったな。ついてこい」

俺は、無言で席を立つ。

「おっと。お前が言い出したことだ。途中でつまらんなど言っても聞かんからな」

奥の扉を開ける前に、魔王が念押しした。

「父上を見ているだけでも興味深いですよ」

嘘《うそ》は言ってねえ。俺はいつでもお前を見ているぞ……

「ならいいが」

フッ、と笑って、俺は宮殿のさらに奥、魔王の執務室へと通された。

†　†　†

文字通り、そこは魔王国の中枢と言っても良かった。

玉座の間などとは違い、純粋に実用的な区画であるため、飾り気はゼロに等しく、様々な資料が詰め込まれた戸棚や巨大な地図、黒板、絶大な魔力を秘めた魔除《まよ》けなどなど……とにかく、混沌《こんとん》としていた。

そんな空間で、エリート官僚たる夜エルフや悪魔、そしてごくごく少数の、魔族の文官たちが書類仕事に勤《いそ》しんでいる。

「思ったより魔族は少ないんですね」

高度な実務も、夜エルフや悪魔たちが担っているのか？　一応は、魔族による魔族の国を標榜《ひょうぼう》しているのに、これはどうなんだ。想像以上に魔族の役人の数が少ない。

「由々《ゆゆ》しき事態だ」

魔王は渋い顔をして言う。

「ときにジルバギアス。勉強は好きか？」

「は？」

割と真剣な顔で問われた。

「……詰め込みは、好きではありませんが。興味があることを調べるのは好きです」

前世の俺は本を読むだけでも引きつけを起こしそうだったのに。変わったもんだ。

「ふむ。どのような事物に興味がある？」

「軍事、兵法はまあ当然として……暇があれば図鑑や事典の類も読んでいます。あとは、まあ、エルフの叙情詩なども……惰弱だと思われますか？」

「いや、そのようなことはない。偉いぞ」

わしゃわしゃと頭を撫《な》でられた。

「我ら魔族はあまりに武に偏重している。旧世代は仕方がないとして、ここ数十年の新世代でさえそうだ。……ジルバギアス、お前に勧めたい本がある」

魔王は心なしか熱心に俺の顔を覗《のぞ》き込んできた。

「父上オススメの本ですか。気になります」

「『魔王建国記』という。我が父……初代魔王陛下が書かれた本だ」

……あー、そういうことか。魔王、お前さては初代の遺志の継承者だな……？

「その本なら、読みました。初代様の思想が、とても……よく表れていましたね」

「そうか！　読んだか！　ならば話が早い。聡《さと》いお前ならば、現在の魔王国がいかに歪《いびつ》な状態であるか、よくわかっていよう――」

魔王は語った。魔族は武力一辺倒の現状から脱却し、あらゆる方面で豊かになるべきだと。その優れた知性と魔力を、武略だけではなく文化的活動にも発揮するべきだと。

「いつまでも奪い続けるわけにはいかんのだ」

それではいつか限界が訪れる。だが、魔王が率先して美術品などを蒐集《しゅうしゅう》してみせても、感心はされるが「魔王だから」という特別扱いに落ち着いてしまい、もっと興味を示す者が出てきても「惰弱だ」と足の引っ張り合いが始まってしまう。

それを魔王が諫《いさ》めようとすると、今度は「惰弱な文化を広めるつもりか！」と旧世代が怒り出すのだという。まさに老害だな……

「いったい、どうしたものか……」

額を手で押さえて悩む魔王を見て、俺は思った。やっぱりこいつも魔族なんだなぁ、と。

もうちょっと、こう、あるだろ。例えば戦功を称するための槍《やり》や旗なんてのを作ってさ、それをいい感じに装飾して配る、とか……名誉の印であり、かつ魔王から下賜されたものなら、誰も文句をつけないだろう。そうやって少しずつ慣らしていって――みたいな手もあると思うんだが。……もちろん、口には出さない。

このまま脳みそまで筋肉でできているような状態が望ましいからな。

「おっと、話が逸《そ》れたな。いかんいかん」

我に返って、魔王はようやく執務室に入った。

おおよそ魔王という称号には相応《ふさわ》しくない、こじんまりとした部屋だった。デン！　と部屋の半分以上を占めるような巨大な机には、書類や羊皮紙などが山積みになっている。

俺は頭上で、魔王が「ハァ」と溜息《ためいき》をこぼすのを耳にした。

「ジルバギアス。付き合ってもらうぞ。魔王の働きぶり、とくと見るがよい……」

俺は部屋の隅、小さな椅子に腰掛けて、見学することにした。玉座を模した立派な椅子に腰掛ける魔王の背中が、やけに煤《すす》けて見えた。

「陛下！　こちらの書類を――」

「陛下！　前線からの報告ですが――」

「陛下！　夜エルフとホブゴブリンの役人が衝突を――」

するとくるわ来るわ、役人たちが。俺は魔王が小声で「【我は魔王ゴルドギアスなり】」と名乗りの魔法で自らを強化したことに気づいた。

「ええい、静まれ！　ひとつずつもってこい、そこに並べ！」

山積みの書類にダンダンと判を押し、署名しながら、案件をひとつずつ捌《さば》いていく魔王。

――退屈だって？　とんでもない。俺は目が離せなかった。

ここには、魔王に判断を仰がなければならないレベルの問題が結集している。

興味深いなんて次元じゃなかった――魔王国を取り巻く懸念事項のオンパレードだ。

少しでもそれらを糧とし、役立てるべく……俺は役人たちの言葉を、全身全霊をもって記憶し始めた。

†　†　†

それから、役人や陳情者の列は途切れる気配がなかった。

――どこぞの前線では快進撃のあまり予定以上に戦線が伸びてしまい、さらなる補給と支援が必要になったとか。魔王は援軍を出す代わりに責任者を更迭し、階級の降格を通達する書類に署名した。

――『魔王軍におけるゴブリン・オーガ不要論』に対し、オーガ族の代表が反論のため嘆願書を提出しに来ていたようだ。『ゴブリン・オーガ不要論』って何だよ。あとで誰かに聞いてみよう。

——夜エルフの役人と、ホブゴブリンの役人の対立が激化しているらしい。双方の代表者が互いに罵詈《ばり》雑言《ぞうごん》じみた苦言を呈していた。無能なホブゴブリンを早急にクビにするべきと主張する夜エルフに、夜エルフたちの嫌がらせが陰湿すぎてやってられない、職場を分けてくれと懇願するホブゴブリン。魔王はどちらを擁護するとは明言せず、ただ「検討する」とだけ答えて次の案件に移った。

——とある魔族と、隣接する領地を持つ別の魔族が水利権を巡って争いを起こした。頭を抱えて唸《うな》り声《ごえ》を上げた魔王は、資料を読み漁《あさ》って双方の言い分にそれぞれ一理あることを認め、最終的に代表者同士の決闘をもって解決させることを決定。文官にその旨を口述筆記させてから署名捺印《なついん》した。

うーむ……これが魔王の仕事か……人族の国に比べて行政や司法が遥《はる》かに未熟で、集落の首長の仕事が、まんま国レベルに拡張されている印象だ……

何というか、魔王に色々と集中しすぎている。なまじ、激務でも潰れない程度にタフな種族だったのが災いしているな。何とかなっちゃうから、そこから進歩しない。どうやれば進歩できるかなんて、図書室の本にいくらでも書いてあるのに……

「ジルバギアス……どうだ……？　これが魔王の仕事だ……」

そんな調子で、2、3時間はぶっ続けでやってたと思う。しばしの休憩を宣言した魔王が、砂糖をたっぷり入れた茶を飲みながらげっそりとした様子で言った。

見てる分には楽しかったぜ、魔王。お前が苦しんでいる姿はなァ……！

「参考になります。大変なお仕事のようですね」

そんな内心はおくびにも出さず、俺はお行儀よく答えた。

魔王国の内側に巣食う様々な問題が見えて、色々と参考になったのは事実だ。

「……随分と楽しそうだな、お前は……」

魔王が何か別の世界の生き物を見るような目をしている。

「どうだ？　もう少し研鑽《けんさん》を積んで、お前も役人になって我を支えてみぬか？」

「俺は……父上を超えるくらい強い戦士となるのが目標ですので……役人ではなく」

別に書類仕事が好きなわけじゃねーんだ……と俺は目を逸らした。魔王が残念そうに「そうか……」とつぶやき、もう一口茶を飲んでから、「そうか……」と再び嘆息した。

この程度のことで凹《へこ》んでんじゃねーよ。天下の魔王様だろうがよ。

「初代魔王陛下も、こんなふうに仕事をしてたんでしょうか」

あいつの本を読む限りでは、豪放磊落《ごうほうらいらく》な人物像が伝わってきた。執務机にかじりついて書類仕事をするイメージなんて、まったく湧かない。

「していたとも。しかし当時は、今ほど魔王国の版図が膨れ上がっていなかったし、父上は――初代陛下は、割と重要な仕事でも、周囲に任せておいでてな」

魔王が苦虫を潰したような顔になった。

「おかげで、我が引き継いだときには酷《ひど》いことになっていた。汚職に粉飾にサボりに……何人更迭したかわからん。下等種ならともかく、魔族の役人をだぞ？」

歯を剝《む》き出しにして唸る魔王――よほど腹に据えかねたらしい。ってか、魔族の役人が少ないのって、もしかしてそういう理由……？　汚職に走りがちとか……？

「……長兄《アイオギアス》と長姉《ルビーフィア》も、この激務についてはご存じで？」

魔王がおっかない空気を放ち始めたので、少し話題を変える。

「無論だ。この姿を見せつけたとも……ふたりとも1時間足らずで飽きて出ていったがな」

かなり集中して仕事に取り組んでいた魔王だが、執務室の外には長い行列ができており、ちょっとやそっとでは片付きそうにない。ため息まじりに茶を飲み干し、執事におかわりを要求する魔王。この姿を見て、魔王になりたいと思う奴《やつ》がどれだけいるか。

「アイオギアスは『自分ならこなせる』と自信満々だった。ルビーフィアは『いつかやらなきゃいけないないなら、あとの楽しみに取っておく』などと抜かしおった。彼奴《あやつ》ら、他人事《ひとごと》だと思いおって……！」

鼻を鳴らした魔王が、改めて期待の眼差《まなざ》しを向けてきたので、全力で顔を背ける。

何が悲しゅうて元勇者の俺が、魔王の政務の手伝いなんてしなきゃならんのだ！

「……兄上で思い出しましたが、眠り姫《トパーズイア》が対アイオギアス最終兵器、という話を小耳に挟みました。父上はご存じですか？」

「ああ、あの話か。知っておるぞ」

　運ばれてきたおかわりの茶をすすりながら、魔王。

「トパーズィアが宮殿入りしたときから、アイオギアスはずっと己の派閥に勧誘していた。しかし当の本人はルビーフィア側を希望していて、アイオギアスを疎んでいた」

　そして眠り姫が魔界入りし、悪魔と契約した数日後の、ある日。

「トパーズィアを勧誘しに出かけたアイオギアスが、側仕《そばづか》えともども、いつまで経《た》っても戻ってこない――と、ラズリエルが我に泣きついてきてな。ちょっとした騒ぎになったのよ。それで城を捜してみれば、なんとふたりとも中庭で昼寝しておったわ」

「昼寝……ですか」

「そう。ふたり仲良く揃《そろ》って――しかもアイオギアスの取り巻きも加えて、全員が、だ」

　思い出し笑いでくつくつと喉を鳴らす魔王。

「ジルバギアス、お前も察しているだろうが、トパーズィアは【睡魔】と契約していてな」

「【睡魔】？　【睡眠の悪魔】ですか？」

「トパーズィアいわく、睡眠の悪魔よりもっと純粋な存在らしい。我も、見たことがあるわけではないので、よくわからんのだが」

　アンテ、知ってるか？

『淫魔の睡眠版じゃな。ただし、我も数えるほどしかお目にかかったことがない。年がら年中寝ておるせいで、存在が希薄なのよ。我でさえ対話したことはないぞ。契約する程度の自我があることさえ、今の今まで知らんかった』

めちゃくちゃレアなやつじゃん……

「何にせよ、トパーズィアがいつも眠ってるのは、その睡魔とやらのせいですか」

「そうだ。そしてその対価に、アイオギアスにさえ一切の抵抗を許さんほど、強力な睡眠の魔法を使えるというわけだ」

自分も巻き添えになるが、周囲の存在を問答無用で眠らせる魔法――

「アイオギアスとその取り巻きどもは面目丸潰れよな。最も年下の妹に、いいようにあしらわれてしまったのだから。アイオギアスはそれまで、一度たりとも挫折を味わったことがなかった。そして取り巻きたちの増長ぶりも目に余るものがあった」

あれはいい薬になっただろう、と魔王は満足げにしている。

なるほど……それで結局、眠り姫はルビーフィア派閥になり、アイオギアスにとっては苦い思い出と戒めの象徴になったわけか。

「……さて、そろそろ休憩も終《しま》いにせねばな。ジルバギアス、お前も自分がなすべきことをするといい。いつまでも我の仕事を見守る必要はないぞ」

執事に空のカップを渡しながら、魔王はニヤリと笑った。

「――もちろん、手伝いたいというなら話は別だが」

「今日のところはお暇《いとま》します。勉学や鍛錬もありますし」

俺は早口で言いながら、しめやかに席を立つ。

「……父上、手伝うかどうかはさておき、また見学に来てもいいですか？」

「物好きだな、お前も。そんなに面白かったか？」

「魔王国の『今』が——取り巻く情勢が、間近で見れる気がしましたので」

「まあ、お前がそうしたいなら、別に構わんが」

魔王はやはり、変な生き物でも見るような目をしていた。

「……と、そうだ。お前にこれをやろう」

ふと思い出したように、執務机の引き出しを開けてゴソゴソと探る魔王。

「夜エルフからの献上品だが、我は使わん。お前が勉学にでも使うといい」

手渡されたのは、1冊の手帳だった。

白っぽい色合いの革張りで、しっとりすべすべした不思議な肌触りをしていた。

「なんですか？　これ……すごく、触り心地はいいですけど」

「ハイエルフ皮だ」

魔王の返答に、俺は鼻水が出そうになった。

「ハイエルフですか!?」

エルフ族の中でも一握りの上位者、高貴で神聖なる血筋の者たちのことだ。魔力が極めて強く、光の神々の恩恵を色濃く受け継ぎ、普通の森エルフよりもさらに長寿で千年以上も生きたりする。俺は勇者という立場上、様々な種族と交流があったが、ハイエルフは2名しか面識がなかった。人族の王侯貴族よりもよほど珍しい存在だ。

「うむ。ジルバギアス、お前が生まれる少し前の話だが、同盟が魔王城に直接殴り込んできたことがあってな。聞いたことがあるか？」


——魔王城強襲作戦。


「……存じています」

死ぬほどよく知っている。

「うむ。その敵部隊の中に、なんと森エルフの聖女がおってな」

……なんですと!?

森エルフの聖女。光の神々の恩恵を強く受け継いだハイエルフの乙女は、『聖女』と称されたりする。ちなみに俺たち人族の【聖属性】とは一切関係がなく、別物だ。

「なんで聖女なんかが、そんな無謀な殴り込みに？」

「話を聞く限りでは、我を倒すためにこっそり紛れ込んでいたようだ」

嘘《うそ》だろ!?　いや、待て。すごく嫌な予感がする。

何を隠そう、俺と面識のあったハイエルフのひとりも聖女だったんだが——

あいつなら。

長命種とは思えないくらい落ち着きがなくて、森エルフとは思えないくらい無鉄砲で、負けん気が強かったあいつなら。そういうこと、普通にやりそうな気がする……。

「同盟の強襲部隊は全滅させたが、この聖女はどうにか生け捕りに成功してな。夜エルフたちに身柄を渡すと、狂喜乱舞しておったわ」

なんと……むごい。懐かしい気持ちは一瞬で萎《しお》れて、俺は絶句してしまった。森エルフに恨み真髄で残虐かつ冷酷、拷問好きの夜エルフたちに、聖女が投げ渡されたら――

彼女がどれだけ凄惨な最期を遂げたか、想像したくもなかった。

何せ、その生皮で作られたと思《おぼ》しき手帳が、この手にある……。

「まあそういうわけで、魔王城には良質なハイエルフ皮生産機があるというわけだ」

「……生産機、ですか？」

「うむ。夜エルフたちの居住区に囚《とら》われておる」

「まだ生きてるんですか!?」

俺は驚愕《きょうがく》した。

あの夜エルフどもが、森エルフの捕虜を生かしておくことがあるなんて！

魔王の執務室を辞して、自室に戻った俺は、窓際で本を読むフリをしながら考える。

……どうしたもんかな。

まさか勇者時代の顔見知りが、魔王城に囚われているなんて。

『まず、お主がどうしたいか、じゃろう』

そりゃあ……助けたいさ。今までだって、ずっとそうだった。

人族の兵士たちも、転置呪の身代わりにされた人たちも。みんな、助けたかった。

だけど……状況が許さなかった。そして今回も、厳しそうだ。

助けるのが無理なら、せめて苦しませずに逝かせてあげたい。事故に見せかけるなり、俺が短気を起こしたことにするなりして——殺す。

『……死んだ方がマシというわけか。あまりお主らしくないの』

殺すも慈悲、そう言うお前に怒ったことがあったたな。

でもあのときとは状況が違う。この件に限って言えば、死んだ方がマシだ。仮に俺が森エルフに生まれ変わったとして、夜エルフに捕まりそうになったらその場で自害するぜ。

戦場ではたびたび、森エルフの惨殺死体を見かけることがあった。たいてい夜エルフの捕虜になった奴《やつ》らだ。

——俺は戦場で見かけた死体の数々を思い浮かべて見せた。

こんな目に遭わされるんだぞ？　大人しく死んだ方がマシだろ。

『うぬぅ……これは酷《ひど》い』

禁忌の魔神をして閉口させる凄惨さ。夜エルフの、森エルフを苦しめ辱めることにかける情熱と執念は、魔族の我の強さでさえ遠く及ばないほどだ。

『我、夜エルフどもが嫌いになりそうじゃ。我に流れ込んでくる、現世の禁忌の力の何割かは、あやつらの手によるものかもしれぬ』

ん、なんで嫌いになるんだ？　力が流れ込んだら強くなれるんじゃないのか？

『力を得られるのは確かじゃが、質が悪いというか……どうたとえたものかのぅ』

うーむ、としばし考えたアンテは、

『そうさな……定命の者にもわかりやすく言うなら、口に管を突っ込まれ、粗雑な油を腹に流し込まれて無理やり肥え太らされる感覚、とでも言おうか？』

それは……イヤだな。

俺はぷっくりと肥え太った、だらしねえ体型のアンテをイメージした。

『やめんか』

幻の手が胸から生えてきて、俺の目ん玉を無造作に指で突く。

「ぐあッ」

実害はないが！　感覚はあるッ！

「ご主人さま？　いかがなさいました？」

「い、いや……目に羽虫が飛び込んできてな……大事ない」

ガルーニャが心配そうにこっち見てんじゃねえか！　迂闊《うかつ》なことをしてくれるなよ！

……どうしたもんかな、本当に。

『実際の状況を、もうちと詳しく調べてから考える、という手もアリではないかの。妥協案ではあるが』

救出を試みるにせよ、一思いにとどめを刺すにせよ、か……それしかなさそうだ。

何はともあれ、夜エルフのことなので、一番詳しいであろう当の夜エルフに聞いてみることにした。

「なあ、ちょっといいか」

「はい、何なりと」

夜エルフのメイドのひとりに、囚われのハイエルフについて尋ねる。

「もちろん、存じ上げております……」

普段は澄まし顔で表情を出さない夜エルフのメイドが、ニチャァ……と粘着質な笑みを浮かべた。

『これだけで察しがつくというものじゃ』

違いない。

「俺はまだ、ハイエルフというものを見たことがない。聞けば身の程知らずな強襲部隊の生き残りらしいじゃないか。どんなザマで生き恥を晒《さら》しているか、ぜひそのツラを拝んでみたいと思ってな……」

俺が、いかにも夜エルフ好みな表現で話すと、案の定ネチネチと喜んでいた。

「何を隠そう、監獄の責任者はわたくしの一族の者でして」

そのメイドは、尖《とが》った耳をピクピクさせながら得意げな顔で言った。

「ジルバギアス様をご案内できるなら、光栄の至りにございます。今朝《こんや》にも責任者に打診して参りますので、ご期待くださいませ」

慇懃《いんぎん》に一礼するメイド。

今日の知見。夜エルフは、森エルフを辱めるためなら、フットワークが軽く協力的。

助かるなぁ……。

そして次の日には、快諾の返事が来た。

昨日のメイド――『ヴィーネ』という名前らしい――に案内されて、夜エルフの居住区を訪れることになった。

思ったより展開が早くて、けっこう困惑している。まだ心の準備ができていない……

夜エルフ居住区は、魔王城の北側の外縁部にあった。この区画が夜エルフのテリトリーとして与えられているらしい。俺が魔王城の探検をしていたときも、体よく追い返されたのを覚えている。

今回は、一族の者たるヴィーネが同行しているので顔パスだ。種族武器たる弓を装備した夜エルフの守衛が、区画の扉を開けて中に招き入れてくれる。

――そこには別世界が広がっていた。

全体的に質実剛健《シンプル》な魔王城の中にあって、夜エルフたちの空間は――まるで星空のようにきらびやかだった。壁や天井は真っ黒な塗料で塗り固められ、ランプや鏡を利用した間接照明の明かりを受けて、てらてらと輝いている。

天井にはところどころに真珠のような飾り物が埋め込まれ、まるで夜空を再現しているかのようだ。魔族の基準からしても、薄暗い。暗視が得意な夜エルフには、これくらいでちょうどいいのかもしれない。

壁の至るところに、木材を加工し、幾何学模様に組み合わせたような、不思議な魔除《まよ》けが飾ってあった。城の一区画というよりは、賑《にぎ》やかな商店街のような雰囲気で、人通りも多い。そして、その全てが夜エルフだった。

「お目汚し失礼致します、我らの領域は、魔族の方々にはあまり好まれないことが多く」

慇懃にヴィーネが頭を下げる。

確かに装飾がかなり多くて、惰弱と蔑まれたりすることも多々あるかもな。

「ん……まあ、こういうのも悪くはない」

だが俺は無難に答えた。プラティ配下には、俺が『変わり者』なのも知れ渡っている。

他種族の文化に寛容であることも。

「ただ、ちょっと暗すぎるがな」

と、魔族のように不満を表明するのも忘れない。そっちの方がらしいからな。俺の内心を知ってか知らずか、ヴィーネが口の端に、ほんの僅かに笑みを浮かべた。

俺という異分子が入ってきたことで、周囲の夜エルフたちも、静かにこちらを注視している。扉を開けた直後は、商店街みたいに賑やかだったのにな。

だが、大人たちとは違って、元気に走り回る夜エルフの子どもたちは、そんなこと気にもしなかった。

「あっ！　ヴィーネねーちゃん！　おかえりー!!」

「おかえりー!!」

廊下で追いかけっこをしていた幼い子どもたちが、ヴィーネの姿を認めて、ズドドドと駆け寄ってくる。

「まだお仕事中なの！　戻りなさい！」

鉄面皮も剝げ落ちて、慌てたヴィーネがシッシッと追い払おうとした。子どもたちの好奇の視線が、今度は俺に向けられる。

「あおいひとー」

「角はえてるー」

いくつもの無垢《むく》な赤い瞳が、しげしげと俺を観察していた。

「こちらの御方《おかた》は、魔族の王子様なの!!」

ヴィーネが半ば悲鳴のような声を上げる。

「ほら、さっさと行きなさい、でないとお仕置きよ！　失礼があったら、悪魔に食べられちゃうんだからね！　足の先からバリバリって噛《か》み砕かれるのよ！」

その脅し文句に、子どもたちはワッと蜘蛛《くも》の子を散らすように去っていった。

「…………」

非常に気まずげに、恐る恐るといった様子でヴィーネが振り返る。

「あの……大変な失礼を……本日、殿下がお見えになることは、周知していたのですが」

「流石《さすが》に、この程度のことで目くじらは立てんよ」

俺は苦笑した。子どもたちが元気なのはいいことだ。

たとえそれが、残虐非道な種族の子であったとしても……

子どもたちには、まだ罪はない……

「それに子どもとは、ああいうものだろう。どれだけ大人が言って聞かせても、どこ吹く風で気ままに振る舞う」

「……ご寛恕《かんじょ》いただき、ありがとうございます。殿下の爪の垢《あか》を煎じて飲ませたいくらいです。あの子たちも、もう10歳にもなるのに……」

え、10歳なんだ。人族の3、4歳くらいの見た目なのに……

やっぱりエルフ族の端くれだけあって、成長遅いんだなぁ。

……っていうか、わかったようなこと言ったけど。

俺……5歳だったわ……

同じことに思い当たったのか、ヴィーネが吹き出し笑いを、無理やり鉄面皮で溶接したような顔をしていた。

「俺も追いかけっこに交ぜてもらうべきかな？」

真面目くさって俺がつぶやくと、ヴィーネが肩を震わせて顔を背ける。

「……こちらへ。監獄へご案内致します」

そういえば、それが目的だったな。俺は気持ちを引き締めた。

†　†　†

しばらく生活感のある空間が続いていたが、重厚な鉄の扉を抜け、地下へ続く階段を下っていくと、だんだん不穏な空気が漂い始める。

「こちらが我らの誇る監獄」

俺の前を歩くのは、途中で合流した夜エルフの男。

名前は『シダール』というらしい。ヴィーネの血縁で、監獄の責任者だそうだ。

エルフ族らしい美男子で、しかし貼り付けたような笑みと、どこかヘラヘラした態度が胡散臭《うさんくさ》い男だった。

「魔王城建設以来、一度も脱獄者を出したことのない厳重警備にございます」

シダールは自慢げに眼前の門を示した。

地下階段の先には、これみよがしに厳重な金属の扉。物理的に厳重なだけではない――幾重にも魔法がかけられているように見える。

俺は、この時点で、聖女を密《ひそ》かに助け出すという選択肢を諦めた。

「シダールだ。開門」

のぞき窓にシダールが声をかけると、ガチャン、ガチャンと何重にも解錠される音が響き、地下監獄の門が開く。

途端に、ぎゃぁぁぁ……と誰かの叫び声が聞こえてきた。どうやら門には、防音の効果もあったらしいな。門の向こうには、ランプの明かりに照らされて、ずらずらと鉄の扉がいくつも並んでいた。

そしてこの世の終わりのような苦痛の叫びも、そこから聞こえてくる……

「おっと、失礼。どうやら仕事中だったようです」

シダールが胡散臭い笑顔で軽く頭を下げる。

「構わない。それにしても、教育に悪そうな場所だ」

子どもたちが追いかけっこする居住区のすぐ真下に、こんな……こんな空間が広がっているとは。

「とんでもない。大変に教育的な場所ですよ」

　すると、シダールが心外そうに眉をつり上げた。

「ここで一族の若者たちが、獲物の解体と拷問のイロハを学ぶのです。魔王城は、換気も排水設備もしっかりしていますし、大層に便利ですよ」

　そうか……お前たちは、そういう奴《やつ》らだったな……

　そのまま、うめき声や悲鳴を聞き流しながら、監獄を奥へ奥へ進んでいく。

否応《いやおう》なく、俺は緊張していた。悪い予感なんてするまでもなく、ロクでもないものを見る羽目になるのは、わかっていたから……

「こちらが、ハイエルフの聖女をお迎えした貴賓室になります」

　最奥部。ニタリと笑ったシダールが、『貴賓室《きひんしつ》』という呼び名の割に、代わり映えのしない厳重な扉に手をかけた。


　——開かれる。


……拷問部屋、ってのはこういうのを言うんだろう。

斧《おの》、ノコギリ、ナイフに——その他、口にするのもおぞましい金属製の器具の数々が、所狭しと壁に吊《つ》り下げられている。

どす黒く染まった床。冷たい石造りの部屋。

そしてその真ん中に、それはぶら下がっていた。


一糸まとわぬ姿で、Xの字に四肢を開かされているハイエルフ。

だが、その肘から先と、膝から先は——存在しなかった。

切断されている。切り口は鉄で溶接され、鎖に繋《つな》がれて天井と床にそれぞれ固定されていた。そして首にもロープがかけられて、半ば首吊りの状態になっている。

ぼさぼさの金色の髪、ロープに体重がかかって伸びた首。

ぐったりと、身じろぎもしない肉体——

えっ、これ……死ん……

「こちらが、」

革の手袋をはめながら、シダールがまるで名匠の作品を紹介する美術館長のような陶然とした顔で言った。

「ハイエルフの『聖女』、リリアナになります」

金色の髪を無造作に掴《つか》み、顔を引き上げる。

ああ——俺の記憶に、薄《う》っすらとあった、あの顔。

彼女だ。リリアナだ。長命種とは思えないくらい活発で、無鉄砲で——

だが、息を呑《の》むほどだった彼女の美貌は酸欠で紫がかっており、好奇心旺盛だった瞳は、今や白目を剝《む》いていて、どこも見ていない。

ただ、ぶくぶくと、泡の交じったよだれを垂れ流すだけの存在——

それでも、彼女は、生きていた。

……生かされて、いた。

†　†　†

——初めての出会いは、戦場だった。

忘れもしない、森エルフのとある防衛戦線。

ゴブリン、オーガ、獣人で構成された先鋒《せんぽう》隊を退け、つかの間の平穏を取り戻した陣地で、俺は独り地べたに座り込んで飯を食っていた。

すると——不意に、ふわりといい香りがした。

いつの間にか隣に、フードを目深にかぶった女が座っていた。

『ねえ、あなた勇者でしょ。人族の聖魔法っての、見せてくれない？』

フードの奥、宝石みたいな青い瞳が、好奇心にきらきらと輝いていた。

雰囲気で、ああ森エルフだと気づいた。

そして俺は、こういう手合いに慣れっこだった。

もともと閉鎖的な森エルフは、その長い長い一生を、他種族と全く関わることなく終えることも珍しくなかったそうだ。

森で自給自足できる彼らは、他種族との交流を必要としていなかった。

だが、それも過去の話——長引く魔王軍との戦争が、幸か不幸かそんな事情を変えてしまった。

汎人類同盟が結成され、交流が活発化した。そして好奇心旺盛な若い森エルフたちが、こっそり里を抜け出しては、同盟の兵士にちょっかいをかけに来るようになったのだ。

そのとき俺は、激しい戦闘で疲労困憊《ひろうこんぱい》していた。邪険に扱って、さっさと追い返すのも面倒くさいと思えるほどに。

だから、最初から諦めて、指先に一瞬だけ聖属性の光を灯《とも》した。

くるりと指を回し、白い火花で簡単な花の模様を描いてみせる。

『気は済んだだろ。帰りな』

お嬢ちゃんのような子が来る場所じゃない、と俺は言った。

どうせ若いのは見た目だけで、俺より歳上《としうえ》なんだろうけどな、などと思いながら。

『ところがそうもいかないの。あたし、もしかしなくてもあなたの同僚だし』

――なに？　と怪訝《けげん》な顔をする俺をよそに。

彼女は、まるで見えないハープでも奏でるように、空中で指を踊らせた。

ぼんやりとしか知覚できなかったが、極めて高度な魔法が編まれている。

歌うように、祈りの言葉を口ずさみながら――唇に人差し指を当てた女は、ふぅっと俺に息を吹きかけた。

瑞々《みずみず》しい魔力が、生命力の奔流が。

俺の全身を包み込み、使い古しのボロ雑巾みたいになっていた俺の体に、みるみる活力が戻ってくる。

『あたし、リリアナっていうの』

フードを外しながら、彼女は言った。

『聖大樹連合から派遣された、……いわゆる、聖女ってやつ』

ちょっと気恥ずかしそうに、はにかんだ笑みを浮かべながら。

普通の森エルフよりもちょっとだけ長く尖《とが》った耳。

可憐《かれん》な花のような美貌。健康的に日焼けした肌。


『ねえ、あなたの名前は――？』

それが、『聖女』リリアナとの出会いだった――

†††

「――あのときは本当に傑作でした、この女のブタのような悲鳴といったら！」

そして現在。俺は魔王城の地下、胡散臭い夜エルフの話を右から左に聞き流していた。

強襲作戦からおおよそ7年――その間に聖女をどのように辱めたか、苦しめたか。

聞いてもいないのに延々と話し続けている。

詳細は割愛しよう。……だが、ゴブリンの群れに放り込まれたり、皮を剝がれたりなんてのは、彼女が味わった苦しみの数百分の一にも満たないことは、記しておく。

「いやはや、それにしても驚いたな」

これ以上は有用な情報を得られそうにない、と見切りをつけた俺は、胡散臭い夜エルフ――シダールの言葉を遮った。

「この女ひとりのために、随分と厳重ではないか。なぜ、このような――」

……なんて言えばいいんだ。

「――なぜ、このような『措置』を？」

ついでに、黙って付いてきていたメイドのヴィーネを見やる。

……彼女は嗜虐《しぎゃく》的な冷笑を浮かべて、ぐったりとした聖女をただ眺めていた。やっぱりヴィーネもあちら側か。わかってはいたが。

「よくぞ聞いてくださいました！」

話を遮られて気を害するでもなく、パンと手を叩《たた》いてシダールが答える。

「実は、ここに至るまで、我々も少なくない犠牲を払ったのです――」

忌々しげにリリアナを睨《にら》みながら。

「――もちろん、死ぬほど後悔はさせましたがね」

「ほほう」

「まず四肢ですが、これは逃走防止と魔法の妨害、ふたつの目的を兼ねています」

シダールはおもむろに、壁にかけてあった鋭いナイフを手に取った。

「このように、」

無造作に、リリアナの胴体に刃を突き立てる。俺は自分が刺されたわけでもないのに、悲鳴を上げそうになった――声を押し殺す。

対してリリアナは、グリグリと腹をナイフで抉《えぐ》られているのに、「ゔー……」とかすかなうめき声を上げるのみだった。

「ナイフで刺したくらいでは、聖女は死にません。御覧ください」

シダールがナイフを抜く。腹からどす黒い血が溢《あふ》れ出した――普通なら致命傷だがすぐに出血が止まり、即座に傷が塞がっていく。

「光の魔力の、非常に強力な癒やしの効能です。ヴィーネ、明かりを」

「はい」

ヴィーネが、ランプのシェードに覆いをかけた。監獄が真っ暗になり――その中でリリアナの真っ白な肢体と、床に垂れた血液だけがぼんやりと光を放っていた。それはどこか幻想的な光景であり――悪趣味な絵画でも見せられているみたいだった。

「この驚異的な回復力により、皮を何度剝がれようが、手足を切断されようが、すぐに治ってしまうのですよ。傷口を鉄で焼き固めなければ、手足もすぐに生え変わってしまうでしょう。まるでトカゲの尻尾ですな」

部屋に明かりが戻る。布切れでナイフの血を拭い去りながら、感心したような蔑むような口調でシダールは言う。

……知っていたさ。彼女の回復力は。

それを他者にも分け与えられるのが、彼女の強みのひとつだった。

だが……今となっては、そのしぶとさが仇《あだ》になっているとしか思えない。

ちなみに、森エルフといえば、その健康的な日焼けが特徴だが――日の差さない地下牢《ちかろう》で幾度となく皮を剝がれ続けた結果、リリアナは夜エルフのような真っ白な肌に変わっている。「太陽の恵みを奪い去ってやった」とシダールは笑っていた。

「森エルフは魔力を『編み』ますからね。手足を封じるのは魔法対策でもあるわけです。ところが、ここに閉じ込めた直後は、この女もまだ反骨心を失っておりませんで。自身で回復を敢《あ》えて止め、手足を失ったフリをして、監視が緩んだ隙に脱走しようとしました」

苦々しさと憤怒が入り交じったような表情を浮かべるシダール。

「……おかげで、５人の尊い若者の命が失われました。光の魔法で焼かれたのです。この女が焼いたのです！」

せっかくきれいに血を拭い去ったナイフで、衝動的にリリアナの胴を斬りつける。真っ白な肌にビッと赤い線が走ったが、それもすぐに治ってしまった。

「……というわけで、こうして動きを封じたわけですが。ハイエルフですからね、何をしでかすかわかりません。そこで登場したのが、この縄です」

リリアナを半首《くびつ》吊り状態にしているロープ。

「手足の鎖の長さを調節して、体重の半分ほどが首にかかるようになっています。これにより気道と頸動脈《けいどうみゃく》が圧迫されて、思考が常に混濁するわけです。多少、監視の目が緩んでも、この状態に置いてさえおけば、魔法の行使はおろか糞尿《ふんにょう》を我慢することもできないというわけです」

もちろん常人なら数時間で死ぬでしょうが、とシダール。

超回復力の聖女ならではの封印法というわけだ……

「薬物の類はすぐに耐性を持ってしまいますから、この方法が最適でした。無論……このような手抜きをせずとも、四六時中拷問で苦痛を与えれば、魔法の妨害は容易ですが――」

ここで、何を思ったか、シダールは恥じ入るようなそぶりを見せた。

「お恥ずかしながら、この女を捕らえて7年。拷問がマンネリ化してきてしまいまして」

「拷問がマンネリ化」

初めて聞く単語の組み合わせだ……

できれば一生涯、聞きたくなかった……そんな組み合わせ……

「最初はみなで押し合いへし合いして、四六時中拷問にかけていたのですが。ええ、その甲斐《かい》あって心はへし折れましたが――思った以上に飽きが来てしまいましてな」

そんな身内の恥を晒《さら》すような顔をされても。

「我々が培ってきた拷問技術は、短期間で対象を最大限に苦しませることに焦点を当てています。つまり、最終的に対象が死ぬことを前提にしているのです。こんな生き汚いブタを苦しめることは想定になかった……もちろん、我々も試行錯誤は続けましたが――」

続けんでいい！　そんな試行錯誤は!!

「我らの創造力《クリエイティビティ》も枯渇してしまいまして。ええ。どのような責め苦を与えたかは、先ほどお話ししたとおりですが」

確かに、悪意の煮こごりみたいな、ありがたい話を聞かせてもらったな。

だがあれが『限界』でもあったのか……

「こうして本日、ジルバギアス様がお越しくださったのも、何かのご縁。魔族の方ならば、また違った責め苦も思いつかれるのでは、などと愚考いたしましまして」

そう言って、シダールは期待の眼差《まなざ》しで俺を見てきた。

おいおい……。

ヴィーネを見れば、こちらもきらきらと目を輝かせている。

おいおい……何だよ、この状況は。勘弁してくれよ。

道理で、やけにすんなり許可が下りたと思ったら。


俺に、新手の拷問法を考えさせようって魂胆だったのか……！


どうして……何の因果で、こんな目に遭わなきゃいけないんだ。俺も、リリアナも！

『数奇な巡り合わせが過ぎるのぅ』

呑気《のんき》なこと言ってる場合かよ！　シダールも、ヴィーネも、心なしかワクワクとした面持ちで、じっと俺の様子を窺《うかが》っている。

冷たい牢獄《ろうごく》には、宙吊《ちゆうづ》りにされたリリアナの潰れたような呼吸音が響くのみ。

彼女の生殺与奪は、今や、俺の手の中にある。斬新な拷問を試すフリをして、彼女を苦しみから解放することも——つまり殺すことも容易かもしれない。

だが、本当にそれしかないのか？

それ以外には、何も手がないのか？

……他にどうしようもないなら仕方がない。人族の兵士たちを手にかけたように。転置呪の身代わりに人々を死なせたように。

だが、もし、他にやりようがあるのに死なせてしまったら、俺は一生後悔するぞ。今回は、今までと違う。殺したり死なせたりすることを強制されたわけじゃない。

俺だ。俺自身の決断が、彼女の運命を変えるのだ。

考えろ。考えろ。考えろ。


「……仮に、だが」

唇を湿らせて、俺は口を開いた。

「冴《さ》えた方法が思いつかなかったら、どうする？」

「特に何も。このまま現状維持でしょうな」

落胆したふうもなく、そのままの笑顔でシダールは首を振る。

「ただ、まあ……この女の研究は続けることになるでしょう」

「研究？」

「ええ。我々も、ただ苦しむ様を眺めて楽しんでいたわけではないのです。この女の利用法も常に模索し続けて参りました」

たとえばこの血の力です、とシダールは床の血溜《ちだ》まりを指差す。

「凄《すさ》まじい再生力をもたらす、強い光の魔力。我ら闇の輩《ともがら》には、むしろ毒になり得るものです。夜エルフなどは、触れただけで肌がただれてしまうほど」

革の手袋をヒラヒラさせるシダール。

「なるほど、そのための手袋か」

「ええ。拷問する際も、仮面や防護服を着用して、返り血などにも細心の注意を払う必要がありました」

そこまでして……。

「ですが、この血の効用は、魔法や呪いというよりも奇跡に近いものです。つまり、聖女の意志いかんで、『副作用』抜きに我らにも適用できるかもしれない」

シダールは爛々《らんらん》と輝く目でリリアナを見つめる。

「――そこで我々は、聖女の【支配】を試みました」

【支配】――あるいは【洗脳】。夜エルフのお家芸だ。

薬物や魔法を駆使して、対象の意志を捻《ね》じ曲げ、何でも言うことを聞く傀儡《かいらい》に仕立て上げる――だが、人族や獣人族みたいに魔力が弱い相手ならともかく、ハイエルフともなれば、そう簡単にはいかないだろう。

「度重なる責め苦で、心は完全に折れました。ですが、魂さえも屈服させて、奇跡を我らに適用するまでには、あと一歩及びません」

口惜しげに顔を歪《ゆが》める。

「薬物で一時的に従えても、光の魔力は我らを傷つけました。かといって意識を失わせても、この血は毒であり続ける――」

歯噛《はが》みするシダールを、俺は冷めた目で見ていた。

当たり前だ。彼女の癒やしの力は、『仲間』にしか適用されないんだ。どんなに心が折れようが、薬物で意志を捻じ曲げようが、地獄の責め苦を与えてくる連中を仲間だなんて認められるはずがない。

「最近では頭を割って、中身を作り変えればいいのではという案もありましてな。どうせ再生しますし、中身を削り取れば記憶を書き換えられるのではないかと――」

　おぞましいことを言い出した。

「ただ、そこまですると流石《さすが》に死ぬかもしれませんし、思考が変質して『聖女』でなくなってしまう可能性もあることから、最後の手段ですね」

　……いずれにせよ、リリアナの未来は明るくないということだけは、確実だ。

「そうか、しかし納得した」

　吐き気を押し殺しながら、俺は何でもないふうを装って口を開いた。

「だからお前たちが直接、この女を陵辱してはいないんだな」

　先ほど聞いた拷問列伝にも、その内容だけはなかった。全部ゴブリンとかそういうのに任せっきりで。

「とんでもない！　たとえ光の毒がなくとも、それは御免被りたいですな」

　オエッと吐き気を堪《こら》えるような顔で、シダールが首を振る。

「治療用に血液を研究することでさえ、一族から反対意見が出るほどです。聖女を陵辱？　おぞましい！　そんなもの、犬と寝た方がマシです……」

　ヘラヘラした笑顔さえ剝がれ落ちて、嫌悪感をあらわにするシダール。あっ、そういう価値観なんだ……

「なる、ほど――」

　俺はしばし考えた。

「――俺は、正直なところ、けっこうコイツが気に入ったぞ」

　えっ、とシダールとヴィーネが間の抜けた声を上げた。構わず言葉を続ける。

「シダールも聞いてはいると思うが……俺は最近、体が急に成長してな」

「え、ええ……聞き及んでおります……」

「本来なら5歳児なのだが、近頃はそういう欲求も感じるようになったのだ」

　俺は、自らの表情筋が許す限りの下衆《げす》っぽい顔を作って、リリアナに舐《な》めるような視線を向けた。……苦しむ彼女の姿が目に入って、途端に萎えそうになったが、踏ん張る。

　今の俺は――ダイアギアスだ。色狂いのダイアギアスなんだ！

「そして、そのぶつける先がなくて、困り果てていたわけだ……それで、シダール。相談なんだが」

「ま、まさか……」

「そのまさかだ。もちろん、俺が痛めつけてもいいんだろう？　俺が思う方法で、だが」

　シダールはドン引きしたような顔を見せたが、すぐに愛想笑いで取り繕った。

「も、もちろん構いませんが……」

「……いけませんよ！　そんなの！　殿下の、は、初めてが……こんな形で！　奥方様に顔向けできません!!」

ヴィーネが悲鳴のような声で割って入る。チッ、余計な真似《まね》を！

「ヴィーネ。母上にはもちろん秘密だ」

「しかし――」

「俺がナニをヤるかは俺が決める。それとも何か？　どの女を抱くかまで、いちいち母上に許可を取れとでも言うつもりか？」

俺がわずかに怒気を滲《にじ》ませると、ヴィーネは青い顔をして「いえ……」と引き下がった。

そうだよな。こんな問題、突っ込みづらいよなぁ。そしてこんなしょーもないことで俺の顰蹙《ひんしゅく》を買いたくはなかろう。

「まあ、そういうわけで……流石に、俺もな。人目があると、こう、わかるだろう？」

思春期特有の、そういう欲求と体裁が入り交じったような表情を意識しつつ、俺が意味深な目を向けると、シダールは色々と後悔してそうな顔をしていた。

「お言葉ですが……殿下、その……こう見えて、これは危険な存在でもありまして……」

俺は無言で、床に垂れたリリアナの血を指ですくった。

しゅわしゅわする。光の魔力だな。

「俺の魔法抵抗をナメるなよ」

「い、いえ、それだけでなく……万が一、縄が緩むなりして意識を取り戻せば、殿下を傷つける可能性もございます。その、そういった最中は、生物が最も無防備になる瞬間でもございまして――お側《そば》に誰か控えていなければ――」

しどろもどろで言い募るシダールを見つめながら、俺はムスッと不機嫌そうに顔を歪めてみせた。もちろん、笑い出すのを我慢するためだ。

……アンテ、出てきてくれ。さっきからずっと笑ってるだろ。

『んん？　特等席から見ておきたかったんじゃがの』

いいから。

『ふむ。まあよかろう』

――ふわりと褐色の魔神が俺の横に降り立つ。

シダールが虚を突かれたように体を仰《の》け反《ぞ》らせ、一歩下がった。

「問題ない。俺は独りじゃないからな」

「我に見られるのは構わんのか？」

「見るなと言ってもどーせ見るだろ。お前は気にするだけ無駄だ」

俺はもうヤる気満々だ、とばかりにベルトに手をかけながら、困り果てた夜エルフたちを見据える。「ところで、お前らはいつまでそこにいるんだ？」と目に圧を込めて。

「……外で待機いたします。何かあれば大声を上げてください、駆けつけますので……」

どうしてこうなった、とばかりに肩を落としながら、不承不承シダールは頷《うなず》いた。

ヴィーネは白目を剝《む》きそうになっている。俺の貞操が、よりによってハイエルフで失われてしまうのもアレだが、もし万が一の事態が発生したら、一族郎党、物理的に首が飛びかねないからな。シダールは責任者だし……。

「なあに、心配するな。しかし悪いが長く楽しむかもしれん」

すごすごと部屋を去っていくふたりの背中に声をかける。

「……殿下！　いいですか！　くれぐれも、首の縄を緩めてはなりませんよ！　絶対緩めないでくださいよ！」

シダールは必死の形相で最後にそう言い残し、苦虫を千匹噛《か》み潰したような表情で、鉄の扉を閉めた。


アンテが無言で俺の中に飛び込んできた。

『――ふふふふあはははははははっ、はーっはっはっはは！　ひーっ、ふふふ……はははははっ、フフー！　ははひっひい、うぅっ、げほっ、ゲホッ』

引きつけを起こすほど大爆笑している。俺も、残虐な夜エルフどもに一矢報いた気分だったが、それも、吊《つ》り下げられた無残なリリアナを再び目にするまでだった。


どうにかして、邪魔者は追い出せたが。

『……どうするつもりじゃ』

アンテが静かに問う。

『あ、お主が望むなら、我も部屋の隅に待機して、目と耳を塞いでやってもいいが』

しねえよバカタレ！

『凄まじい力が稼げるであろうことは、禁忌の魔神として伝えておく』

……しねえよ、ばーか。

シダールの話を聞いていて、妙案は思いついた。

だが——それには当然リスクが伴う。

俺は、決断しなければならなかった。

ひと思いにリリアナにとどめを刺すか。

それとも、リスクを——俺の正体が露見するリスクを取ってでも。


彼女を救い出すか、否かを。


『救い出す選択肢があったとは驚きじゃ』

おどけたふうにアンテは言うが、口調の割に冷え冷えとした心情が伝わってきた。

『だが、どうするつもりじゃ？　密《ひそ》かに連れ出すのは不可能じゃぞ』

わかってる……。だから、連れ出すとしたら堂々と、だ。

——俺がリリアナを【支配】したことにする。聖女が気に入った。魔力のゴリ押しで屈服させ、我が物とした。だから持ち帰る。その体《てい》で夜エルフたちを納得させるしかない。

『…………』

アンテはしばし、沈黙した。

『あの女に、正体を明かすつもりか』

静かで、厳かな問い。俺は教皇様の審問でも受けているかのような気分になった。

……やるなら、それしかないと思う。俺の名を明かせば、彼女はきっと協力してくれるだろうから。

いや、言われなくても、わかってるさ。それがどれだけ危険なことかは。

俺の正体がリリアナ経由でバレたら――待っているのは破滅だ。

『それもあるが』

一切の感情を廃したような声。

『懸念事項は、どのような仕込みがしてあるかわからぬことじゃ。夜エルフたちは聖女の心を折った、と明言しておった。魂までは完全に手中に収めておらんにしても、表層意識くらいは操れるかもしれん』

たとえば、キーワードひとつで言うことを聞かせ、何が起きたか、自己申告させることくらいはできるかもしれない。

『それで聖女が話してしまえば――目撃者を全員口封じせねばならぬ。連鎖的に破滅するだけじゃ』

……確かに周到な夜エルフのことだ。万全を期して、聖女が脱走したときに備え、呪詛《じゅそ》のひとつやふたつは仕込んでいそうだ。

だが、夜エルフが使える程度の呪詛なら、俺たちの魔法で上書きできないか？

『どういうことじゃ』

【制約】だよ。威力が足りない場合は、【禁忌】の魔法。

キーワードで一時的に制御下に置くような精神操作の呪法なら——それは『リリアナ』を対象とするはず。

だったら、『リリアナとしての人格や思考』を封じてしまえば、どうだ？

まず最初に、リリアナに強い魔力を込めた言葉で言い聞かせる。『お前はリリアナではない』と。代わりに別人物——は再現が難しいから、そうだな、犬なり猫なりだと思い込ませる。

次に、自分の正体を思い出すことを禁じる。そして俺のペットにした、という名目で連れ出すんだ。

犬真似をする羽目になるのは、彼女にとっても屈辱だろうが、ここで地獄の責め苦を味わい続けるよりかはマシなはず。

俺の名を明かして、彼女が心を開いてくれれば。

そして今の俺の全力と、弱った彼女の魔法抵抗なら。

それくらいの呪いなら、かけられるかもしれない。

『ふむ……可能か不可能かであれば、可能ではあるかもしれんの』

ただし、と付け足すアンテ。

『問題があるとすれば、禁忌の魔法はお主にも効果があるということじゃ』

そうだ。だがアンテ、お前には効果がない。

俺の中にいれば、お前は禁忌の魔法の影響を受けない、そうだろう？

俺もまた、自分の正体《アレクサンドル》を思い出すことを禁じよう。ジルバギアスとして振る舞うんだ。

勇者としての使命も忘れてしまうだろうから、お前が中から俺に指示してくれ。

俺自身も相応の代償を支払うから、かなり強力な魔法になるはず。ついでに、正体についての言及を禁じれば盤石だな。あとはここを脱出してから、ひとりになったタイミングで、アンテが魔法を解除して思い出せばいい。

『……確かにそれならば、可能かもしれん。ジルバギアスとして振る舞うお主の言動が、未知数である点は不安じゃが……』

そこは……お前に頼るしかない。ただ、理由を忘れてもリリアナを連れ出したいという欲求は残るはずだし、俺の人格が途端に魔族みたいな残虐非道に変わることはない――と信じたい。

『まあ、それは置いておこう。しかしお主、ひとつ重要な視点が抜けておるぞ』

……何か抜けがあったかな。

『あるとも』

アンテは一拍置いて、問うた。

『連れ出したあとは、どうするつもりじゃ？』

…………。

『確かに、お主の愛玩動物としてなら、生存は許されるであろう。じゃが、ずっとお主の部屋で飼い殺しか？　それは、果たして救い出したと言えるのか？』

……でも……拷問を受け続けるよりかは。

『そうかもしれん。それにしても、自我を取り戻してしまえば、情報漏洩《ろうえい》の危険はつきまとう。正体について言及を禁ずることで保険はかけられるが——お主の周囲には夜エルフの配下がうようよおることを忘れるでないぞ』

針のむしろのような環境は、変わらない。

『であれば、屈辱的なペットのふりを続けざるを得なくなるじゃろう。……果たしてそれは、本当に救いか？　城を脱出させるのも難しかろう。ペットとして飽きた、用済みだとお主が言えば、夜エルフどもが身柄を引き取りに来るじゃろうからな』

そして、ペットとして御しやすくなった『聖女』を、どうにか利用しようと実験と研究を続けるに違いない……。

……なら、どうしろってんだ。やっぱり殺すしかないってのか？

『あるいは、それが慈悲やもしれぬ……』

アンテは唸《うな》るように言った。

『そもそも、お主の大目標。魔王を倒し、魔王国を滅ぼし、人族を救うためならば、ある程度の犠牲は許容する覚悟ではなかったか。お主の正体が露見すれば全てが台無しになる危険性を鑑みれば、ひと思いに殺すか、夜エルフとの関係悪化さえも避けて見殺しにする手もあるはずじゃ』

お主は必死で、その選択肢を考えぬようにしておるようじゃがの、と。

……俺は知らず識《し》らずのうちに、拳を固く握りしめていた。

アンテの言葉は、正論だった。どうしようもないほどに。

『……勘違いしてほしくはないが、お主を責めているわけではない』

語調を柔らかくして、アンテは言った。

『ただ、広い視野を持ってほしかったのよ。今のお主は、救い出すことに必死になっておるように見えた。救うなら救うで、我は構わぬ。だが他の選択肢と、それぞれの利点欠点をよくよく検討してから、結論を出すべきではないか』

最後の最後で、お主に後悔してほしくない――と、独り言のように。

『幸い、考える時間はまだ残されておる。10分か、20分か……』

裏を返せば、それまでに――リリアナの運命を決さねばならない。

俺は、まるで石の塊でも飲み込んだみたいに、腹の奥がずっしりと重く感じた。

そう……俺は、覚悟を決めていたのだ。魔王を倒すためなら、何でもする、と。

『――今さら、こいつだけは救い出すのか？』

背後からそんな声が聞こえた気がした。
アンテではない。俺が今まで、見殺しにしてきた人々の怨嗟《えんさ》の声だ。
【名乗り】の魔法のために兵士たちを殺して以来、俺はもう何十人と見捨ててきた。
仕方なかった、と言い切ることはできる。人族に救いの手を差し伸べるような真似《まね》は、魔族の王子として不自然すぎてできなかったからだ。
対してリリアナは――希少なハイエルフだから自分のペットにした、という体裁を取れば、それは実に蛮族らしい振る舞いだ。

だが、本当にそれだけか？

彼女が前世の知り合いだから、ハイエルフの聖女だから、7年以上も地獄の責め苦を受けていたから、贔屓《ひいき》してないと言い切れるか？

彼女だけ救い出すのは、本当に正しいのか？

……ハイエルフを手元に置くことのメリットは、いくつも思いつく。彼女の奇跡の力が俺にもたらされるかもしれない。転置呪の対象に取ることで、実戦形式の訓練でも、これ以上人族の犠牲を出さずにすむかもしれない。

だが、正体がバレて、全ての目論見《もくろみ》が崩壊する危険性があることも確かだ。メリットがリスクに見合っていると言い切れるか？

今まで、何人も見殺しにしてきた。

だから、今回も見殺しにするべきではないか？

これまで犠牲になった人たちに——どう顔向けすればいいんだ。

——殺してしまえ。

そんな声が聞こえた気がした。

——全てを犠牲にしてでも魔王を倒すのがお前の使命だ。

その声に従えば。

——お前は楽になれる。

もう、思い悩む必要もなくなる……。

「……ッ」

いいや、ダメだ。思い悩め。それが俺の責務だ。

勇者としての矜持《きょうじ》が、警鐘を鳴らしている。楽になってはいけない。

これまで、何十人も見殺しにしてきた。

だが、それは、これからも見殺しにし続けていい理由にはならない。

俺は全力を尽くさねばならないんだ。ひとりでも多く助けるために。

そうだ、忘れるな。魔王を倒すのも魔王国を滅ぼすのも——全ては人類を救うためだ。

復讐《ふくしゅう》が原動力であることは否定しないが、いちばん大切なのはそれなんだ。
ベルトに手を伸ばす。吊《つ》り下げていた、兵士たちの骨を手に取る。
実に手に馴染《なじ》んだ彼らの遺骨は、自然と槍《やり》の柄の形になった。

……許してくれますか。
目を閉じ、両手でぎゅっと柄を握りしめて、俺は彼らに語りかけた。
……あなたたちを死なせた俺が。
それでも誰かを助けることを、許してくれますか……？

『……なんと』
不意に、アンテが息を呑《の》んだ。
目を開いた俺は――同じように、言葉を失う。
手の中の遺骨が――変形していた。
槍の柄から、『剣』の形に。
人族の力の象徴に。

骨の刃が、ぶるりと震える。

『御託を並べる暇があるなら』

あの、年かさの兵士の声が聞こえた気がした。

『――ひとりでも多く救ってみせろ』

そうだ　俺は

誰がなんと言おうと

勇者だ。

――骨の剣を閃《ひらめ》かせる。

リリアナの首を締め付けていた、ロープを断ち切った。

がくん、と首の支えがなくなって、カチャカチャと鎖が揺れる。

……流石《さすが》は聖女だ、みるみるうちに顔に血色が戻っていく。

「……う……」

わずかなうめき声を上げたリリアナが、意識を取り戻した。

恐る恐る顔を上げ、俺の姿を認めて「……ひっ」と震え上がった。四肢に繋《つな》がれた鎖が再び細かな音を立てる。

怯《おび》えている。

これからどのような責め苦が訪れるか、恐怖に押し潰されそうになっている。

かつての元気いっぱいな彼女の面影なんて、これっぽっちも残ってなくて……俺は泣きそうになった。

「…………」

人差し指を唇に当てて、静かにするよう身振りで示した。

おそらく鉄の扉の向こうでは、夜エルフたちが聞き耳を立てているだろう。

だから、声は出さない。代わりに――

指先に、魔力を集中させる。

……リリアナ、お前は、憶《おぼ》えているかな。

俺は、虫食いだらけの記憶でも、忘れてなかったぜ。

光の神々よ、ご照覧あれ。

【聖なる輝きよ《ヒ・イエリ・ランプスイ》　この手に来たれ《スト・ヒエリ・モ》】

銀色の火花が、弾《はじ》けた。
それは俺の指先を焼きながらも——白い花の模様を描く。
「…………っ！」
リリアナが驚愕《きょうがく》に目を見開いた。
俺は指先から放った魔力で、空中にエルフ文字を描く。
ハイエルフのお前なら、読めるだろ？

『俺だ　勇者アレクサンドルだ』
『お前を　助けに来た』

——リリアナの青い瞳から、涙があふれた。

†　†　†

魔王城、夜エルフの領域——
地下監獄の最奥部にて、そわそわと落ち着きなく佇《たたず》む夜エルフふたりの姿があった。
そのうちひとり、神経質そうな表情で指の爪を噛《か》む男こそ、監獄審問長官シダール＝ト

＝ヴァサニスティその人だ。

シダールの齢《よわい》は１３０。だいたい２５０年ほど生きる夜エルフの中では、中堅どころといえるだろう。狡猾《こうかつ》さとしたたかさに定評のある男で、苛烈な減点方式で人材が評価される夜エルフ一族において、失態らしい失態を犯さず、着実に地歩を固めてきた。

しかし今日という日が、彼のキャリアの終点となるかもしれない――ハイエルフの聖女を迎え入れた『貴賓室』に居座り、お楽しみ中の魔族の王子のせいで。

第７魔王子ジルバギアス。

よりによってハイエルフ相手に劣情を催しあそばされるとは。

（５歳のガキのくせに、無駄に色気づきやがって……！）

眼前の鉄の扉を睨《にら》みながら、シダールは胸中で毒づいた。

（早く出てこい！　どうせ童貞でそう長くはもたないだろう！）

そう思ってから、つい室内の様子を想像してしまい、吐き気を催す。

夜エルフにとって、森エルフとは唾棄すべき存在で、いうならばナメクジみたいなものだ。拷問して苦しむ様子を楽しむのも、感覚的には、畑のナメクジに塩をかけて悶《もだ》える様を眺めて笑うのと大差ない。

種族的・文化的・宗教的な観点から、森エルフとは害虫みたいなものなのだ。ゆえに、性的な意味では完全に対象外で――もしかしたらそんな変態嗜好《しこう》の者も一族には存在するかもしれないが、少なくともカミングアウトすることはない――まさか王子がハイエルフの聖女とヤらせろなどと言い出すとは、想定していなかった。

せめて布切れ1枚でもかけて、裸体を隠しておくべきだったか？　いやいや。

（5歳だぞ！　ませくれるにも程がある!!）

魔族は早熟だが、それにしたって限度というものがある。王族の子に自慢のペットの虎を見せたら、美しい毛並みなので交尾させろと言われたようなものだ。想定する方が無理がある。

しかも、魔王国における治療の呪《まじな》いを一手に担う、レイジュ族の血を引く王子だけに、無碍《むげ》に扱えないところが厄介だった。下手に断って短気を起こされたら、どんな悪影響を及ぼすことか。

そして、何よりも恐ろしいのは――

（もしも万が一、聖女リリアナが王子を傷つけるようなことになったら……！）

どのような苦難が襲いかかるか、想像するだけで気が遠くなりそうだった。

優れた危機察知能力と先見の明で数多《あまた》の修羅場を乗り越えてきたシダールをして、さじを投げたくなるような状況だ。

まず、魔族側が難癖をつけてくるのは間違いない。もしも王子が重傷を負ったり、死ぬようなことでもあれば、王子の母親も怒り狂うだろう。

いったい何がどうなるか。さらなる戦力供出の要求――夜エルフ一族への予算減額――転置呪の治療枠の削減――そんな事態を招き寄せた『失態』により、シダールは更迭されるとともに、首が胴体と泣き別れする羽目になるかもしれない。

（それもこれも……!!）

全てはお前のせいだ、と半ば八つ当たり気味に、シダールは隣の姪《めい》を睨む。

ヴィーネ＝ト＝ヴァサニスティ――プラティフィア大公妃に仕えるメイドだ。彼女は、シダールの視線に気づかないフリをするためか、祈りを捧《ささ》げるように目を閉じて全神経を耳に集中させている。『貴賓室』に異変が発生した際に、いち早く助けに入るためだ。

メイドとしてだけではなく、優れた猟兵として訓練を受け、魔法も使える夜エルフ一族でも屈指のエリート。しかしそんなヴィーネでも、本気で害をなす聖女が相手では、何秒保《も》つかわからない。王子を救えるかどうかさえ……

それでも、ヴィーネはけじめをつけるためにやるだろう。今回、魔王子ジルバギアスが聖女を見たがっている、というのはヴィーネが持ってきた話なのだから。

（無論、それを許可したのは私だが……！）

八つ当たりの自覚はあるが、そんな自分への怒りも込みでシダールは腹立たしく思わずにはいられない。

ヴィーネいわく、ジルバギアスはハイエルフ皮を大層気に入っていたという。レイジュ族と強いつながりを持つ王子だ。今回監獄に招いて、さらにハイエルフの皮製品を献上し、ご機嫌伺いついでに将来的なコネに繋げられればいい、などとシダールは考えていた。

夜エルフ一族は、魔王国に多大な貢献をしている。戦働きはもちろん、魔族が苦手とする諜報《ちょうほう》や行政、使用人としての日々の雑役まで。

だが、魔王国における夜エルフは1等国民ではあるが、魔族よりは明確に格下だ。魔族が独占する悪魔との契約や、レイジュ族の治療といった各種秘術は利用が制限され、ごく僅かな者しかその恩恵に与《あずか》ることができない。

特にレイジュ族の治療枠の問題は深刻だ。治療待ちのせいで、いったい何人の戦士が手遅れになり、無念のうちに息絶えたことか。

ジルバギアスを通してレイジュ族に働きかけ、少しでも枠を拡大したいというのが今回の目論見《もくろみ》だったが――それも――

(頼む……！)

早く出てきてくれ……とシダールは闇の神々に祈り、光の神々を呪いながら、眼前の扉を睨んでいた。

シダールも一流の戦士であり、先ほどから耳を澄ませているが、ほとんどそれらしい音が聞こえない。だが王子が害されている様子もない。いったい何をしているのか……

――と。

ガシャンと鎖がひときわ大きく揺れる音が響いた。シダールはジャケットの内ポケットに手を伸ばし、ヴィーネも目を開いてサッと腰を落とす。

ふたりで目配せした。……今すぐにでも扉を開けるべきか？

どうだ？　とシダールが唇を動かして問うと、異音は聞き取れず、とヴィーネも唇だけで返す。

いや――かすかに、王子の話し声が聞こえる。聖女に語りかけている？

何を言っているのだ？　『犬』という単語が聞き取れたような。

「――ッ」

ビクッとヴィーネが身をすくませた。シダールも総毛立つような感覚に襲われる。

これは――魔力の励起！

貴賓室で、何か強大な魔法が行使されている!!

「いかん！」

この期に及んで、無礼だ何だという余裕はない。シダールは即座に扉を開け放った。

「殿下！　ご無事ですか!?」

ところが、貴賓室の中央には、普通に立ち尽くす王子の背中。ズボンも穿《は》いたままだ。

はて、お楽しみの最中ではなかったか……？

「ん……ノックもせず入ってくるとは、いい度胸だな」

ジルバギアスがゆっくりと振り返った。かすかな違和感。

……こんな、不敵な笑みを浮かべるような少年だっただろうか？

部屋に、かつ、かつんという金属音が響いた。ふとジルバギアスの背後に視線をやったシダールは――目を剝《む》く。

リリアナが！　ハイエルフの聖女が!!　床に倒れ伏しているではないか！

首のロープはおろか、手足の鎖まで断ち切られている。そしてゆっくりと、床の上で起き上がろうとしている――

「馬鹿な！」

拘束を解いたのか!?　まさか王子がここまで愚かだったとは！

シダールは己の判断の甘さを呪いながら、ジャケットの内側から折りたたまれた金属製の武具を引き抜いた。バシャッ、と音を立てて武具が展開、小型の弓に変形する。さらに袖に仕込んでいた毒矢をつがえ、いつでも放てるよう構えた。

シダールに続いて部屋に入ってきたヴィーネも、「なっ!?」と上擦った声を上げたが、状況を理解するなりメイド服のスカートをはね上げた。太ももにベルトで留めていた投げ矢を抜き取る。矢じりが分厚い刃になっており、接近戦ではナイフとしても使える代物だ。

「ヴィーネ！　殿下をお連れしろ!!」

王子が射線に立ちふさがっていて、聖女を射れない。言葉を尽くしてどいてもらうより、さっさとご退出願った方が早い、とシダールは判断した。

「その必要はない」

だが、駆け寄ろうとするヴィーネを、王子は手で制す。

「この女は、俺が【支配】した」

……何を馬鹿なことを。所詮はガキか、1発ヤった程度で屈服させたつもりか？

シダールの中でジルバギアスの評価は、もはや地に落ちていた。

相手にする時間も惜しい。こうしている間にも、聖女は身を起こそうとしている。一刻も早く、多大な苦痛を与えて拘束し直し、意識を奪わねば。駆け寄るヴィーネ、矢を放つべく王子を避けて横に動くシダール。――ジルバギアスが舌打ちした。

「わからん奴《やつ》らだ。見てみろ」

あろうことか、そのまま聖女をぐいと引き起こす。

「ばっ――」

かな、と矢を放ちかけたシダールだったが、聖女の顔を見て困惑することになる。


きょとん、としていたからだ。


ぺたりと尻を床につけて座り込んだ聖女が、「？」と無垢《むく》な表情でジルバギアスを見上げている。

「よーしよし。いい子だ。俺がご主人様だ、わかるな？」

かがみ込んだジルバギアスが、聖女の顔を笑いながら両手で包み込み、ぐにぐにと頬を揉《も》みほぐした。

「？　わんわんっ！」

一瞬、首を傾《かし》げたが、顔をわちゃくちゃにされながらも元気に答える聖女。

「――は？」

シダールも、ヴィーネも、動きを止めた。

十分に出来のいいふたりの脳みそでも、何が起きたのか理解できなかったからだ。

「……殿下？」

「言っただろう、こいつを【支配】した。見ての通り今ではただのメス犬さ」

聖女はジルバギアスに撫《な》でられてご満悦。

苦痛や恐怖など知らないような顔でニコニコしている。

――いや、これすらも擬態かもしれない。

「【舌を噛み千切れ《クリイノス》　己が血に溺れよ《ナルキソス》】」

魔力を込めた言葉を聖女に浴びせる。万が一の事態に備えて仕込んでいた呪詛《じゅそ》だ。

「？　くぅーん……」

が、語気を強めたシダールに怯《おび》える様子を見せただけで、聖女には何の効果もなかった。

それどころか、震えながら、ジルバギアスの後ろにそそくさと隠れる始末。

その姿は……まるで、まるで本当に……犬にでもなったようで……

「まだ疑うか？　魔法でこいつの自我を破壊し、犬だと思い込ませてあるのだ」

「いや……しかし……」

「強情な奴だな。よかろう、決定的な証拠を見せてやる。王子の俺にここまでさせるのだ、ありがたく思えよ？」

ジルバギアスは不穏な笑みを浮かべ、ベルトから黒曜石のナイフを抜き取った。

そして、おもむろに自らの腕を切り裂く。

「おお、痛い、痛いなぁ……」

わざとらしく顔をしかめるジルバギアスに、「きゅーん」と聖女が情けない声を上げてすり寄る。

「リリアナ、心配してくれるのか？　優しい子だ……どうだ、手当をしてくれないかな」

そして差し出された腕を、リリアナがぺろぺろと舐《な》めた。

すると、しゅわ、と泡立つようなかすかな音を立てて――

燐光《りんこう》とともに、その傷がみるみる塞がっていくではないか。

「なっ……!?」

シダールは、頭を斧《おの》でかち割られたような衝撃を受けた。

隣ではヴィーネも、投げ矢を取り落とさんばかりに愕然《がくぜん》としている。

「と、いうわけさ。よーしいい子だ」

ジルバギアスがわしゃわしゃとリリアナの頭を撫で、その額にキスをした。シダールは混乱と吐き気を堪《こら》えるので精一杯だった。

「実は、こいつを支配するのと可愛《かわい》がるのにかかりきりで、肝心のことには及んでないんだ。こんな場所じゃ落ち着かんし、あとは部屋に帰ってからじっくりと楽しむつもりだ」

……何だと。王子はいったい、何を言っている。

「俺はこの女が気に入った」

傲慢極まりない顔で、ジルバギアスは宣言した。

「だからこいつを俺のペットとする。このまま連れて帰るぞ、文句はあるまいな？」


——あるに決まっている!!


「……いやはや大変失礼いたしました。このシダール、敬服の至りにございます」

どうにか愛想笑いを顔に貼り付けて、シダールは慇懃《いんぎん》に一礼する。

「まさか聖女を、このような形で屈服させられるとは……」

ジルバギアスの後ろに、さっと隠れる聖女《リリアナ》。床に尻をついて座り込み、ジルバギアスの脚の陰からひょっこりと顔を出して、こちらの様子をうかがっている。

シダールが愛想笑いのまま、目に力を込めて見返すと、すぐに怯えたように顔を引っ込めた。もはや、聖女としての面影は一切残っていない。自我を破壊したというのは、どうやら本当のようだ——シダールは内心、腹立たしく思う。

自我を完全に破壊すると、聖女としての力が喪《うしな》われる恐れがあった。

脳みその改造も、その観点から最後の手段としていたのに――ジルバギアスは何の断りもなく、勝手に自我の改変をやってのけた。結果的に奇跡の力が残ったからいいものの、喪われていたらどうしてくれたのか。

……まあ、いい。聖女が屈服し、奇跡を利用する目処《めど》は立った。

それを為《な》したのが、眼前の王子であることは揺るぎない事実だが。

だからといって一族の悲願たる『癒やしの力』を、そう易易《やすやす》と手放せるはずがない！

「いかがでしょうか、殿下。お望みとあらば、この貴賓室を殿下専用のお部屋に改造致します。殿下にごゆるりとおくつろぎいただけるように――もちろん、我々も最大限のおもてなしをさせていただきます。そうして殿下がお好きなときに、ご自由に、聖女の身体《からだ》をお楽しみいただければと」

まるで商人のような身振り手振りで、話を進めようとする。

「ほほう、えらく謙虚な申し出だなシダール。他人の成果を手中に留め置き、自分は甘い汁をすすりつつ、最大の功労者たる俺にはご足労願う、というわけか。俺がそれを受ける意味がどこにある？」

尊大極まりない口調で、ジルバギアスは一笑に付した。

「俺はこの女を手元に置き、いつでも好きなときに楽しむ。それで万事解決ではないか。わざわざこのしみったれた監獄に足を運ぶ必要もない。違うか？」

「……そうは仰《おっしゃ》っても、殿下」

監獄をしみったれ呼ばわりされ、シダールは口の端をピクッとさせながらも、愛想笑いを崩さない。

「この聖女の身柄は恐れ多くも魔王陛下により、我ら夜エルフ一族に褒美として下賜されたものにございます。7年前、汎人類同盟の襲撃に際し、我らも奮闘し多大な犠牲を払ったがゆえに。もっとも、殿下はまだお生まれになっていなかったので、ご存じなかったかもしれませんが……」

――若造が。この聖女は、お前の父親から貰《もら》い受けたもの。すなわち我らのものだ。

「聞き及んでいる。勇者たちを相手取って随分と血を流したらしいな。おかげで父上も、残党を処理するのが多少は楽になったと仰っていたぞ。城のどこで戦闘が起きていたか、血飛沫《ちしぶき》で一目瞭然だったらしいからな」

――粋がるなよ雑魚め。お前たちは魔族のおこぼれに与《あずか》ったにすぎん。

「そして、父上から預けられ、い、た聖女の肉体を、お前たちは嬉々《きき》として切り刻み、弄んでいたわけだ……7年にわたって、な」

不意に、ジルバギアスが笑みを消して、冷たい眼差《まなざ》しを向けた。

「――お前たちはこの7年間、いったい何をしていた？」

そこにあるのは、どこまでも酷薄な色。

夜エルフを下等種とみなし、蔑む、傲慢極まりない目だった。

「研究していたといえば聞こえはいいが、結局拷問して遊んでいただけではないか。血の利用法を模索していた？　よかろう。支配を試みた？　それもよかろう。結果として奇跡をものにするには至らなかったとしても、まあ、それも仕方はあるまい。世の中、全てが思い通りに運ぶわけではないからな。……と言ってやりたいところだが」

ジルバギアスは、足元で四《よ》つん這《ば》いになって寝転ぶリリアナを示す。

「この体たらくはどう説明する？」

――完全に支配下に置かれた聖女という、これ以上ない実例を前に。

「俺がこの部屋に来てから、どれほど時間が経《た》った？　5分か、10分か？　俺にはそれで充分だったぞ、シダール。これがお前たちの無能の証明でないというならば、他に何だというのだ？」

獲物を弄ぶ肉食獣のような表情で、痛烈に糾弾するジルバギアス。

たかが5歳児に虚仮《こけ》にされる屈辱、だが同時に、それはぐうの音も出ない正論だった。

歯を食いしばって拳を握りしめたシダールは、咄嗟《とっさ》には反論できなかった。

「どうやら、お前たちは勘違いしていたようだな」

もったいぶった口調でジルバギアスは言葉を重ねる。

「聖女はただのオモチャとして、お前たちに与えられたわけではない。奇跡の価値を鑑みれば、父上も一定の成果を期待しておられたのは明白。魔王国において、夜エルフほど森エルフに詳しい者はいない——そうお考えの上でな。実際はとんだ買いかぶりだったようだが……」

やれやれと首を振ったジルバギアスは、ぺたんと座り込んだリリアナの頭を微笑《ほほえ》みながら撫でた。

「わんっ！　わんっ！」

きらきらと青い瞳を輝かせてジルバギアスを見上げるリリアナは、尻尾さえあれば振っていそうな懐きようだ。

「よしよし、可愛《かわい》いぞ。……この女はお前たちには過ぎた代物だったのだ。わずか数分で支配を成し遂げた俺こそが、7年もの時間を浪費したお前たちよりも、ずっと所有者として相応《ふさわ》しい。むしろ、これからその研究とやらに——」

ジルバギアスはあからさまに失笑した。

「——費やされるはずだった時間と労力を、お前たちは無駄にせず済んだ。称賛と感謝の言葉なら、いつでも受け付けているぞ」

「……お言葉ですが、殿下」

たまらず、唸《うな》るようにしてシダールも口を開く。

「聞こう。俺は目下の者であっても、反論を許す程度には寛容だ」

間髪容《い》れずに煽《あお》るジルバギアス。笑みを引きつらせるシダールの横で、ヴィーネは猛烈な違和感に襲われていた。

これは……本当に、あのジルバギアスか？

攻撃的で傲慢極まりない言動、普段の人となりからあまりに乖離《かいり》している。

だが、この場で口を挟むなんて、そんな恐ろしい真似《まね》はヴィーネにできなかった。黙って議論の行末を見守るしかない——おそらくは、ヴィーネ自身の進退にも関わってくるであろうやりとりを——


「殿下、あなたは賭けに勝ったのです……」

シダールの愛想笑いの仮面は、もはや苛立《いらだ》ちを隠しきれていなかった。

「ただし、勝てる見込みがあるかもわからない、無謀な賭けに！」

「ほう？　俺はたまたま運が良かっただけ、とでも言いたいのか？」

ジルバギアスは眉をはね上げて、後ろ手を組んだ。

「恐れながら——過度な自我の改変は、聖女の力を損なう恐れがありました。だからこそ我らも、頭脳や記憶の改造には慎重だったのです！　それはあくまで最終手段でした！」

「その気になればいつでもできた、と。失敗を恐れて、あと一歩が踏み出せなかったのが今回の敗因だな。貴重な教訓が得られたじゃないか。次に活《い》かすといい」

次があればの話だが——と含み笑いも忘れない。

「あなたは！　あなた様は！　我らにとって、その聖女がどれほど希少な存在であったかを理解されていない！」

シダールの叫びはもはや悲鳴のようだった。

「失敗したら取り返しがつかなかったのです！　あなた様は自らの所有物でなかったからこそ、そのような無茶な真似ができた！」

「取り返しがつく失敗でなければ、挑戦することもできないというわけか？　いくらなんでも惰弱に過ぎるな」

「……聖女の癒やしの力は、我らが一族の希望です。ジルバギアス殿下。先週は前線で大きな動きがあったこともあり、一族の者が20名冥府へと旅立ちました」

苛立ちと怒りで血の気が引いた顔。シダールの口調の節々に毒気が滲《にじ》む。

「我らに充てられた転置呪の枠では、とても治療が間に合わず。必死の手当てと延命の甲斐《か》なく、苦しみながら逝《い》ったのです……！」

そう。転置呪による治療は魔族が最優先。夜エルフたちが受けられる数には限りがある。1週間以上待たされることもザラで、同時に大量の重傷者が出てしまうと、枠の奪い合いになって多くの者は手遅れになる。

「……殿下。夜エルフ一族は魔王国に血と忠誠を捧《ささ》げております。魔王国のためには身命を賭す覚悟にございます！　しかし！　ひとりでも多くの同胞を生きながらえさせたい、そう願うのはおかしいことでしょうか!?」

燃えるような真っ赤な瞳で、シダールは聖女リリアナを睨《にら》んだ。

ジルバギアスの脚に隠れる彼女を、執着と羨望の眼差しが追う――

「その聖女の血の力があれば、彼らも犠牲にならずに済んだかもしれない！　傷口が膿《う》んで手足を切り落とさずに済んだ者もいたかもしれない！　しかも殿下は、レイジュ族のご出身だ！　聞けば先週は過酷な訓練で、何十人と人族を使い捨てにされたとか……！」

夜エルフの戦士たちが、治療を受けられずに死んでいくのを尻目に。

この王子は訓練のためだけに、何十回と転置呪を使っていたのだ。

いくら魔族が支配階級とはいえ、あまりに理不尽がすぎる！

「あなた様には、もう【転置呪】の力があるというのに——この上、我らから聖女の癒やしの力まで取り上げられるおつもりかッ！」

シダールの、夜エルフ一族の魂の慟哭《どうこく》を浴びたジルバギアスは——

「……ふっ。くくっ、ふはははははッ！」

哄笑《こうしょう》した。

シダールの額に青筋が浮かぶ。相手が王子でさえなければ、「何が可笑《おか》しい！」と殴り倒していただろう。俯《うつむ》きがちに話を聞いていたヴィーネでさえ、鉄面皮で怒りの表情を押し隠そうと必死だった。

「……いや、すまない。悪かった。決して犠牲となった戦士たちを侮辱する意図があったわけではない。そう取られても致し方ない振る舞いだったことは、重ねて詫《わ》びよう。……俺はただ、シダール。お前が哀れで滑稽で仕方がなかったのだ」

「どういう、意味に、ございましょう」

返答次第ではこちらにも考えがある、と言わんばかりに。もはや表情すら取り繕わずに、シダールは眼前の王子を睨みつけた。

流石《さすが》に、我慢の限界だ。夜エルフたちが魔族に傅《かしず》いているのは、一族の繁栄のためであって、決して魔族を調子に乗らせるためではない。

「この聖女の癒やしの力が、一族の悲願だと言ったな」

シダール、そして隣のヴィーネの険しい視線などどこ吹く風で、再びリリアナの頭を撫《な》でたジルバギアスが、そっとかがみ込んだ。

ニコニコと笑うリリアナの口に、おもむろに指を突っ込む。

「……くぅーん？」

何これー、とばかりに首を傾《かし》げたリリアナだったが、そのままぺろぺろとジルバギアスの指を舐《な》めている。

「聖女の体液だ。光の魔力と癒やしの力がたっぷりと込められている」

唾液にまみれた指を引っこ抜いて、ジルバギアスがニヤリと笑った。

「お前も体験してみるといい。この癒、や、し、の力をな……腕を出せ」

歩み寄り、指を突き出すジルバギアス。

ハイエルフの唾液――少し、いやかなり抵抗があった。生理的嫌悪もさることながら、これまで幾度となく利用を試みては、光の魔力で肌を焼かれた経験があったからだ。

だが、仕方がない。シダールはいやいやジャケットの袖をまくった。

そして夜エルフ特有の病的なまでに白い肌に、ジルバギアスが指の唾液を塗りたくる。

ジュッ！　と鉄板で肉を焼くような音が響いた。

「がぁ――ッ!!」

途端、激痛がシダールの腕を襲った。たまらず飛び退《の》く。見れば唾液が沸騰し、肌が半ば溶かされたかのようにただれているではないか。

「やはりこうなったか」

もはや嘲りの色さえなく、憐《あわ》れむような目を向けるジルバギアス。

痛みを堪《こら》えながら、シダールは混乱している。なぜだ。聖女は、支配下に置かれたのではなかったのか？

「これは俺がやったことだからな、俺が責任を取ろう。【転置《メ・タ・フェスィ》】」

不意に、王子から魔力の手が伸び、シダールの腕を包み込んだ。

傷口が、痛みごと、引っこ抜かれていくような異様な感覚――転置呪だ。

「っ……これは、かなりキツいな。なるほど」

シダールの腕からはきれいに傷が消え去り、代わりにジルバギアスの肌が焼けただれた。

わずかに顔をしかめた王子だったが、傷口に聖女の唾液を塗りたくる。

しゅわ、と爽やかな音が響いて、たちまち傷が癒やされていく――

「……なぜ」

呆然《ぼうぜん》と、シダールはつぶやいた。

なぜ、王子は奇跡の恩恵に与《あずか》れているのに、自分には適用されない――

「簡単なことだ」

リリアナのもとに戻ったジルバギアスは、かがみ込んで彼女の裸体を抱きしめた。王子の胸板に頭を預けた聖女が、すりすりと頬ずりしている。

「――転置呪の話をしよう。この呪《まじな》いは、レイジュ族の先祖が、怪我《けが》に苦しむ我が子を見かねて傷を『引き受けた』ことから始まった」

リリアナの金髪を指でとかしながら、ジルバギアスは語る。

「今でこそ、他者を傷つけるためにも使われる立派な呪《のろ》いだが――その始まり、根源は、親から子への愛だったのだ」

「……愛」

おおよそ、傲慢な魔族の口から紡がれたとは思えぬ単語に、シダールとヴィーネは顔を見合わせた。

「そして――光の陣営の奇跡についても、同じことが言える」

穏やかな口調で続けられた言葉に、シダールはぞわ、とおぞましい感覚が背筋を這《は》い上がるのを感じた。

とてつもなく、嫌な予感がする。いっそこのまま耳を塞いでしまいたい――

「考えても見ろ。殺したいほど憎い相手を、癒やして救いたいと願う者がいるか？　癒やしの奇跡の根源もまた、愛なのだ。愛し愛される者のために祈り、願った末に、天から与えられる――それこそが奇跡」

ジルバギアスの瞳が、こちらをひたと見据えた。

「俺はこの女を愛しているぞ。なんと哀れな女だと、見かねて手を差し伸べた。そして、その苦痛と恐怖を忘れさせてやったのだ。だからこそ、この女も俺の愛に応えた」

愛する者にこそ、光の奇跡は恵みを与え給《たま》う。

闇に巣食う悪しき者であろうと《あ》、慈愛の光は降り注ぐのだ。

ただし。愛ではなく憎しみをもって応える者には、灼熱《しゃくねつ》の光となって――

「シダール、これほど滑稽な話があるか。必要なものは愛だったのに、お前たちは代わりに、地獄の責め苦を与えることでそれを得ようとしていたのだ」

知らず識《し》らずのうちに、シダールとヴィーネは後ずさっていた。

蜘蛛《くも》の巣のように伸びるジルバギアスの、呪いの言葉から逃れようとするかのように。

「言っただろう。簡単なことだ。もしも聖女の奇跡を欲するなら――」

リリアナの額にキスをして、ジルバギアスは言い放つ。

「――この女を愛し、愛されてみせろ」

もう手遅れかもしれんがな、と笑いながら。

……無理に決まっている。目眩《めまい》に襲われたシダールは、その場に膝をつきそうになった。夜エルフが文化的・宗教的・政治的、あらゆる理由でそんなことを決して受け入れないと悟ったがゆえに。

今までの自分たちの努力が、全て無駄であったことを理解してしまったがゆえに――ジルバギアスが笑うはずだ。滑稽。確かに滑稽だろう。前提条件が満たされていない、満たされるはずのない研究を、自分たちは延々と繰り返していたのだ……

「実際のところ、そんなに深い愛情である必要はないはずだ」

痛恨の表情を浮かべるシダールに、憐憫《れんびん》の情を込めた笑みを浮かべてジルバギアスが声をかけた。

「友愛。好意。おそらく、その程度のものでも構わない。最大の問題点は、お前たち夜エルフが、森エルフを心の底から拒絶していることにある」

どうにかして術者の意志を捻《ね》じ曲げても、受け手自身にそのつもりがなくては、話にならない。心から望む者に対しては、光の奇跡は寛容だ。しかし、表面を取り繕っただけの不埒者《ふらちもの》には、神秘の法則は厳格な態度で臨む――

「……どうだ、シダール。愛せとまでは言わないが、心を入れ替えて、ハイエルフと仲良くやることはできないか？　そうすれば奇跡の恩恵に与れるかもしれないぞ」

問われて、シダールは考え込む。一族への貢献と利益という観点から、可能であるかを真面目に検討しようとした。感情を廃して、合理的に考えることはできないか。どうにか思い込むことで自らの感情を偽れないいか。薬物に頼ればどうか——

……最終的に、イケるかもしれない、という気になった。

そう答えようとして口を開いたが——肝心の声が出ない。

身体《からだ》に染み付いた嫌悪感が、どうしてもそれを阻んでいた。森エルフを最大限に苦しめ、絶滅させることこそが——夜エルフの性根に叩《たた》き込まれた至上命令だから。

「……難しそうだな。ヴィーネ、お前はどうだ」

「無理です」

ヴィーネは一考するまでもなく、ゆるゆると首を振る。

「森エルフへの憎悪は根が深いようだな……」

やれやれ、と困ったふうにリリアナの頭を撫でるジルバギアス。

「……当然です」

渋い顔で、シダールは答えた。

「奴《やつ》らは——森エルフは、本来あるべき我らの力と寿命を奪った憎き仇《かたき》です。本当にどうしようもなく差し迫った事情があって、一時的に共闘することくらいなら——可能、かもしれません。業腹ですが。しかし好意や友愛の情を抱けというのは、無理な話です……」

物心がつく前から、寝物語に聞かされていたものだ。

夜エルフと森エルフの対立と決別の物語、そしてその後の苦難の歴史を――

「ふむ。だがシダール、この女は」

リリアナの頬をぷにぷにとつつきながらジルバギアス。

「この女は、お前たちから力と寿命を奪った張本人ではないぞ。全ては遠い過去の話だ。それでもなお、種族への憎しみを晴らすため、現在の関係ない者たちまで復讐《ふくしゅう》するべきだと思うのか？」

「確かに、元は過去の話かもしれません。ですが我らは現在に至るまで、膨大な血を流しております。今さら止まれませんし、復讐とは本来そういうものでは？　まさか、間抜けな人族の理想主義者のようなことを仰《おっしゃ》るつもりではありますまい……」

「ふふ。同感だ」

呆《あき》れたようにシダールが言うと、不意に、ジルバギアスが凶暴な笑みを浮かべた。

「なぜだか知らんが、お前のその言葉は強烈に、俺の心に響いたぞシダール。そうだな、復讐とはそういうものだ。直接手を下したか否かなど問題ではない。ああ、その通りだ」

夜エルフのそれより、もっと鮮やかな赤い瞳が、ぎらぎらと輝いている。

シダールは、血に飢えた猛獣を前にしているような気分になった。

なんだ、この、不用意に虎の尾を踏んでしまったかのような、不吉な感覚は――

「くぅ～ん……」

と、ジルバギアスに抱かれたままだったリリアナが、不穏な気配を放つ主人に怯《おび》えて、その長い耳をぱたんと下げた。

「おっと。すまないな、怖がらせるつもりはなかったんだ……ともかく、そういうわけだシダール。この女は連れて帰るぞ」

ジルバギアスは威圧感を引っ込めて、何事もなかったかのように立ち上がる。

「……いえ、そういうわけには参りません」

だが、それでも、シダールは扉の前に立ちはだかった。

「しつこいぞ。まだ何かあるか？」

うんざりしたような顔で、ジルバギアスは機嫌の悪さを隠そうともしない。

「その女の奇跡の力が、我らにはおおよそ利用不可であることは確かです。ですが、それでもなお、聖女の身柄は我々に与えられた褒美であり、『資産』であることに変わりありません。殿下のお気にも召しました通り、良質なエルフ皮も採れますしね」

皮、という単語を聞いて、ジルバギアスの腕の中でビクッとリリアナが身をすくませた。

記憶を失ってもなお、その痛みは魂に刻み込まれているのかもしれない――

「端的に言え」

「――たとえ殿下といえど、無条件でお渡しすることはできません。何かしら対価を頂戴しないことには」

当然といえば当然の話だった。

(タダで持っていかれてたまるか!)

毅然《きぜん》とした表情を保ってはいるが、シダールは内心かなり焦っていた。血の力を抜きにしても、聖女から良質な皮がはぎ取れるのは事実だったし、何より、王子を最奥部まで招き入れて、聖女を気に入られそのまま連れ帰られたなど――失態以外の何物でもない。

(どうにか、対価をもぎ取らねば――)

自分は今の地位から引きずり落とされてしまう。聖女の奇跡は使えないと理解し、精神的打撃もひとしおだというのに、泣きっ面に蜂もいいところだ。

「まったく……」

ジルバギアスも白々しく溜息《ためいき》などついてみせるが、その実、何かしら対価が必要なことは承知していた。

「――では、何を望む」

ゆえに、ジルバギアスの方から話を振った。

ここからが正念場だ――そう理解したシダールはぺろりと唇を舐《な》めて、放り捨てていた愛想笑いの仮面をかぶり直した。

「先ほどもお話しいたしましたが、我ら夜エルフ一族にとって戦士たちの損耗は由々《ゆゆ》しき問題にございます」

かつては、万能治療薬の材料のように思えていた聖女を一瞥《いちべつ》して、続ける。

「聖女の血の利用が限りなく困難なのは事実にございますが——聖女の身柄を得ることで殿下が新たな治癒の力を手にされたのもまた事実。今後の御身の治療におかれましても、転置呪の身代わりの節約に繫《つな》がるのでは、と愚考致します——」

——お前は聖女の治癒の力を得るんだから、転置呪は使わずに済むだろ。

「——いかがでしょうか。その空いた枠を、全部とは申しません、ほんの一握り、我ら夜エルフ一族に融通していただけるよう、レイジュ族の方々へ口利きを願えませんでしょうか……？」

——聖女の身柄は失ったが、代わりに転置呪の治療枠の拡大には成功した。

そういう形を取れれば、面目が立つ。少なくとも、ここでその言質さえ取れれば。

「まるでホブゴブリンのような強欲さだな」

しかしジルバギアスの反応は芳しくなかった。

「そもそも、お前たちには無用の長物を、俺が有効活用するというだけの話だ。俺の存在なくして生み出せない利益と、同等のものを対価に望むのは——少々虫が良すぎるな。皮の価値を加算して考えても高すぎだ」

「……しかし殿下、その皮の生産力はほぼ無限にございます。極論、無限に近い価値があるのでは？」

「愚問だ。無限に生み出されれば、それはありふれたものになり、ひとつあたりの価値と希少性はむしろ下がっていく。無限の生産力はあるかもしれないが、生み出される価値は実質的に有限だ」

そしてニヤリと意地悪く笑ったジルバギアスは、

「そも、無限の価値があるならば、俺に頼むまでもなく、その皮の取引で治療枠を勝ち取れていただろうに」

「………………」

これにはシダール、返す言葉もない。

「……そうだな。ホブゴブリンといえば——先日、父上の執務室で、政務を学ばせていただいたときの話だ」

ふと思い出したかのような調子で、ジルバギアスが中空を見やる。

「何やら夜エルフと、ホブゴブリンの役人が揉《も》めているそうじゃないか」

突然の話題転換に、シダールも背筋を伸ばした。

「……そのようでございますな」

魔王国における夜エルフの権益と影響力拡大のため、ホブゴブリンと闘争状態にあるのは事実だ。

ホブゴブリンもホブゴブリンで、国内では文官以外にロクな働き口がないため、自らのポストを手放すまいと必死なのだ。ゴブリンごとき無能な種族の分際で調子に乗りおって――と、夜エルフたちはその存在を疎ましく思っていた。

「父上は――魔王陛下は、公正な御方《おかた》だからな。陳情を受けた段階では、どちらに肩入れするとも明言はさけられていた」

ジルバギアスは、シダールの反応を楽しむように。一旦言葉を切った。

努めて内心を悟らせない愛想笑いを浮かべるシダール。

「俺は執務室への参上を許されている。政務を学ばせていただく傍ら、相談なども受ける機会があるかもしれない。ことの次第によっては、俺の意見を具申してやってもいい」

――どうだ？　と目で問いかけるジルバギアス。

夜エルフに都合がいいように話してやってもいいぞ、と。

魔王国は、魔王の独裁国家だ。そこに直接、影響力を発揮できるのは魅力的ではある。

だが――それが、ホブゴブリンごときとの抗争についてでは、対価としては弱い。

「……お気持ちは、大変ありがたく存じますが」

シダールは苦しげに返した。

「……事は我らの優位に進んでおりますゆえ。ホブゴブリンが無能であり、能力とポストが見合っていないことは、客観的な事実にございます。殿下のご助力は大きなひと押しとなりましょうが、すでに、岩は坂から転がり落ちようとしているところにございます」

気持ちはありがたいが、お前の手助けがなくても、どうにかなる。

「ふむ。……では」

ジルバギアスの笑顔が、邪悪度を増した。

「――代わりに俺が、ホブゴブリンたちの献身を讃《たた》えたらどうなる？」

シダールの頬が痙攣《けいれん》した。

この小僧、これで手を打たないなら逆に妨害してやると脅してきやがった!!

「そ、れは――」

流石《さすが》に即答できない。影響が大きすぎるからだ。

すでに事は動き、岩が坂から転がり落ちる未来は変えようがない。

だが、横から妙なひと押しがあれば、あらぬ方向に転がっていくかもしれない――！

（このクソガキァ――ッッ！）

シダールは心中で叫んだ。苛立《いらだ》ちのあまり額には青筋が浮かび、愛想笑いは筋肉の痙攣で今にもバラバラに砕け散りそうだった。

「……ふふ、ははははははッ！」

その愉快なツラを目にしたジルバギアスが、腹を抱えて笑い出す。

「……はぁ。今のは冗談だ。お前の顔に免じて、この件には口を挟まないでおこう」

涙が出るほどひとしきり笑ってから、ジルバギアスは目元を拭い、表情を改める。

「治療枠を拡大したいと言ったな」

「……はっ」

かつてなく真剣な態度に、シダールも気を取り直す。

「レイジュ族への口利きだが、俺にはできん。俺は確かにレイジュ族の出身だが、魔王子であって、一族の跡取りではないからだ。治療枠の管理は族長の権限であり、俺がそこに口を出せば妙な軋轢《あつれき》を生みかねん」

王子という、支配者層の中でもさらに特権階級であるからこそ――迂闊《うかつ》に手を出せない。

「だが」

リリアナの頭を撫《な》でながら、王子は意味深な目を向けてくる。

「俺自身、レイジュ族の血を継ぐ者であり――転置呪は、使える」


一瞬の沈黙。


「俺が個人的に、お前の頼みで治療を引き受けてやってもいい」

その言葉が頭に染み入り――シダールは目の色を変えた。

「そっ、それは！」

「お前が望んでいたことだろう？　ひとりでも多くの同胞を助けたい、と。俺は、聖女《リリアナ》を転置呪の対象に取ることはしない。せっかく懐いているのに、痛みを与えて俺たちの関係が悪化すれば、俺が奇跡の恩恵に与《あずか》れなくなる可能性もあるからだ」

きょとんとした顔でジルバギアスを見上げ、頬ずりするリリアナ。ジルバギアスの存在に安心感を覚えているらしい。

それは彼が決して痛みを与えない庇護者《ひごしゃ》だからか、あるいは――

「ゆえに、基本的には俺が転置呪で、負傷者の傷を引き受ける。そしてそれを、リリアナに治させる、という形を取る」

シダールはごくりと生唾を飲み込んだ。

この王子は、夜エルフを助けるため、自ら体を張ると言っているのだ……！

「その都合上、無制限にかつ、タダで引き受けるわけにはいかん。人数を絞らんと、それこそレイジュ族との軋轢を生むからな。治療の報酬は要相談としよう。その折衝はそこのヴィーネを通すこととする」

突然、名前を呼ばれたヴィーネが、「えっ私!?」という顔でビクッとした。

「そしてシダール。誰をどのように治療するかは――お前が決めろ。これはお前との取引なので、お前がどの立場にあろうと、俺はお前との交渉しか受け付けん」

シダールは目を見開いた。


手中に、とてつもない利権が転がり込んできた瞬間だった。

対価が要求されることに違いはないが、裏を返せば交渉と対価次第で治療が可能になるということだ。これまでどんなに願っても、慈悲を乞うても、枠数の制限では除《の》けられていた重傷者の治療が！

これから一族内でシダールがどれほどの影響力を及ぼせるようになるか——想像もつかない。たとえ聖女を失った失態で、監獄審問長官の地位を追われることになろうとも、それを補ってあまりあるほどの——

ぎゅっと目をつむったシダールは、表情を改め、うやうやしく頭を下げた。

「——聖女リリアナを、あなた様にお譲り致します」

交渉は、成立した。

†　†　†

夜エルフの居住区を、我が物顔で闊歩《かっぽ》する魔族の少年がひとり。禍々《まがまが》しく反り返った角、均整の取れた体つき、整った顔立ち、そして何より不敵で傲岸不遜な笑み——

第7魔王子ジルバギアス。住民《ナイトエルフ》たちの、慇懃《いんぎん》だがよそよそしい視線など物ともせず、むしろ楽しむように悠々と歩いていく。

その腕には、四肢を失ったハイエルフの『聖女』リリアナが抱かれていた。

地下牢獄《ろうごく》を出る際は四《よ》つん這《ば》いで歩き、「わんわん！」と鳴きながら意気揚々とジルバギアスについてきていたのだが、居住区に入ってから一転。夜エルフたちの侮蔑と憎悪の視線に晒《さら》され、すくみあがって動けなくなってしまったのだ。

なので仕方なく、今はジルバギアスに抱きかかえられている。それでもやはり夜エルフたちの視線が怖いらしく、ジルバギアスの胸に顔をうずめてぷるぷる震えていた。


そんなふたりを、薄ら笑いで眺めながら追従する男が、シダールだ。

周囲の夜エルフたちは、視線で、あるいは声を出さず唇の動きで問う。

『いったい何が起きている』

『聖女を解き放つとは正気か』

『なぜ王子がハイエルフを抱えて出ていく』

それらの疑問に答えることなく、シダールは意味深な笑みを浮かべるばかりだった。

（さて——誰とのつながりを強めるべきか……）

歩きながらひたすら考えていた。自分の手に転がり込んできた利権を、どのように扱うか。聖女を失ったのは間違いなく失態なので、何だかんだと言いがかりをつけられて、今の地位は失うかもしれない。

しかし監獄審問長官なんかより、よほど重要な立場に立てそうだ——そう思っていた。

魔族に比べれば夜エルフの結束は固い方だが、それでもやはり派閥はある。シダールがやらかしたとみなして、あからさまに冷やかすような目を向けてくる者たちもいた。だが彼らはその態度を後悔する羽目になるだろう――シダールが手にした権力を知れば。

そして悪巧みに余念がないシダールの後ろを、ヴィーネがしずしずとついていく。

彼女は――『無』だった。虚無の顔をしていた。

軽い気持ちで「王子が聖女を見たがっている」との要望を伝え、アレコレしていたら、なぜか貴重な追加治療枠の折衝担当になっていた。

意味がわからない。

（なぜ……私がこんな目に……）

ヴィーネは優秀なメイドであり、腕の立つ猟兵でもあるが、夜エルフにしては少々素朴なタイプで、企《たくら》みごとは苦手としていた。

叔父のシダールいわく、「あまりに素直で、狡猾《こうかつ》さが足りない」。

そう、素直さとは夜エルフにとって美徳ではないのだ。優秀な駒にはなれるが、指し手にはなれない。そしてヴィーネもその自覚はあったので、これまで、使える『駒』としての立ち居振舞いを徹底してきたのだが――

（絶対、面倒なことになる……）

想像するだに気が重くなる。たとえ王子の治療枠を采配するのがシダールの役目でも、みな、あの手この手でヴィーネにも働きかけてくることだろう。

そしてその手の工作は夜エルフのお家芸であり、しかも、みんな大好きだ。ヴィーネは苦手なのに。

（もうヤダ……何も考えたくない……私はただのメイド。ただのメイドなの……）

だから、無。

シダールがニヤニヤするばかりで何も言わないので、周囲の者たちがヴィーネにも説明を求めるが、虚無の顔で対処する。

牢獄に囚《とら》われていたはずの聖女が、なぜか解放されて出てきた上、魔族の王子に連れ去られていく――そんな異常事態を聞きつけた夜エルフたちがさらに居住区に集まり、いつの間にか人だかりができていた。

「――？」

「……！」

そして夜エルフらしく、嫌悪感も露《あら》わに聖女を睨《にら》みながら、唇の動きと目線だけでアレコレ話し合っている。

人は集まっていて奇妙な熱気があるのに、話し声は一切ない。そんな異様な空間――

ただ、そんな技術を身につけていない、純粋な子どもたちは例外だった。

「ママー！　はだかのひとー！」

ジルバギアスに抱きかかえられたリリアナを指差し、幼い夜エルフの子が叫んだ。

「見ちゃいけません！　穢《けが》らわしいハイエルフよ!!」

母親が慌てて、子どもの手を引いていく。他の幼子の親たちもそれに続いた。

「けがらわしいー？」

「はいえるふー？」

何も知らない、知らされていない子どもたちは、ただきょとんとして不思議そうに首を傾《かし》げるばかり。

震える聖女を見る目には、嫌悪感も忌避の念もなかった。

それがこの世界での、唯一の救いといえるかもしれない。

おそらく今夜にでも、寝物語を聞かされて、その認識が塗り替えられてしまうであろうことは――救いのなさの証左かもしれなかったが。

†　†　†

うやうやしく一礼するシダールに見送られ。

ジルバギアスたちは、夜エルフの居住区をあとにした。

憎悪の視線がなくなって、リリアナも元気を取り戻す。初めて外に出た子犬のように、採光窓から見える夜空に興奮しながら、ジルバギアスの周りを歩き回っている。

まるで蹄《ひづめ》のような、肘先と膝先の金属の覆いで、カチャカチャと足音を立てながら――時折すれ違う魔族の警備兵や他種族の使用人たちに二度見されながらも、ジルバギアスは堂々と、新たなペットを連れて自らの部屋まで戻る。

「ご主人さまおかえりなさ――え？」

出迎えたガルーニャが、スンッとした顔でフリーズした。

それはそうだろう。信じて送り出したご主人様が、得体の知れないペット（？）を連れて帰ってきたのだから……。

「……ジルバギアス様。それは？」

ソフィアが片眼鏡をフキフキして掛け直してから、心なしか冷たい目で尋ねてくる。

「気に入ったから貰《もら》い受けた。今日から俺のペットだ」

――普段なら少しくらいは気まずそうな顔をするところだが、ジルバギアスは臆面もなく言い放つ。ソフィアが「ん？」と怪訝《けげん》そうに眉をひそめた。

「詳しい事情はヴィーネに聞いてくれ」

一同の視線が集中して――ヴィーネは再び、心と体を無にした。

「俺はこれから『取り込み中』になるんでな」

「取り込み中……ですか」

「うむ」

足元に仰向《あおむ》けに寝転がっていたリリアナを抱きかかえて、チュッと額にキスしてから、ベッドに放り投げるジルバギアス。

「う～？　わんわん！」

リリアナは無邪気に、柔らかなベッドの感触にはしゃいでいる。

「さて、お楽しみの時間だ……というわけでみな、ちょっと部屋を空けてくれるか？」

ジャケットを脱ぎながら、ニヤリと笑うジルバギアス。

「えっ……えっ!?　ええっ!?」

フリーズから戻ってきたガルーニャが、白い毛の尻尾をピンッと立てて、今度は目に見えて狼狽《ろうばい》している。

「……ジルバギアス様？」

いったいどうした、何があったとばかりに困惑気味のソフィア。

「…………」

ヴィーネは無を通り越し、その場で透明になって消えてしまいたい、というような顔をしていた。

「あ、ソフィア。ついでに防音の結界も頼む」

「え、あ、はぁ。わかりました……」

「色々と混乱しているだろうが、ヴィーネがぜーんぶ説明してくれるからな。さあみんな行った行った」

ジルバギアスに追い出される使用人たち。「ちょっと、ヴィーネさん、どういうこ――」

というガルーニャの甲高い声が、ドアが閉まると同時に防音の結界に阻まれて聞こえなくなった。


見つめている。

「……くぅーん？」

隣に寝転がって、頭を撫《な》でてくるジルバギアスを、リリアナがこてんと首を傾げながら見つめている。

「……お別れだな。今の俺とも、お前とも」

ぷにぷにと頬をつつきながら、ジルバギアスはどこか儚《はかな》く笑った。

（俺は、あの牢獄で生まれたようなものだ）

アレクサンドルとしての自我を封じられて。

あの場、あの瞬間、魔王子ジルバギアスは誕生した。

（そして、記憶を取り戻すと同時に、今の『俺』は死ぬ）

ジルバギアスは、内なる魔神との対話を経て、自らの状態を把握していた。

記憶を封印されたことで、一時的に誕生した自我。そのように己を認識している。

――その上で、楽しんでいた。

（ベストは尽くしたつもりだが、本来の『俺』は喜んでくれるかな？）

『これ以上ないほどの結果じゃ。落胆はしまいよ、慌てはするかもしれんが』

独白に、魔神アンテンデイクシスが答える。

（はっはっは。一泡吹かせられるかな？　それを観測する頃には、今の『俺』ではなく

なっているのが残念でならない）

『我も、お主を見守るのは、普段と違った気色でなかなかに楽しかったぞ。……惜しくも感じるが、まあ仕方があるまい』

（……なあ、これ、ちょっとくらい楽しんでもバチ当たらないよな？　ダメか？）

　ハイエルフの柔肌を楽しみながら、ジルバギアス。

　当のリリアナはくすぐったそうに、身をよじらせて喉を鳴らしている。

『凄《すさ》まじい力が得られるかもしれんが……あとで、お主の本体が壁に頭を打ち付けて自害するやもしれぬ』

（そいつはいただけないな。まあ仕方がねえ、本来の俺によろしく伝えといてくれ。交渉で色々成果はあったけど、痛い目見るのは『俺』じゃないからな）

『どういう反応するか楽しみじゃな。……それでは、さらばじゃ。ジルバギアスよ』


　そして、禁忌の魔法が解除された。


　一気に、これまでの記憶が蘇《よみがえ》る。

　頭の中身をハンマーで叩《たた》かれて、無理やり作り変えられるみたいな感覚だ。

「……いったい何してくれてんだよ『俺』は⁉」

　なんで！　よりによって夜エルフ相手に！

俺が体張って、転置呪で治療引き受けることになってんだよ!!

ただでさえ普段の訓練で、死ぬほど痛い目見てるっていうのによォ!!

『おうおうおう、戻ってそうそう賑《にぎ》やかじゃのう!』

アンテが俺の中で爆笑しているのが伝わってきた。

クソッこいつ、他人事《ひとごと》だと思いやがって……!


もぞ、と俺の腕の中で、リリアナが身動《みじろ》ぎした。


……やっべ。こっちも記憶の封印が解けたんだ。夜エルフの牢獄《ろうごく》から脱出したはいいが、我に返ったら素っ裸で俺に抱かれていて、わんこ状態の記憶が蘇るって最悪だろうな。

いや、夜エルフの拷問に比べりゃ屁《へ》でもないだろうが――それにしても最悪の経験だと思う。しかも相手が顔見知りとあっては。

「……あー、その、アレだ。色々とすまんかった……大丈夫、か?」

俺が恐る恐る、横目でリリアナの顔を見やると――


「……くぅーん?」

きょとん、とした顔で、リリアナが俺を見ていた。

「……あの、リリアナさん？　防音の結界は張られてるから、もう犬真似《まね》はしなくていいんですよ？」

「わんっ！」

「……リリアナ？」

「わんわん！」

……おい、アンテ！　魔法が解けてねえぞ!!

『我はもう何も禁じておらんぞ……』

ところがアンテも困惑気味だった。……すごく、嫌な予感がする。

「おい、まさか、リリアナ……」

ふざけんな、冗談じゃねえぞ。

「お前……自我が……!?」

お戻りになられていない……？

「……？　わん！」

動揺する俺をよそに、何もわかっていない無垢《むく》な表情で、リリアナは俺の頬をぺろぺろと舐《な》めた。

——幼い息子がハイエルフの女を部屋に連れ込んだと聞きつけ、プラティフィア大公妃が突撃してきたのは、ほどなくしてのことだった。

どうも、勇者アレクサンドル改め、小さな骨の椅子に座らされて母親に詰問されている魔王子ジルバギアスです。

しばらくぶりの『自省の座』だ。ケツがクッソ痛い。

「さて……どういうことなのかしら、ジルバギアス」

ぱさっ、と扇子を開きながら、プラティが厳《いかめ》しい顔で問いかけてくる。

――どういうことかって？　俺が聞きたいぐらいだよ！

それにしても、プラティも間が悪いというか、フットワークが軽いというか。

リリアナの自我が戻らなくて動揺した俺が、彼女に覆いかぶさってガクガクと肩を揺すってるところに突っ込んできたものだから……

『――何をやっているのあなたは――ッ！』

いやー絶叫絶叫。あんときのプラティの顔は見ものだったたな。

よくよく考えれば、俺に対して声を荒げたのはこれが初めてかもしれない……

ちなみにリリアナだが、俺が折檻《せっかん》用の椅子に座らされた時点で、「うーっ！　わうっ！　わうっ！」と、果敢にもプラティに吠《ほ》えかかったが、ギロッとひと睨《にら》みされてすくみ上がり、「くぅーん」と情けない声を上げてベッドの裏に隠れてしまった。

駄犬……ッッ！

今はベッドの陰から顔半分を覗《のぞ》かせて、こちらの様子をチラチラ窺《うかが》っている……

「……まあ、色々とありまして」

遠い目をしていた俺だが、観念したように話し出した。

「先に断っておきたいのですが、単に性欲を持て余して暴走したわけではありません」

聖女をひと目見て気に入ったのは事実だが——という体で説明する。

夜エルフたちとの交渉内容、リリアナを犬だと思い込ませて支配下においたこと、シダールを介して限定的な治療を請け負い、夜エルフの一派に強い影響力を持てたことなど。

「ふむ……」

扇子を開いたり畳んだりしながら、プラティは俺の話を吟味している。

「……治療の条件を要交渉にしたのは、なかなか良い手よ」

ただのエロガキの暴走ではないことがわかり、俺は自省の座から立つことを許された。

「あなたとしては、治療の対価にどのようなものを要求するつもりなの」

ふむ……『ジルバギアス』もそこまでは具体的に考えていなかったようだが……

「具体的に考えていたわけではないのですが、情報は欲しいと思います」

「何の？」

「彼らが諜報《ちょうほう》で得た前線や同盟圏の動向。それも報告書として上げる前の、現場の生の声に興味があります。あとは魔王城で働く他種族の他愛のない話などですかね」

前者は俺にとっては凄まじい価値を持つ。同盟圏に巣食う夜エルフ諜報網が、そのまま目に見える形で手に入るのだ。将来的に俺の自由度が上がったら、どうにかして同盟圏に情報を流し、諜報網を壊滅させるような芸当も可能になるかもしれない。

　後者は、魔族への反乱を企てる動きを察知できたらいいな、と思う。表立って支援することはできないが――くすぶる火種を間接的に煽《あお》って、事態を悪化させることならできるかもしれないからだ。

　ちなみに、魔族に使用人として仕えている夜エルフだが、彼ら独自の魔法で守秘義務が課されており、非常に口が堅い。シダールを介して、アイオギアスやルビーフィアの使用人たちから直接情報を得ることはできない、というわけだ。

　裏を返せば、俺の周りの使用人たちも、職務上で得た情報を他派閥には漏らさない。

　そういった点を高く買われて、今の夜エルフたちの地位がある。

「……治療の報酬が情報では、少し安すぎるわね。あなたが欲しいなら情報を要求してもいいけれど、それに加えて、治療を受けた本人に一定期間の労役などを課してもいいかもしれないわ。あなたの手足としてね」

「なるほど。……メイドなどではなく、ということですよね？」

　治療を受けるのは、主に戦士だろうからな。使用人ならもう足りてるし。

「ええ、もちろん」

　ぱちん、と扇子を畳んだプラティは。

「――近々、あなたを実戦に出すことを考えているの」

突然、とんでもないことを言い出した。

俺は顔が強張《こわば》らないよう、何気ない表情を維持するのに苦労した。

「……初陣、ですか」

「そう呼ぶのはちょっと大袈裟《おおげさ》かもしれないわね。正式な初陣ではなく、実戦経験を積む機会――演習とでもいうべきかしら」

プラティいわく。

同盟が崩壊しないよう意図的に魔王軍の侵攻を遅らせている影響で、近頃は兵力が余り気味で、通常戦力――魔力の弱い獣人やゴブリン、オーガなどいわゆる当て馬部隊――の出番が減りつつあるのだという。

獣人たちは戦力として使い潰されずに済むので喜んでいるようだが、問題はゴブリンとオーガたちだ。魔王国黎明期《れいめいき》からお手軽戦力として魔王軍に貢献してきた彼らだが、ここに来てお役御免になりつつある。

そして出番がなくなってしまえば――ゴブリンとオーガの存在は、目障りになってきた。

オーガは大飯食らいだし、ゴブリンは臭くて不潔だし、何より頭が悪い。

魔族の戦士、夜エルフの猟兵、統率の取れた獣人部隊、アンデッドにドラゴン――戦力が充実してきた魔王軍は、気づいてしまったわけだな。

「もうゴブリンとかいらなくね？」と。

俺が魔王の執務室で耳にした『ゴブリン・オーガ不要論』ってやつだ。

散々血を流させておいて酷《ひで》ぇ話だとは思うが、……まあ俺も、ゴブリンに同情する気は湧かない。オーガは、ほんのちょっとだけ、気の毒な感じがしないでもないが。

そんなわけで立場と待遇が悪化しつつあるゴブリンとオーガは、最近、部隊からの脱走が相次いでいるそうだ。これまでは前線で略奪し放題、他種族（主に人族）も食い放題だったのに、そういう機会がめっきり減って不満が溜《た》まっているのだとか。

「ただ脱走して、森で野生化するくらいなら別に構わないのだけど」

問題は、廃墟《はいきょ》化した砦《とりで》や城を拠点に繁殖して、周辺住民に危害を加えるようになってしまうことだ。主にゴブリンが。

周辺住民といっても獣人や（比較的）弱小魔族、夜エルフだったりするので、ゴブリンごときにはそうそう遅れは取らないが、数が膨れ上がったら話は別だ。

あいつら、油断したらすぐに増えるもんな……しかも、文字通り周辺の資源を食い尽くすし。ゴブリンが1匹いたら10匹いると思え、という格言があるくらいだ。

だからゴブリンの集団が脱走したら、増殖する前に速やかに殲滅《せんめつ》する必要がある。

「ちょっとした『遠出』を計画していたのよ。近くにたまたま、脱走兵が巣食っていそうな砦や城があるところに、ね。正式な初陣にはならないわ、書面上で『初戦果がゴブリン』じゃ示しがつかないもの」

「つまり、初陣に備えて、軍事行動の雰囲気に俺を慣らしておく、というわけですか」

「その通り……なんだけど、あなたに限っては、そういう演習の必要性も感じられなくなってきたわ……」

プラティは苦笑している。

「今この瞬間、前線に放り込んでも、卒なく立ち回ってしまいそうだなんて考えてしまうのは、親の贔屓目《ひいきめ》かしら……」

まあ……正直、現時点ですでに前世よりも強いからな俺……

「何事も経験ですよ母上。そういうことなら俺もやってみたいと思います」

前線で戦うよりはマシだ。何ならゴブリンを何匹か逃して、事態を悪化させてもいい。

「頼もしいわね。話を戻すけど、夜エルフの治療の対価として、期間限定の戦力化という形も検討してみなさい。夜エルフたちの戦術は惰弱なものが多いけれど、人族も似たような手を使って来ることがあるから、参考にはなるはずよ」

交渉については、そうね——としばしプラティは考える。

「交渉も、あなたに任せましょう。もちろん、あなたが望むならわたしがいつでも相談には乗るけど、基本的にはあなたが思うようにやって構わないわ」

「よろしいので？」

「何事も経験よ。失敗してもよほどのことでなければ取り返しはつく。夜エルフたちは、執念深い策謀家で油断ならないけれど、義理堅くもあるわ。彼らの扱い方を学びなさい」

「わかりました」

よし、いい感じで話がまとまったな。

人族相手の初陣も、まだまだ先になりそうだし一安心だぜ。


「……で、そのハイエルフなのだけど」

ギロッ、とプラティがリリアナに剣呑《けんのん》な目を向ける。

あー。やっぱりまだ終わってないかー。

「その……本当に、そういうことを、するつもりなのかしらジルバギアス」

奥歯に物が挟まったような言い方で尋ねてくる。

いやー面と向かって聞かれると、こっちとしても困るんだよなぁ。

「だめですかね？」

「だめ、というか……あなたには、もうそういった欲求があるの？　あのダイアギアスでさえ、色気づいたのは成人してからなのだけど……」

――マジか。魔族ってそういう生態なんだ。かくいう俺も、シダールには「欲求を感じ始めている」とは言ったものの、実際のところそうでもない。

ちょっと油断したらお胸に目がいってしまう――とか、その次元で、いわゆるドロドロした性欲はまだ覚えていない。人族の体だったら、これくらい育ってたら、そりゃもう色々とアレなはずなのに、おかしいなとは思ってたんだ。

肉体は早熟でも、性的な成熟は遅いんだな魔族……。

「もしあなたが、……その、そういう不満を覚えているのなら。ハイエルフなんかを相手にしなくても、一族の者から相応《ふさわ》しい相手を用意するわよ……？」

ええ……。

５歳児相手にそれは異常だろ……。

と思ったけど、よくよく考えたら、異常なのは俺自身だったわ……。

しかしこんなこともあろうかと、俺は理由を用意しておいたんだ。

「実はですね。母上」

リリアナに執着する大義名分を。

「母上ならお気づきかもしれませんが――実は俺、ちょっと魔力が育ってまして」

俺の一言で、聡明《そうめい》なるプラティフィア大公妃は察したようだった。

「まさか」

リリアナと俺の顔を見比べる。

「そういうことなの？　あの悪魔の？　相手をハイエルフに限定するという【制約】で？」

「はい。魔力を育てられます」

厳密には、かつての仲間をペット扱いで云々《うんぬん》という禁忌だけどな。

「…………」

プラティは両手で顔を覆った。

「母上。全ては力を得るためです」

神妙な顔でダメ押しする俺。

「……………わかったわ。そのエルフはあなたの好きになさい」

溜息《ためいき》をついて、プラティは立ち上がった。

「よかったな、リリアナ！　お許しが出たぞ！」

俺がベッドの裏に隠れていたリリアナを抱き上げて、わざとらしくチュッチュすると、

プラティはもう一度盛大な溜息をついてから、すごすごと部屋から出ていった。

『――ふふふはははははははッ！　あの顔！　あの顔見たか!?』

アンテが爆笑している。

「わんっ！」

怖いヒト《プラティ》がいなくなって、リリアナも喜んでいた。

「よーしよし、これでお前も正式な我が家の一員だ！」

「わうぅーん！」

わっはっは、可愛《かわい》い奴《やつ》め。

……はぁ。

――なぜ彼女の記憶が戻らないのか。


アンテと話し合って、ひとつの可能性が浮上した。

『おそらく、本人が戻りたがっておらんのじゃろう』

この7年間――あまりに辛《つら》く、苦しい記憶だった。

しかし、その辛い記憶を封じられて、自分を別の存在だと思い込んで。

こうして犬のように振る舞っているうちは、全てを忘れられる。

『本来の自分を思い出すことを、もはや禁じてはおらんが。本人にその気がないのでは、いかんともし難いのぅ』

もちろん――『リリアナ』を呼び覚ますことはできる。

【お前は犬じゃない　聖女リリアナだ】

強い魔力を込めた言葉で、そう言い聞かせてやれば。

だが、ぽやぽやした顔で俺にじゃれついて、頬を舐《な》めてくるリリアナを見ていると――果たしてそれが、本人のためになるのか、俺にはわからなくなってしまった。

いずれにせよ、リリアナを逃がす目処《めど》が立たない限り、彼女は俺のペットとして魔王城で暮らさなければならない。

屈辱を堪《こら》えて犬真似《まね》をする羽目になるなら、まだ、今の方がマシかもしれない。

だから——然《しか》るべき時が来るか、彼女が自力で思い出すまでは。

このまま、そっとしておくことにした。


「本当にごめんな……」

ベッドで、リリアナの頭を撫《な》でながら俺はつぶやく。

「わう？」

なにがー？　とばかりにキラキラした目で、俺を見上げるリリアナ（犬）。

リリアナは、長命種らしからぬ破天荒なところもあったが、それにしても誇り高きハイエルフであったことに違いない。

記憶が戻ったら恥辱のあまり壁に頭を打ちつけかねない。

俺に対しても、言いたいことは山ほどあるだろう。

そのときは——甘んじて受け入れるさ。

「その日が来ればいいんだけどな」

お前が自由になれる日が。

「？　わんわん！」

……俺の初陣くらい、先の話になりそうだけども。

ベッドに仰向《あおむ》けに寝転んだまま、俺は天井に手を伸ばした。
かつて赤ん坊だった頃、ぷにぷにな腕をこうしていたのを思い出す。
まだまだ筋骨隆々の剛腕とはいかないが——俺は確かに、成長している。
肉体のみならず、アンテとの契約で魔力も増大し、今では前世を凌駕《りょうが》するほどだ。
魔王子として地位を確立し、夜エルフ一派に対する影響力まで手にしようとしている。

——滅ぼしてみせる。

俺は、手を握りしめた。
魔王は強い。今の俺では届かない。
だが俺という異分子は、魔王国の奥深くに食い込んでいる。
どれだけ時間がかかるかはわからないが、それでも。一日でも早く。
絶対に、魔王国を滅ぼしてみせる。

なぜなら俺は、誰が何と言おうとも、

——勇者なのだから。

番外編・聖女と焼き菓子

――それはまだ、勇者アレクサンドルと、聖女リリアナが出会って間もない頃の話。


さんさんと太陽が照りつける昼下がり。

森の中に築かれた同盟軍の防衛戦は、静けさに包まれていた。

昨夜から今朝にかけて激しい魔王軍の攻撃に晒《さら》され、同盟軍の兵士たちはみな疲れ切っていた。誰も彼もが、泥のように眠り込んでいる――

無論、昼間の奇襲に備えて、一部の兵士は見張りについていた。……それでも、穏やかな午後の陽気に、舟を漕《こ》ぐ者も多い。

そんな中。木陰にどっしりと座り込んで、前線を睨《にら》みながら、口に弁当をモリモリ詰め込む男がひとり。

がっしりとした体軀《たいく》。日焼けした肌。短く刈り込んだ茶髪。

身に着けた鎧《よろい》は傷だらけで、傍らにはすぐに使えるよう、盾と剣が立てかけてある。

男の名を、アレクサンドルといった。

『不屈の聖炎』の二つ名で知られる、勇者だ。

「やっほーアレク、生きてた？」

と、背後から軽やかな足音が近づいてくる。

ちらとアレクが振り返れば、金髪を陽光に輝かせ、明るい笑みを浮かべた褐色肌のハイエルフがひとり。

リリアナ＝エル＝デル＝ミルフルール。

森エルフが誇る最高戦力、『聖女』リリアナだ。

「おう。おかげさまで」

少しぶっきらぼうに、しかし確かな敬意を滲《にじ》ませながら、アレクは答えた。

「いやー、よかったぁー。昨日の夜、魔族の一団が流れ込んできてから、すっかり姿が見えなくなって心配してたの」

アレクの隣に腰を下ろしながら、リリアナがほっとしたように溜息をつく。

「……あれには、参ったな。退《ひ》いたら戦線が保《も》ちそうになかったから、逆に突っ込んで、魔族どもの背後でひと暴れしてやったんだ」

「……ほんとによく生きてたわね？」

蛮勇じみたアレクの言葉に、思わず真顔になるリリアナ。

「リリアナの加護がなきゃ死んでたと思う。ありがとう」

弁当を頬張りながら、アレクが頭を下げる。

「……よかったわ。役に立ったみたいで」

力なく微笑《ほほえ》み、木の幹に寄りかかったリリアナは、そのまま自分もりんごを取り出してシャクシャクとかじり始めた。

　空元気の明るい表情が消え去ると、リリアナの顔にも疲労の色が見て取れる。

　夜通し戦い続け、みなに加護を分け与え、今の今まで負傷者の治療に奔走していたのだ。

流石《さすが》のハイエルフも、魔力は無尽蔵ではない。休息が必要だった……

　だから、肩肘張らずに付き合えるアレクのところにやってきた。彼との距離感は、心地よい。必要以上にリリアナを持ち上げず、ごくごく自然な態度で接してくるからだ。

　お互い、それ以上は会話する元気もなく、ぼんやりと空を眺めながら食事を摂《と》った。

　そして弁当を片付けたアレクが、ごそごそとリュックを探り、小さな木の箱を取り出す。

「なぁに、それ？」

　ほのかに漂う甘い香りに、小首を傾《かし》げて尋ねるリリアナ。

「ナッツのクッキー」

　アレクは言葉少なに答える。箱を開け、焼き菓子をつまんで口に放り込んだ。

　サク、サク。一口一口、甘みを噛《か》みしめるように。

　これまでほとんど無表情だったアレクの口元が、わずかにほころぶ。

「へぇ……」

　リリアナは、興味深げにしげしげとクッキーの箱を見つめていた。

　実は森エルフは、火を使いたがらないため、料理はしないしお菓子とも縁がない。

森を維持しているため畑もなく、基本的には、魔法で木々に実らせた果物や野菜ばかり食べている。

ただ、行軍中はそうもいかないので、他種族に合わせてパンだのスープだのを口にすることもあるが——里から外の世界に出てきたばかりのリリアナは、お菓子を食べたことがなかったのだ。

「それって……あれでしょ。小麦を焼いたやつ」

「……その言い方だと、パンと変わらないな。もしかして初めてなのか」

食べてみるか？　と箱を差し出されて、思わずクッキーをつまんでしまうリリアナ。

「むぅ……」

難しい顔で、クッキーとにらめっこした。

畑＝森を潰す、小麦＝畑で作られる、焼き菓子＝薪などを使っている、ということで、森エルフの間では（道徳的に）あまり評判がよろしくない、焼き菓子なるもの。

——だが、好奇心には勝てなかった。

「はむ」

サクッ、ポリッ。

「……あまーい！　おいしい！」

果たして、森エルフの代表こと『聖女』は、ほっぺたを押さえて目を輝かせた。

「ハチミツが練り込んであるんだ」

と、アレクも満足気にうなずきながら、さらに1枚をもしゃもしゃと頬張る。

その隣で、一瞬にして食べ終わってしまったリリアナは、クッキーの箱をじっと見つめていた。完全に無意識の行動だったので、はしたないという自覚さえなく。

「……よかったら、もっと食べていいぞ」

視線に気づいたアレクが、クッキーを箱ごとリリアナの手に押し付けてきた。

「えっ。あっ、いや、違うの」

受け取って、自分が凝視していたことに気づき赤面するリリアナ。

だが、そのまま突き返すこともできなかった。

(これは……いけない食べ物だわ……！)

箱に詰め込まれたクッキー――人族がありがたがる金銀財宝は、実はこんなふうに輝いて見えるのだろうか――に視線を落とし、リリアナはごくりと喉を鳴らす。

(でも……ちょっとだけ……あと1枚だけ……)

サクッ、ポリッ。

「ん～～～っ！」

おいしい！

――結局、アレクには代わりに自分のりんごをあげて、リリアナはクッキーのほとんどを食べてしまった。それはもう、ポリポリと。

そしてその日を境に、禁断の甘味――焼き菓子の虜《とりこ》になってしまうのだった――

†　†　†

後日。アレクへの手土産に、焼き菓子を持参しようとしたリリアナは。

「えっ、手に入らない？」

「……難しいです。いくら聖女様のお願いといえど、このような陣中では……」

同盟軍の補給係が、申し訳無さそうに首をすくめる。

――そう、あのようなお菓子は、貴重である以前に希少だった。

平和な大都市ならともかく、こんな戦場のど真ん中で、そうそう手に入るようなものではなかったのだ。

代わりにリリアナがあげたりんごなんて、とてもじゃないが対価として釣り合わない。

実はアレクも、あれは街から持ち込んだとっておきのクッキーだったのだが――同盟軍のために疲労困憊《ひろうこんぱい》していたリリアナに、せめてものお礼として気前よく差し出したのだ。

（あれは、大事なクッキーだったのね……）

リリアナは申し訳なく思った。

希少さが全然わかっていなかったので、遠慮なくポリポリと食べてしまった。……短い付き合いだが、アレクが食にこだわるタイプであることは、知っていたはずなのに。

「…………」

リリアナの手には、ちょっと甘めのパン。補給係が、焼き菓子の代わりにどうにか見つけてくれたものだ。小さく千切って味見してみたが……このパンも、決して不味《まず》くはないとはいえ、あのアレクのクッキーには遠く及ばない。

「……そうだ」

ふと思い立ち、リリアナは森へ走った。

風と、木々の声に耳を傾ける。そしてそれに導かれるようにして、駆けた先に――

「あった……」

見つけたのは、ミツバチの巣。

「ごめんなさい。ほんの少しだけ、蜜をわけてほしいの」

ぶんぶんと群がって抗議してくるミツバチたちに、ふぅっと清浄なる魔力の息吹を吹き込むリリアナ。活力を分け与えられたミツバチたちは、仕方がないな……とばかりに巣を明け渡した。

リリアナはハチミツを拝借し、それを手の中のパンに染み込ませる。

きっと美味《おい》しくなったはずだ。……あのクッキーには及ばないかもしれないけれど。

「やっほー。アレク、生きてた？」

そうして何事もなかったかのように、また、彼の元を訪ねた。

「今日はね、お土産があるの」

「……珍しいな」

「これ！　あげる」

「パン？　ほんとに珍しいな……」

目をぱちくりさせるアレク。

そんな彼がパンを頬張って、思わぬ甘味に驚く様子を。

リリアナは微笑みながら見守っていた。

これはまだ、アレクとリリアナが出会って間もない頃の話。

魔王城強襲作戦が実行される、ずっとずっと昔の話――。

第七魔王子ジルバギアスの魔王傾国記 I

発　　行　2022年7月25日　初版第一刷発行

著　　者　甘木智彬
発 行 者　永田勝治
発 行 所　株式会社オーバーラップ
〒141-0031　東京都品川区西五反田 8-1-5
校正・DTP　株式会社鷗来堂
印刷・製本　大日本印刷株式会社

Printed in Japan ISBN 978-4-8240-0234-1 C0193

作品のご感想、ファンレターをお待ちしています
あて先：〒141-0031　東京都品川区西五反田 8-1-5 五反田光和ビル4階　オーバーラップ文庫編集部
「甘木智彬」先生係／「輝竜 司」先生係

PC、スマホからWEBアンケートに答えてゲット!
★この書籍で使用しているイラストの『無料壁紙』
★さらに図書カード（1000円分）を毎月10名に抽選でプレゼント!

▶https://over-lap.co.jp/824002341
二次元バーコードまたはURLより本書へのアンケートにご協力ください。
オーバーラップ文庫公式HPのトップページからもアクセスいただけます。
※スマートフォンとPCからのアクセスにのみ対応しております。
※サイトへのアクセスや登録時に発生する通信費等はご負担ください。
※中学生以下の方は保護者の方の了承を得てから回答してください。

オーバーラップ文庫公式HP▶https://over-lap.co.jp/lnv/